AF301792

Fiona Leitch ist eine Roman- und Drehbuchautorin mit einer bewegten Vergangenheit. Sie hat für Fußball- und Automagazine, Geburtsvideos und Versandhauskataloge geschrieben, als DJ auf illegalen Raves in London aufgelegt, wurde von einer Kinderfernsehmoderatorin während einer Studiodebatte zurechtgewiesen und war das australische Gesicht einer Reihe von Fernsehspots für ein Reinigungsmittel. Durch all das kennt sie sich sehr gut mit dem Albernen aus, was ihr dabei hilft, humorvolle Geschichten zu schreiben.

Fiona Leitch

*Dieses Buch ist meinen Eltern und Jacinda, Ashley und
dem #Teamof5Million gewidmet*

Prolog

Ich bin nicht abergläubisch. War ich nie. Ich gehe absichtlich unter Leitern durch und ich ermutige schwarze Katzen meinen Weg zu kreuzen. Meine alte Partnerin auf der Streife, Helen, hatte darüber gelacht und mir immer gesagt, dass ich das Schicksal herausfordern würde, als würde ich dastehen, die Fäuste erhoben und schreien *Komm schon, ist das alles, was du zu bieten hast?* Aber das habe ich nicht. Nicht wirklich. Ich habe das Schicksal nie herausgefordert; ich kann nur manchmal nicht anders, als es ein bisschen zu stupsen. Wenn ich sehe, dass etwas falsch läuft, muss ich mich einmischen.

Ich bin nicht abergläubisch, aber ich habe ein paar Rituale, die eher mehr damit zu tun haben, schlechtes Karma zu vermeiden oder Murphys Gesetz. Das machen viele Bullen. Dinge wie, dass, wenn man in ein Café oder Restaurant geht, sich immer der Tür gegenüber setzt, damit man jeden sehen kann, der hereinkommt und es verlässt (was das Leben erheblich erschwert, wenn man mit einem anderen Polizisten ausgeht, denn man findet nie den richtigen Tisch und keiner von beiden gibt nach, weshalb man nebeneinander sitzend endet). Oder, dass man seine Schuhe vor einer Freitag- oder Samstagnacht-Schicht nicht putzt, denn, wenn man es tut, trifft man garantiert auf einen Junggesellinnenabschied, die sich, um drei Uhr nachts, versuchen vor einem Nachtclub gegenseitig mit ihren Stilettos zu erstechen und eine von ihnen wird definitiv sieben Bacardi Breezer und einen Döner Kebab auf deinem glänzenden Schuhwerk entleeren, während du sie in den Wagen verfrachtest. So was in der Art.

Die andere Sache, die ich mache, ist immer eine Glückwunschkarte für die Nachmieter zu hinterlassen, wenn ich umziehe. Ich war schon *oft* umgezogen. Da gab es die schmuddelige Einzimmerwohnung, in der ich unterkam, als ich nach London gezogen bin. Ich habe sie geliebt, weil es die erste Wohnung war, die *meine* war (wenn auch bloß gemietet), und ich war ein erwachsener Mensch und mein Leben hatte gerade begonnen und alles war so aufregend. Ich lebte nicht mehr bei meinen Eltern und trat in die Fußstapfen meines Vaters, ohne endlich mal in seinem Schatten zu stehen. All das trotz des heiß und kalt beeinflussten Schimmels und der furchtbaren Zugluft durch das einzige Fenster und einem Vermieter, der sich weigerte, irgendetwas zu reparieren, bis ich sagte, dass ich ein Bulle war. Und dann reparierte er *immer noch* nichts; er erhöhte die Miete nur jede Woche um einen Hunderter, bis ich auszog. Dann gab es die Wohngemeinschaften – meistens mit anderen Polizisten von derselben Wache – was sinnvoll war, bis wir alle andere Schichten bekamen, denn danach machte es keinen Unterschied mehr, welche Tageszeit war, es gab immer jemanden, der versuchte zu schlafen und jemand anderen, der alle aufweckte, wenn er nach Hause kam und jemanden, der sich fertig machte, um wieder rauszugehen. Das war besonders stressig. Dann war da die schöne Wohnung, in der ich mich wiederfand, kurz bevor ich Richard kennenlernte; sie war klein, aber perfekt geschnitten und ruhig. Ich hatte ein billiges Poster eines bekannten Gemäldes der Küste meiner Heimatstadt in Cornwall gekauft und saß davor, in meiner wunderschönen, friedvollen Wohnung, starrte das Bild an und dachte daran, wie sich das Licht auf dem Meer zu Hause brach, und weinte, weil ich so verdammt alleine war und Heimweh hatte, wenn ich nicht gerade auf der Arbeit war, aber ich würde nicht aufgeben, zurückgehen und zugeben, dass es falsch war zu gehen.

Und dann war da dieses Haus hier. Es war das erste Haus, das mir tatsächlich gehört hatte – *uns* gehört hatte, mir und Richard –, und obwohl es nicht perfekt war, war es doch voller Erinnerungen. Erinnerungen an Richard, wie er mich über die Schwelle trug, nachdem wir geheiratet hatten, und meinen Kopf dabei an den Türrahmen knallte. *Das* war schlechtes Karma und hätte mich, im Hinblick auf die Zukunft misstrauisch werden lassen sollen. Wie wir unsere Tochter Daisy aus dem Krankenhaus brachten, nach endlos langen Wehen, welche mir das Kinderkriegen für mindestens ein Jahr versaute, Richard hatte es schon da ganz abgeschrieben. Es dauerte noch ein paar Jahre, bevor ich herausfand, warum.

Die Glückwunschkarte lag auf dem Küchentresen, der vor einem Tag noch voll mit Kochbüchern und Küchengeräten gewesen, heute aber leer geräumt war. Sie waren in einem Karton, in einem Umzugswagen, der schon längst weggefahren war. Das Bild vorne war ein schönes Landhaus aus Stein, um dessen Tür Rosen wuchsen. Ironischerweise sah es überhaupt nicht wie dieses Haus aus, sondern eher wie das, in welches wir nun ziehen würden. Ich nahm den Stift auf und formulierte in meinem Kopf einen Text.

Viel Glück in Ihrem neuen Zuhause. Ich hoffe, Sie werden hier so glücklich, wie ich es war.

... oder so glücklich, wie ich war, bevor ich herausfand, dass mein dummer, nutzloser Kann-es-nicht-in-seiner-Hose-behalten-Ehemann mich betrog.

Ich hoffe, Sie werden so glücklich, wie ich es war, als ich ihn aus diesem Haus und aus unseren Leben jagte, bevor er mit seiner neuen Freundin in eine Wohnung nur zehn Minuten entfernt zusammenzog, aber seine Tochter TROTZDEM ständig hängen ließ, indem er zu spät auftauchte, obwohl er ihr versprochen hatte, etwas mit ihr zu unternehmen (wenn er überhaupt auftauchte). Wenn wir meilenweit weg wohnen, würde er sie nicht mehr hängen lassen können, da sie nichts mehr von ihm erwarten würde (sie weiß es eigentlich jetzt schon besser, aber sie ist erst zwölf, also hofft sie natürlich immer noch).
Ich hoffe, Sie werden hier so glücklich, wie ich es war, als ich es mir noch leisten konnte, die Hypothek abzubezahlen, bevor er anfing sich darüber zu beschweren, dass er Unterhaltszahlungen leisten sollte, und bevor ich meinen Job verließ, den ich so liebte, aber meine Tochter (nach einem besonders hässlichen Vorfall) nicht. Ich konnte sie verstehen. Wenn mir etwas passierte, würde sie bei ihrem Vater leben müssen, der, wie wir jetzt wissen, eine totale Verschwendung von Platz, Sauerstoff und den natürlichen Ressourcen der Erde war. Also kündigte ich, schulte

um und jetzt sind wir beide bereit, woanders neu zu starten.

Ich hoffe, Sie werden hier glücklich, wenn Sie ein Vermögen ausgeben für dieses winzige Haus mit seinem kleinen Garten, lauten Nachbarn und der geschäftigen Straße, während ich wesentlich weniger für etwas Größeres zahlen werde, mit schöner Aussicht aufs Meer und Nachbarn, die mich eher um sechs Uhr mit ihrem Määäh aufwecken werden als um drei Uhr nachts, wenn sie von einer feuchtfröhlichen Nacht im Club heimkehren.

Hm. Vielleicht dachte ich zu viel darüber nach. Ich öffnete die Karte und schrieb.

Viel Glück.

Es war definitiv Zeit, nach Hause zu gehen.

Kapitel 1

Lustig, wie sich die Dinge manchmal entwickeln. Ich wollte eigentlich nur ein Sofa kaufen.

Penhaligons war eines dieser altmodischen, familiengeführten Kaufhäuser – die Art, die es vor langer Zeit beinahe in jeder Stadt gegeben hatte, die nun aber immer häufiger verschwanden (aus gutem Grund, um ehrlich zu sein; das meiste des Angebots sah aus, als wäre es aus den Fünfzigern übriggeblieben und wurde zu so einem exorbitanten Preis verkauft, dass man sich gezwungen fühlte, draußen nachzusehen, ob man nicht aus Versehen in das Harrods hereingestolpert war). Aber Penhaligon hatte es überstanden, blieb während eines Weltkrieges geöffnet, überlebte eine Wirtschaftskrise und den Aufstieg des Onlineshoppings. Die Zombie-Apokalypse könnte Cornwall überrollen (*Ich weiß, ich weiß, würde das überhaupt jemand merken?*) und Penhaligons würde *immer noch* da sein, sich stur an seinen Spitzenplatz auf der Fore Street klammern, und die Bedürfnisse sowohl der Einheimischen und auch der untoten, hirnfressenden Horde („Urlauber", wie sie auch genannt werden) befriedigen. Ich hätte mich normalerweise nicht im Penhaligons aufgehalten, aber wir waren jetzt seit vier Tagen in unserem neuen Haus und Daisy und ich hatten es satt auf den alten Gartenstühlen meiner Mutter zu sitzen – die waren buchstäblich für den Arsch –, also ging ich kurz rein, weil ich vorbeikam.

Es hatte sich, seit ich das letzte Mal dort gewesen war, kaum verändert. Überhaupt hatte es sich, seit ich das *erste* Mal vor vierzig Jahren dort gewesen war, kaum verändert. Aber ich war angenehm überrascht, dass man der Möbelabteilung frischen Wind eingehaucht hatte und es ein paar Sitzmöbel gab, die aussahen, als wären sie tatsächlich nach dem Fall der Berliner Mauer entworfen worden (anstatt vor ihrem Bau).

Ich sank dankbar in ein großes, flauschiges Sofa, strich anerkennend über den Stoff und griff nach dem Preisschild. Die Zahlen ließen mich panisch nach Luft schnappen (und nach einer nichts ahnenden Fliege, die arglos vorbeischwebte), aber die Worte „Wir liefern am nächsten Tag!" hatten sofort einen beruhigenden Effekt.

Ich erhob mich, um es mir noch einmal in seiner vollen Größe anzusehen und erschrak, als eine Stimme quer durch den Laden nach mir rief.

„Oh mein Gott, Jodie „Nosey" Parker! Die neugierige Nosey! Bist du es wirklich?"

Ich drehte mich um, obwohl ich schon wusste, wer es war. Tony Penhaligon, Ururenkel des ersten Mr Penhaligon, alter Klassenkamerad und ehemaliger Freund (wir waren 1994 zwei Wochen zusammen, haben ein bisschen Händchen gehalten, geküsst, aber niemals – *igitt* – mit Zunge), stand vor mir, ein breites Grinsen im Gesicht. Wie das Familiengeschäft, hatte er sich auch über die letzten vierzig Jahre kaum verändert und jedes Mal, wenn ich ihn sah, konnte ich immer noch den kleinen, nervigen Jungen mit der laufenden Nase erkennen, der am ersten Schultag in Mrs Hobsons Klasse neben mir saß. Aber er hatte ein gutes Herz und es war so schön, ein freundliches Gesicht zu sehen.

Ich musste zweimal hinsehen, als ich ihn vor mir hatte. Moment mal; er *hatte* sich tatsächlich doch verändert. Das letzte Mal, als ich ihn gesehen hatte, während einer meiner Besuche bei meiner Mutter, hatte er die typische Physis eines Familienvaters, ein kleines Bäuchlein von zu vielen Fleischpasteten und Bieren. Das war nun verschwunden und er sah recht schlank aus. Verschwunden war auch die wenig schmeichelhafte Arbeitskleidung, bestehend aus einem weißen Poloshirt und schwarzer Hose, und war ersetzt worden durch einen smarten, gut sitzenden und teuer aussehenden Anzug. Eine kleine Stimme in meinem Kopf sagte, *jetzt dürfte er auf jeden Fall seine Zunge einsetzen,* bevor ich sie mit einem inneren, verächtlichen Blick zum Schweigen bringen konnte.

„Es ist ganz schön lange her, Tone. Ich habe dich nicht gesehen, seit –"

„Silvester, vor drei Jahren."

Ich lachte. „Du hast ein gutes Gedächtnis."

„Es war das letzte Mal, dass hier was Spannendes passiert ist. Hast du deinen Vorsatz eingehalten?"

„Das war das erste Weihnachten, nachdem Richard und ich uns getrennt hatten", sagte ich. „Ich glaube, da habe ich im betrunkenen Zustand einige Vorsätze formuliert."

Tony grinste. „Ja, da gab es ein oder zwei. Aber sag mal, hast du dich an deinen Hauptvorsatz gehalten? Dich von Idioten fernhalten?"

„Oh, nach *diesem* Motto lebe ich heutzutage. Was war deiner?"

Er schüttelte den Kopf. „Ich verkünde meine nie. So kann niemand wissen, ob ich mich daran gehalten habe oder nicht."

„Und hast du?"

„Nein. Aber das ist jetzt sowieso egal. Also, was machst du hier? Besuchst du deine Mutter? Ich habe gehört, dass sie krank war."

„Ich kaufe ein Sofa", sagte ich.

„Du weißt aber, dass wir nicht nach London liefern", sagte er.

„Das macht gar nichts, denn da wohne ich nicht mehr."

Er sah überrascht aus. „Seit wann? Heißt das, du bist zurück?"

„Ja."

Ich konnte sehen, dass er gerne mehr gefragt hätte, aber mich nicht zu sehr bedrängen und seine Kommission verlieren wollte, das wäre wohl zu viel für ihn. Außerdem wusste er, dass, wenn ich jetzt hierbleiben würde, er es irgendwann sowieso erfuhr.

„Also, was hältst du von diesem Sofa?"

Ich setzte mich wieder. „Ehrlich gesagt, es fühlt sich an, als wäre mein Hintern gestorben und in den Himmel aufgestiegen, wo er von den Flügeln eines Engels liebkost wird."

Er lachte laut auf. „Willst du einen Job in unserer Marketingabteilung? Ich habe schon immer gesagt, du hättest Dichterin werden sollen und kein Bulle."

„Bin ich auch nicht mehr", sagte ich, suchte in meiner Handtasche herum und gab ihm eine meiner neuen Visitenkarten.

„Partys und Pasteten'", las er. „Was ist das?"

„Mein neues Geschäft", sagte ich. „Ich habe es gerade gegründet –"

„Warte, du bist jetzt Köchin? Arbeitest du auch auf Hochzeiten?" Tony blickte mich hoffnungsvoll an.

„Hochzeiten, Taufen, Bar-Mizwa, was du willst. Wenn Leute dort Essen wollen, kann ich es liefern." Ich *hoffte* jedenfalls, ich könnte es; ich hatte bisher noch keine Kunden gehabt, aber in der Theorie ...

„Das ist fantastisch!", schrie Tony. „Das ist ... Wie heißt dieses Wort noch mal? Serenpidität?" Ich dachte daran, ihn zu korrigieren, entschied mich aber dagegen; wir würden uns beide nur schlecht fühlen. Er winkte ohnehin schon einer Frau auf der anderen Seite des Ladens, die argwöhnisch um eine Vitrine herumgeschlichen war, in der Kristallvasen präsentiert waren. „Cheryl! Komm mal rüber! Ich habe einen Caterer gefunden!"

Er hielt ihr meine Visitenkarte hin, als sie näher kam. Sie überflog sie, sah an mir rauf und runter, offensichtlich nicht beeindruckt von dem, was sie sah. Was ich ihr nicht übel nehmen konnte, denn ich war nur schnell, während die zweite Schicht Farbe trocknete, rausgegangen, um Teebeutel zu kaufen, und sah wohl mehr nach Michelin-Mann als Michelin-Sternekoch aus.

„Wir heiraten", verkündete Tony stolz und ich konnte verstehen, warum. Trotz Cheryls momentanen Gesichtsausdrucks, der dem einer Bulldogge ähnelte, die an einer Zitrone gelutscht hatte, sah sie (wahrscheinlich, im richtigen Licht) recht attraktiv aus, und war etwa zehn Jahre jünger als er, obwohl sie sich eher wie Joan Collins während ihrer Denver-Clan-Ära anzog. Ich konnte mich nicht daran erinnern, wann ich das letzte Mal Schulterpolster dieser Größe gesehen hatte, abgesehen von denen beim Super Bowl. Es erklärte sowohl den schicken Anzug, den Tony im Moment trug, als auch seine neuerlich schlanke Figur.

„Glückwunsch", sagte ich. Er verdiente es, glücklich zu sein.

Tonys erste Frau hatte ihn für ihre Fahrlehrerin verlassen, ein Betrug, der nur noch durch die Tatsache verschlimmert wurde, dass Tony die Fahrstunden bezahlt und sie nicht den Anstand gehabt hatte, ihn zu verlassen, bevor sie ihre Prüfung bestand (nach drei Versuchen), einen Autobahn-Sicherheitskurs, einen Defensives-Fahren-Kurs und die Hälfte der Stunden für ihren LKW-Führerschein abgeleistet hatte. Die Beziehung zur Fahrlehrerin hielt auch nicht lange und, laut meiner Mutter, die ihre Mutter kannte, fuhr sie nun Kraftfahrzeuge rauf und runter durchs Land, begleitet von ihrem Hund – einem Zwergspitz namens Germaine.

Ich hoffte, dass er mich bitten würde, ihr Catering zu übernehmen – ich brauchte das Geld –, aber im selben Moment war ich mir dann doch nicht so sicher, ob ich es riskieren wollte, seine Hochzeitsfeier zu ruinieren. Ach, ich würde einfach nur alles sehr, sehr vorsichtig planen müssen.

„Unser Caterer hat uns hängen lassen und die Hochzeit ist schon nächstes Wochenende", sagte er.

Nächstes Wochenende? Heilige –

„Ich sagte gerade zu Jodie“, er wandte sich an seine Verlobte, zeigte auf mich mit einer schnellen Handbewegung, „ich sagte gerade, das ist doch ein glücklicher Zufall, eine Serenpidität –“

„Serendipität“, korrigierte sie ihn, lächelte herablassend. *Hmm.* „Also – Jodie, richtig? – hast du Empfehlungsschreiben? Auf wie vielen Hochzeiten hast du schon gecatert? Wir haben einen sehr edlen Ort für die Feier – das Parkview Manor Hotel – kennst du es? – und es werden viele Gäste aus dem ganzen Land kommen.“

Ich öffnete gerade meinen Mund, um zu gestehen, dass ich tatsächlich noch nie eine Hochzeit versorgt hatte, aber dass sie, so kurz vor ihrem Hochzeitstag, Glück haben müssten, jemanden zu finden, der bereit wäre (oder so verzweifelt das Geld bräuchte) wie ich. Doch Tony war schneller.

„Ihre Referenzen sind, dass sie eine alte Freundin und ehemaliger Polizist ist und du keine bessere Empfehlung als das bekommst“, sagte er. Cheryl kräuselte ihre Lippen, widersprach aber nicht, denn offensichtlich war ihr bewusst, dass sie keine große Wahl hatte, wenn sie ihren anspruchsvollen Gästen nicht Pastete und Fritten im wenig anspruchsvollen Kings Arms auf dem Marktplatz servieren wollte. Ich lächelte.

„Ich mach’s für denselben Preis, den euer letzter Caterer veranschlagt hatte, wenn du das Sofa drauflegst.“

∗∗∗

So fand ich mich also sechs Tage später vor dem eindrucksvollen Eingang des Parkview Manor Hotels wieder. Es war früher Abend, der Tag vor der Hochzeit des Jahrhunderts™; viele der Gäste würden übernachten und Tony hatte mich (gegen Cheryls Wunsch, schätze ich) zum Willkommensempfang eingeladen. Ich zog mein Kleid herunter; ich hatte etwas zugelegt, seit ich die Polizei verlassen hatte, noch mehr seit meinem Catering-Kochkurs, und meine Ausgehkleider, die ich sowieso nur noch selten trug, begannen alle ein bisschen zu kneifen. Meine Schuhe drückten schon an meinen Zehen. Es waren keine Jimmy Choos, aber sie waren die einzigen in meiner Garderobe, die nicht von Dr. Marten oder Nike waren. Ich tröstete mich mit dem Gedanken, dass ich morgen nur in der Küche verbringen und meine wesentlich vernünftigeren Jeans und Turnschuhe tragen würde, atmete tief durch und ging rein.

Das Foyer des Hotels wirkte sehr vornehm und hätte auch in London sein können, anstelle in der Idylle von Cornwall. Jede Ablagefläche war aus Marmor und ich bekam das Gefühl, wenn ich hier noch länger stehen und gaffen würde, würde ich auch zur Marmorsäule werden. Es gab große, exotische Farne und überall waren Strelitzien zu finden, und die Pflanzenkillerin in mir (ich hatte braune Daumen) vermutete sofort Plastikpflanzen. Ich strich unauffällig über ein Blatt, als ich daran vorbeiging (und verurteilte damit den armen ahnungslosen Farn zum Tode); sie waren echt und wurden gut gepflegt.

Ich konnte mich vage an die Dame hinter der Rezeption erinnern. Obwohl ich seit fast zwanzig Jahren nicht mehr in Penstowan gelebt hatte, war ich hier aufgewachsen und zur Schule gegangen, und fünfundsiebzig Prozent der Einwohner waren entweder alte Klassenkameraden, deren Geschwister oder Eltern. Sie lächelte und neigte ihren Kopf in Richtung des Schildes „Penhaligon und Laity Hochzeit", mit einem Foto des glücklichen Paares und einem Pfeil, der in Richtung des Veranstaltungssaals wies. Es war komischerweise sehr ruhig, nur ein wenig Musik und Geplapper waren im Foyer zu hören.

Im Saal waren nur ein paar Gäste, die an der Bar redeten, und Tony, der Audienz hielt. Er war offensichtlich sehr aufgeregt vor seinem großen Tag und plapperte mit jungenhaftem Enthusiasmus, der sehr liebenswert wirkte. Es war immer noch recht früh, also war das wohl noch nicht alles; Cheryl hatte gesagt, dass Gäste aus dem ganzen Land kommen würden, also waren die vielleicht einfach noch nicht da.

„Die neugierige Nosey!", rief Tony. Also *das* war weniger liebenswert. Ich musste mit ihm noch mal ein Wörtchen über meinen Spitznamen aus der Kindheit reden. Ich setzte ein Lächeln auf und trottete hinüber, verzog das Gesicht aber angesichts der Blase, die sich bereits an meinem kleinen Zeh bildete.

Aber ich erreichte Tony und seine Kumpel nie, denn die Aufmerksamkeit aller wurde plötzlich zum Eingang des Veranstaltungssaals gezogen. Die Flügeltür war aufgestoßen worden und Cheryl stand dort, lächelte glückselig angesichts der versammelten Gäste. Sie war aufgetakelt und trug ein eng anliegendes Cocktailkleid aus tiefroter Seide, während ihr Haar seriös gestylt und mit Haarspray zementiert war. Sie rockte immer noch den Achtzigerjahre-Stil Stil und man konnte nicht leugnen, dass es sie es gut machte. Mein billiges Kleid aus dem Kaufhaus und die hässlichen Schuhe fühlten sich unter ihrem Blick noch unbequemer an und ich konnte es nicht erwarten, nach Hause zu kommen und meinen Pyjama anzuziehen.

Sie wartete noch einen Moment länger, ihren dramatischen Auftritt auskostend, und öffnete dann ihren Mund, um zu sprechen.

Ihre Worte erstarben sofort, als sie plötzlich aus dem Sichtfeld aller verschwand, umgerannt und zur Seite geworfen von einer kreischenden Harpyie in einem kakifarbenen Overall.

Kapitel 2

Für den Bruchteil einer Sekunde bewegte sich niemand; wir alle fragten uns, was zur Hölle gerade passiert war. Und dann hörte man Geräusche eines handfesten Zickenkriegs aus dem Foyer.

Ich sprang aus meinen dummen, unbequemen Schuhen und rannte nach draußen, wo ich Cheryl auf dem Boden liegend fand, ihre Hände in die Luft geworfen, wobei sie versuchte die Irre zu würgen, die rittlings auf ihr saß – eine Irre, die ihr immer noch Drohungen zukeuchte.

„Mel?" Tony kam Sekunden nach mir an und stand einfach nur erstaunt da.

„Ist das wirklich Mel?", fragte ich verwundert. Ich hatte Tonys Ex-Frau seit Jahren nicht mehr gesehen und beim letzten Mal hatte sie einen wunderschönen roten Lockenkopf gehabt. Die Harpyie hier hatte gebleichte, blonde Haare, die sehr kurz geschnitten und dornenartig gestylt waren.

„Du kannst ihn nicht heiraten!", schrie die Harpyie. „Du liebst ihn nicht! Ich werde nicht zulassen, dass du sein Leben zerstörst!"

„*Du* hast das doch schon getan, du Kuh!", zischte Cheryl, die Mühe hatte, unter Mels, nicht unbeträchtlichen, Gewicht zu atmen. Ich musste zugeben, sie hatte irgendwie recht.

Das Ganze war unterhaltsam, aber ging langsam zu weit. Keiner der anderen schien das stoppen zu wollen – die waren alle noch zu geschockt –, also schritt ich ein. Ich war dafür immerhin trainiert worden.

„Okay, meine Damen, das reicht", sagte ich, während ich versuchte Cheryls Finger von Mels Hals zu schälen. Als das nicht funktionierte – sie hatte einen verdammt starken Griff für jemanden mit so gut manikürten Nägeln –, schlug ich ihr mit meiner Handkante kräftig auf die Innenseite ihres Ellbogens, was sie zum Schreien brachte, woraufhin sie aber losließ. Dann zog ich Mel auf ihre Füße und stellte mich zwischen die beiden Frauen.

Ich blitzte Tony und die (hauptsächlich männlichen) Schaulustigen an, die uns blöd anglotzten.

„Alles in Ordnung, Männer, helft bloß nicht oder so was, verdammt noch mal", sagte ich und verdrehte die Augen. Tony schüttelte sich und half Cheryl dann auf.

„Sie kann ihn nicht heiraten!", schrie Mel und streckte sich, um die wütende und nicht mehr ganz so liebliche Braut zu erwischen. Ich schüttelte sie und drehte sie zu mir.

„Mel", begann ich. „Mel! Beruhige dich. Erinnerst du dich an mich? Jodie?"

Sie sah mich an und die Erinnerung schien zurückzukommen.

„Bist du nicht die, die abgehauen und zur Polizei gegangen ist? Was machst du hier?" Eine Welle der Erleichterung schien über sie zu rollen. „Ermittelst du gegen die? Bist du –"

„Beruhige dich einfach", sagte ich. „Ich lass dich jetzt los, damit wir vernünftig miteinander reden können, okay? Ich will nicht, dass sich das, was-auch-immer-das-war, wiederholt."

„Ich will die Polizei hier. SOFORT!", schrie Cheryl. Sie war sichtlich erschüttert, aber ich konnte nicht anders, als zu glauben, dass sie es genoss, das Zentrum der Aufmerksamkeit zu sein, oder zu bemerken, dass ihre lackierten Haare sich während der Schlacht eben kaum bewegt hatten. Sie musste es mit flüssigem Kevlar besprüht haben.

Tony sah mich hilflos an. Ich schien diesen Effekt auf Männer zu haben; an irgendeinem Punkt in der Beziehung sahen sie mich immer so hilflos an. Ich seufzte.

„Lass uns nichts übereilen, Cheryl", sagte ich. Sie funkelte mich an, aber ich fuhr fort, bevor sie mich anschreien konnte. Ich entwickle normalerweise nicht gleich Hass auf eine Person, aber mit ihr konnte ich wirklich nicht warm werden. „Es ist die Nacht vor deiner Hochzeit, eure Gäste kommen heute alle und ihr solltet eine Party feiern. Willst du deinen Abend wirklich auf der Polizeistation verbringen? Es wird Stunden dauern, bis alle Aussagen aufgenommen werden. Dein ganzer Abend wäre ruiniert."

Tony sah mich dankbar an und ich vergab ihm, dass er ein hilfloses Weichei gewesen war. Mein gutes Herz bringt mich eines Tages noch ins Grab.

„Jodie hat recht", sagte er. „Lass uns einfach gehen und was trinken und die ganze Sache vergessen, ja? Es ist doch nichts passiert."

Cheryl sah für einen Moment aus, als wollte sie noch etwas sagen und einen Strom von verbalem Missbrauch loslassen, der einen Seemann erröten lassen würde.

„Hallo, hallo, hallöchen, was ist denn hier los?" Die Stimme dieses Mannes ließ Cheryl auf der Stelle erstarren. Wir alle drehten uns um und starrten auf die kleine Gruppe Gäste, die gerade im Foyer eintraf, zu uns herübersah und sich offenbar amüsiert fragte, ob sie das Unterhaltungsprogramm des Abends schon verpasst hatte.

Ich sah den Mann an, der, was von Rechts wegen als ehemalige Polizistin mein Spruch war, geklaut hatte. Er war in seinen frühen Sechzigern, modisch und gut angezogen, in lockerer, aber teurer Kleidung. Ein Ralph Lauren Polospieler tollte diskret unter der Brusttasche seines Shirts und die dicke Taucheruhr an seinem Handgelenk sah nicht wie eine billige Imitation vom Markt aus. Er strahlte Selbstsicherheit und Witz aus, speziell wenn es auf Kosten anderer war. Hinter ihm stand ein weiterer, jüngerer Mann, gut aussehend auf eine arrogante Art – die Art von Typ, von der du tief drinnen weißt, dass du ihm nicht vertrauen kannst, der dich aber vom Gegenteil überzeugen kann, gerade lange genug, um dir an die Wäsche zu gehen. Ein boshaftes Lächeln, fast spöttisch, breitete sich auf seinem Gesicht aus, während er Cheryl ansah, die untypisch still geworden war.

„Alles klar, Chel?" Seine Stimme hatte einen verhöhnenden, leicht angriffslustigen Ton. „Mein Name war nicht auf der Einladung, aber ich bin sicher, das war keine Absicht."

„Wir haben dir eine geschickt", sagte Tony peinlich berührt. „Die Post hier ..."

Der ältere Mann lächelte – er war sichtlich erheitert, sowohl von Tonys offensichtlichem Unbehagen als auch von dem Schauspiel vor ihm – und senkte seinen Kopf in Richtung Mel.

„Ist das die Bühnenshow? Ich halte nicht viel von deinem Talent als Stripperin."

Oh, also war er ein Arsch. Gut, das gleich zu erfahren.

„Das hilft wirklich nicht weiter, Mr ...?", sagte ich mit meiner besten Polizistinnenstimme. Manche Dinge verliert man nie.

„Laity. Roger Laity." Er hielt mir seine Hand zum Schütteln hin, aber die waren immer noch damit beschäftigt, Mel festzuhalten. „Onkel der liebreizenden Braut."

„Nun, Mr Laity, wenn Sie und der Rest der Gruppe sich jetzt auf den Weg in den Saal machen könnten, anstatt hier zu stehen und witzige Kommentare zu machen, würde das helfen, die Feier Ihrer Nichte zu retten, denken Sie nicht?"

Er sah mich abschätzig an. Ich hatte den Eindruck, dass er erwartete, mich erröten oder unter seinem Blick zusammenbrechen zu sehen, aber nun, er kannte mich nicht. Er drehte sich um und tätschelte Tony herablassend den Rücken: *Du kannst dich entspannen, der echte Mann der Familie ist angekommen.* Tony sah aus, als wollte er sich an der Stelle waschen und sich möglicherweise desinfizieren, die sein Onkel in spe berührt hatte, und ich empfand Mitleid für ihn. Alles, was er wollte, war eine schöne Hochzeit.

„Komm schon, Babe", sagte Tony, der Cheryl mitzog.

Die künftige Braut schickte Mel einen mörderischen Blick zu, die es verdiente, um ehrlich zu sein, und an mich, die es nicht verdiente, und erlaubte Tony dann, sie an die Hand zu nehmen und sie wegzuführen. Aber sie hielt an, drehte sich zu mir um und zischte: „Bringen Sie … das *Ding* aus meinem Sichtfeld oder ich rufe wirklich die Polizei an!"

***

Wir warteten, während Tony, Cheryl und ihre Gäste das Foyer verließen, und dann geleitete ich eine nun sehr umgängliche Mel aus dem Hotel hinaus und über das Gelände. Wir fanden eine Bank in einer ruhigen Ecke, nahe einem Teich voller Koi-Karpfen, und setzten uns.

„Also, was war da los?", fragte ich. Mel sah beschämt aus.

„Es tut mir so leid", sagte sie geknickt. „Ich habe ja versucht mit ihr zu reden, aber sie hat mich einfach ignoriert und mir stieg das Blut in den Kopf."

„Das war ja ein richtiger Rugby Tackle", sagte ich. Wir sahen uns an, den Anblick von Cheryl und ihren wilden Haaren vorm inneren Auge, und mussten beide kichern.

„Du kannst sie doch auch nicht leiden, oder?", fragte Mel.

„Ich kenn sie doch kaum", sagte ich und sie lachte leise.

„Das ist dann also ein Nein", beschloss sie, und dann lachte ich auch.

„Nein, ist es nicht."

Wir saßen einen Moment in Stille da, während sie sich beruhigte und ihre Gedanken ordnete.

„Ich denke nicht, dass sie ihn liebt", sagte Mel schließlich. „Sie wird sein Leben zerstören."

„Auch wenn ich dann recht verurteilend klinge …“, begann ich.

„Ich weiß, ich weiß, ich hab es schon ruiniert.“ Sie seufzte. „Ich hab’s nicht gern getan. Und ich habe ihn geliebt. Ich habe mich nur auch in jemand anderen verliebt.“

„Deine Fahrlehrerin.“

Sie sah mich erstaunt an. „Ich vergesse ständig, dass hier in dieser Stadt jeder alles über jeden weiß. Meine Mutter und deine Mutter –“

„Sie gehen beide mittwochs zum Senioren-Kaffeeklatsch der Kirche“, sagte ich.

Sie nickte. „Natürlich. Ich verliebte mich also in meine Fahrlehrerin, aber ich liebte Tony immer noch. Ich wollte beide nicht hinhalten, aber ich wusste nicht, mit wem ich zusammen sein wollte.“ Sie seufzte erneut. „Wenn das irgendwie ein Trost ist, ich hab die falsche Wahl getroffen. Sie hat mit mir dasselbe wie ich mit Tony abgezogen.“

Ich sah ihr trauriges Gesicht an und erinnerte mich, wie ich mich beinahe sofort in Daisys Vater verliebt hatte – PC Richard Doyle, um ihn bei seinem offiziellen Dienstgrad zu nennen, oder „das betrügerische Schwein“, um ihn bei seinem inoffiziellen Namen zu nennen, den meine Mutter immer verwendete –, als ich ihn während einer Teambesprechung sah. Er war gerade in das Revier gewechselt und ich musste ihm alles zeigen. Nach der Arbeit und ein paar Drinks später im Pub zeigte ich ihm noch eine ganze Menge mehr. Ich hatte zunächst nicht gewusst, dass er verheiratet war, und mir war seine Frau egal gewesen, als er sie verließ, denn das hatte bedeutet, dass er mich gewählt hatte.

Ich war ein einsamer Workaholic und ich wollte ihn nicht gehen lassen. Zweifellos war ich der Frau, für die er mich zwölf Jahre später verließ – von der ich sicher war, dass sie nur eine von vielen traurigen außerehelichen Eroberungen war – ebenso egal. Es hatte sich angefühlt, als hätte er mein Herz herausgerissen und wäre darauf herumgetrampelt. Und auch auf Daisys, denn als er mich verließ, verließ er auch sie.

Es gab keinen Herzschmerz auf der Welt, der irgendwann endete. Es machte keinen Unterschied, dass viele Leute daran litten, es minderte den Schmerz nicht. Ich seufzte.

„Das ist natürlich kein Trost, für niemanden. Nicht mal für Tony. So ist er nicht." Ich nahm einen kleinen Kieselstein, warf ihn in den Teich und beobachtete die Wellen, die er verursachte. Ich drehte mich wieder zu Mel. „Aber was macht dich so sicher, dass sie sein Leben ruinieren wird?"

„Sie heiratet ihn nicht aus Liebe", sagte sie bestimmt.

„Wie kommst du darauf? Weshalb heiratet sie ihn dann?"

„Geld."

Ich lachte. „Er hat doch keins, oder? Ich meine, klar, der Laden ist nach all den Jahren noch geöffnet ..."

Sie sah mich weiter an. „Der Laden?" sagte ich. „Du denkst, sie will das Geschäft?"

Mel zuckte mit den Schultern, sagte aber nichts. Warum sollte Cheryl den Laden wollen? So profitabel war der doch nicht; ich war überrascht gewesen, dass er überhaupt noch lief. Kleinere Geschäfte mussten andauernd in kleinen Küstenstädten wie Penstowan schließen.

Ich sah sie nachdenklich an. „Du hast mich vorhin gefragt, ob ich hier wäre, um gegen sie zu ermitteln. Gegen wen?“

„Die Laity-Familie“, sagte Mel, ohne zu zögern. „Machst du's?“

„Ich bin keine Polizistin mehr“, sagte ich. „Ich mache hier nur das Essen.“

„Oh.“ Sie sah enttäuscht aus.

„Ich bin trotzdem immer noch neugierig“, sagte ich. Ich musste gestehen, dass mein alter Spitzname ‚neugierige Nosey‘ nach all den Jahren auf der Arbeit eigentlich recht passend war. „Warum sollte man gegen die Laity-Familie ermitteln?“

Sie sah mich nervös an. „Meine Cousine arbeitet für den Stadtrat. Sagen wir einfach, die Laity-Familie hat Pläne für Penstowan, mit denen nicht jeder einverstanden sein wird.“

„Was für Pläne?“, fragte ich.

„Alles okay?“

Ich sah in Tonys sorgenvolles Gesicht. Er sah nervös von mir rüber zu Mel, ein besorgtes Lächeln aufgesetzt.

„Tony! Es tut mir so leid …“, begann Mel, während sie aussah, als würde sie gleich anfangen zu heulen.

„Möchtet ihr, dass ich euch zum Reden allein lasse?“, sagte ich und stand auf. Emotionale Szenen sind nicht mein Ding. Aber die beiden sahen komplett panisch aus bei dem Gedanken daran. Mel schnappte sich meine Hand.

„Ich wollte nur sichergehen, dass du okay bist“, sagte Tony.

„Ich weiß, das muss hart für dich sein, zu sehen, wie ich weitermache und glücklich bin –“

„Meine Güte, Tony, das ist keine Dreiecksliebesgeschichte, in der du hier steckst!", zischte sie. Er sah verletzt aus, dann genervt. „Ach so, dann hast du also nur aus Spaß beschlossen, hier hereinzustürmen und meine Hochzeit zu ruinieren?"

Mel erhob sich und alles schien wieder aus dem Ruder zu laufen. Ich sprang auf und stellte mich zwischen die beiden.

„Tony, danke, dass du nach uns gesehen hast; alles gut. Mel geht jetzt nach Hause und du solltest zu deiner Party zurück, ich komme gleich noch auf einen Drink rein." Ich brauchte wirklich einen, nach all dem hier. Und ich hatte gedacht, ich würde mich hier langweilen. Ich schob ihn ein bisschen in Richtung Hotel und nahm Mels Arm.

Wir ließen ihn mit offenem Mund stehen, als wollte er Fliegen fangen.

„Also, was wolltest du sagen?", fragte ich Mel, als wir außer Hörweite waren. Aber sie schüttelte den Kopf.

„Nichts. Der hat Eier. Wenn er die heiraten will, lass ihn nur machen."

Wir waren nun fast beim Parkplatz angekommen. Sie entzog mir ihren Arm und hielt inne.

„Danke, dass du mich davor bewahrt hast, eine noch größere Idiotin aus mir zu machen", sagte sie. „Das weiß ich sehr zu schätzen, ehrlich." Sie sah hinüber zu einem alten und mitgenommenen Vauxhall, der auf der anderen Seite der mit Kies bedeckten Auffahrt parkte. Ein kleines, pelziges und unbestreitbar süßes Gesicht starrte heraus und schnüffelte am Fenster. „Ich hab meinen Hund im Wagen gelassen. Ihr ist sicher heiß." Mel musste meinen missbilligenden Blick gesehen haben; das Fenster war einen winzigen Spalt geöffnet, kaum genug, um Luft reinzulassen, und es war ein heißer Tag gewesen. „Ich kann die Fenster nicht weiter runterlassen, sonst springt sie einfach raus", erklärte sie und gluckste. „Die ist so schlau, sie wirft sich mit ihrem ganzen Gewicht nach oben aufs Fenster und strampelt sich dann raus. Ich hätte sie Houdini nennen sollen. Ich lass sie nur kurz zum Pinkeln raus und dann fahre ich."

Sie wandte sich zum Gehen, aber ich fasste ihren Arm, um sie aufzuhalten.

„Wenn du mal reden willst ...", sagte ich. „Ich würde dir ja meine Karte geben, aber ich hab meine Tasche an der Bar gelassen."

Sie lächelte sanft. „Danke. Wenn du jetzt wieder in Penstowan wohnst, werden wir uns sicher wieder begegnen."

Ich beobachtete sie, während sie die Autotür öffnete und ein Aufhebens um Germaine machte, treue Gefährtin und Möchtegern-Hundezauberin. Dann ging ich zurück zur Bar.

***

Ich dachte, ich sollte wenigstens noch lange genug bleiben, um ein Glas Wein zu trinken, dann würde ich mich entschuldigen und gehen. Das war nicht wirklich meine Art von Party. Aber es fehlte noch jemand an der Bar: Cheryl.

Tony sah mich hereinkommen, brachte mir ein Glas Champagner und führte mich rüber zum Fenster.

„Also … denkst du, sie kommt wieder?", fragte er mich.

Ich verschluckte mich am Champagner. „Wer, Cheryl?"

„Nein, du Dummchen. Cheryl ist früh zu Bett gegangen. Mel. Wird Mel morgen noch mal Ärger machen?"

„Oh, ach so. Nein, ich glaube nicht." Ich schüttelte den Kopf. „Und, außerdem, falls sie doch kommt, bin ich drüben in der Küche und bereite Vol-au-Vents vor und mache Essen für hundert Leute. Ich werde Zugang zu einer Menge scharfer Objekte haben."

„Du könntest wieder deinen Wahnsinns-Ex-Polizist-Ninja-Kram abziehen." Tony lachte. „Das war so heiß …"

Ich schnappte in gespielter Empörung nach Luft und klatschte ihm eine. „Anthony Penhaligon! Du bist praktisch ein verheirateter Mann!"

Er lächelte. „Ich weiß", sagte er. „Ich hab verdammtes Glück."

„Hm", murmelte ich unverbindlich, nippte an meinem Drink.

„Du magst meine baldige Ehefrau nicht besonders, oder?", sagte er.

„Ich kenne sie kaum." Mir war schmerzlich bewusst, dass das genau dasselbe war, was ich zu Mel gesagt hatte. Er lachte.

„Das ist also ein Nein." Er starrte einen Moment lang aus dem Fenster, dann wandte er sich wieder mir zu. „Ich weiß, Cheryl kann ein bisschen …" *Was? Ein verdammter Albtraum sein?* „Ein bisschen viel sein. Aber sie hatte kein einfaches Leben."

Ich dachte an all die Dinge, die mir so über die Jahre hinweg passiert waren.

„Viele von uns hatten ein hartes Leben –“, begann ich.

„Sie hat ihre Eltern verloren, als sie fünfzehn war.“ *Oh, verdammt.* „So kam sie zu ihrem Onkel. Ich weiß nicht, wie ihre Eltern waren – sie hatten nicht hier gelebt –, aber ihr Onkel und seine Leute …“ Tony schüttelte seinen Kopf und senkte seine Stimme. „Das sind keine besonders netten Menschen. Also, sei ein bisschen nachsichtig mit ihr, okay?“ Er berührte mich sanft am Arm.

„Ich bin froh, dass du zurück bist, Jodie. Ich würde mich freuen, wenn du und Cheryl Freundinnen werden könntet. Würdest du das versuchen?“

„Natürlich“, sagte ich. Und ich meinte es so, ich würde es für ihn versuchen.

Ich trank aus und verließ die Bar. Sollte ich raufgehen und mit Cheryl reden? Ein Teil von mir wollte nichts mehr, als nach Hause zu gehen, meine Mutter von ihren Pflichten als Babysitterin zu erlösen – Daisy glaubt gerne, sie wäre erwachsen, aber sie war erst zwölf –, doch der besorgte (oder neugierige) Teil von mir, dachte, ich sollte schnell nach oben schlüpfen und nach ihr sehen.

Ich stand vor ihrem Zimmer, zögerte. Vielleicht sollte ich sie nicht stören, wenn sie früh zu Bett gehen wollte. Aber ich konnte Bewegungen hören – viel Bewegung – auf der anderen Seite der Tür. Also klopfte ich.

Es wurde still. Meiner Meinung nach war das schuldige Stille – wenn man jemanden bei etwas erwischt hat, dass er besser nicht hätte tun sollen. Fragt mich nicht, wie Stille schuldig klingen konnte, aber das geht. Ich hatte da diesen Instinkt …

Gerade als ich überzeugt war, dass sie nicht öffnen würde, tat sie es, wenn auch nur einen kleinen Spalt. Sie hatte ein Lächeln im Gesicht, das sofort verschwand, als sie mich sah.

„Oh, du bist das", sagte sie.

„Ich wollte nur sehen, ob bei dir alles okay ist, nach dem Vorfall vorhin", sagte ich süßlich. Ich kann auch süß.

„Mir geht's gut", sagte sie. Durch den offenen Spalt der Tür konnte ich einen Koffer auf dem Bett entdecken und ein Chaos aus Kleidung halb darin, halb im Zimmer verteilt.

„Alles fertig für den großen Tag?", sagte ich. „Packst du schon für die Flitterwochen?"

„Ja", sagte sie und versuchte die Tür ein wenig mehr zu schließen. Ich hatte das schlimme Gefühl, dass sie nicht packte.

„Sieh mal, wir haben uns irgendwie auf dem falschen Fuß erwischt", sagte ich. „Wenn du reden möchtest –"

„Nicht wirklich."

„Okay." Ich war erleichtert. „Tony ist ein echt guter Kerl, weißt du. Und er verdient es, glücklich zu sein."

Ihre Miene wurde finster. *Uh oh.*

„Das weiß ich."

„Wenn du also irgendwelche Zweifel haben solltest ..."

Sie sah mich ein paar Sekunden an, dann erschien ein falsches Lächeln auf ihren Zügen.

„Absolut keine Zweifel", sagte sie. „Danke der Nachfrage." Und damit knallte sie mir die Tür vor der Nase zu.

***

35

Ich ging nach Hause und ins Bett, sah zuerst noch einmal nach Daisy, die es aufgegeben hatte, auf mich zu warten, und ins Bett gegangen war, und nach meiner Mutter, die im Gästezimmer schlief. Ich hatte erwähnt, dass sie dauerhaft bei uns unterkommen könnte, da sie nicht mehr die Jüngste war und ich mir Sorgen machte, dass sie allein war (besonders seit vor ein paar Monaten eine Angina bei ihr festgestellt worden war, was mich auch davon überzeugt hatte, dass es der richtige Zeitpunkt war, nach Hause zu ziehen), aber sie hatte das fast unanständig schnell abgelehnt und meinte, sie schätze ihre Privatsphäre und sie könne dann wohl kaum einen Mann mit nach Hause bringen, wenn ihre Tochter und Enkelin da wären.

Ich schaltete das Licht aus und starrte an die Decke, bis ich in einen ruhelosen Schlaf sank. Meine Träume waren voll von Frisuren im Achtziger-Jahre-Stil, Rugby Tackles und Idioten, die Ralph Lauren trugen, und irgendwo mittendrin Tony, der meinte, er würde morgen das Sofa liefern. Natürlich würde er das nicht, denn es stand bereits an seinem perfekten Platz in meinem Wohnzimmer und morgen war sein Hochzeitstag.

Ich wachte am nächsten Morgen auf und sah, dass ich eine Nachricht vom Bräutigam hatte, und in meinem schläfrigen Zustand dachte ich noch, *er fragt nach einem Termin, um das Sofa zu liefern.*

Als ich die Nachricht öffnete, war ich wenig überrascht zu lesen, dass die Braut verschwunden war.

KAPITEL 3

Tony wartete vor dem Hotel und hüpfte ungeduldig von einem Fuß auf den anderen, als ich mit dem Wagen vorfuhr. Er sah auf und sein Mund stand offen, während ich aus dem Auto sprang.

„Was zur –? Was fährst du da?", fragte er, geschockt auf das Bild auf meinem Van starrend. „Sag mir, dass das nicht deiner ist."

„Mein neuer Firmenwagen", sagte ich beiläufig. „Ich hab ihn vor ein paar Tagen einem Typen in Tavistock abgekauft, der seinen Fetisch-Laden geschlossen hat. Anscheinend ist Tavistock nicht die Brutstätte der Perversion und Abartigkeit, die er erwartet hatte. Wer hätte das gedacht?"

Tony lief am Van entlang und schaute sich die Aufkleber an, obwohl er es sich offensichtlich doch nicht *so* genau angucken wollte.

„Oh mein Gott ..."

„Magst du unser Pornomobil?" Daisy lächelte ihn an, nachdem sie sich, gefolgt von meiner Mutter, vom Beifahrersitz befreit hatte.

„Nenn das nicht so!", sagte ich schnell, unterdrückte ein Kichern, obwohl ich zugeben musste, dass diese Beschreibung perfekt passte. Ich wandte mich an Tony. „Du hast mir nicht viel Zeit zur Vorbereitung gelassen. Ich lass ihn nächste Woche anders ansprühen."

„Du hättest die Aufkleber abziehen können ...“ Tony sah die Zeichnung der Figur an, die eine Peitsche hielt und schüttelte sich.

„Ja, das hab ich versucht, aber das hatte es nur noch verschlimmert.“

„Wie könnte das noch schlimmer aussehen?“

„Es war nur noch die Silhouette zu sehen und was er da schwingt, sah nicht aus wie eine Peitsche.“

Tony schluckte.

„Meine Güte, reißt euch zusammen!“ Meine Mutter schüttelte ihren Kopf. „Ihr jungen Leute seid gleich immer so empört ...“

Ich zeigte auf meine Catering-Helfer. „Du kennst natürlich meine Mutter.“

„Ja, sicher, schön dich zu sehen, Shirley ...“

„Und erinnerst du dich an Daisy? Sie muss neun gewesen sein, als du sie das letzte Mal gesehen hast.“

„Ja, wow, du bist ganz schön gewachsen ...“ Tony sah mich hilflos an. Das schien zur Gewohnheit zu werden. „Warum –“

„Meine Sous-Chefs“, erklärte ich. „Wie gesagt, du hast mir nicht viel Zeit für die Vorbereitung gelassen.“ Um die Wahrheit zu sagen, war Daisy langweilig gewesen – es waren Sommerferien und sie hatte noch nicht an ihrer neuen Schule angefangen – und ich traute ihr und meiner Mutter nicht, sich aus Ärger rauszuhalten, während ich den ganzen Tag unterwegs war. „Sie räumen den Van aus, während wir uns kurz unterhalten.“ Ich warf Daisy die Schlüssel zu und griff Tonys Arm, um mit ihm davon zu marschieren, bevor sie sich beschweren konnte, dass ich sie wie eine Sklavin behandelte (obwohl ich ihr schon versichert hatte, dass ich sie bezahlen würde).

Wir liefen an der Rezeption vorbei und gingen die große Treppe hinauf, die in den ersten Stock hinaufführte. Wir waren auf dem Weg zu Cheryls Zimmer, vor dem Tony anhielt, um den Schlüssel aus seiner Tasche holen.

„Wir wollten das altmodische Wir-sehen-uns-nicht-in-der-Nacht-vor-der-Hochzeit-Ding machen", sagte er. „Sie hat mir ungefähr um halb neun eine Nachricht geschickt, vielleicht Viertel vor zehn, dass sie nach der Feier reden will, aber ich hab es erst später gesehen und nicht gleich geantwortet und dann hat sie mir noch eine geschickt, dass ich mir keine Sorgen machen soll, sie würde schlafen gehen. Ich hab ihr eine Gute-Nacht-Nachricht geschickt, aber sie hat mir nicht geantwortet, also habe ich gedacht, sie sei schon eingeschlafen. Heute Morgen als dann ihre Freundin kam, um ihre Haare und ihr Make-up zu machen, war sie nirgendwo zu finden."

Er öffnete die Tür und wir gingen rein. Das Kleiderchaos, das ich letzte Nacht auf dem Bett gesehen hatte, war verschwunden, der Koffer fehlte, und entweder hatte niemand in diesem Bett geschlafen oder Cheryl war in einem früheren Leben Zimmermädchen gewesen. Vielleicht war sie das, oder vielleicht war sie nur ordentlich und liebte weiche Möbel. Meine Bettwäsche sah nie so aus. Tony ließ sich erschöpft darauf fallen.

„Ich habe versucht sie anzurufen, aber sie hat nicht abgenommen. Niemand konnte sie erreichen, also habe ich mir den Schlüssel vom Manager geholt und mich selbst reingelassen und da habe ich das gefunden.“

Er hielt mir ein Blatt Papier hin. *Oh nein*, dachte ich. Mein Instinkt letzte Nacht war richtig. Ich nahm das Papier.

„Lieber Tony“, las ich und dann endete es. Es stand nichts Weiteres darauf.

„Ich wusste nicht, wen ich sonst anrufen sollte“, sagte er. „Ich wollte es meiner Mutter nicht sagen, weil sie sonst komplett ausrasten würde und je weniger ich mit Cheryls Familie spreche, desto besser; so sehe ich das.“

„Kann ich dir nicht verübeln“, sagte ich. Von dem, was ich letzte Nacht miterlebt hatte, heiratete Tony in eine ganz schöne Brut ein.

„Ich kann die Polizei nicht anrufen; die würden nur sagen, sie hat mich verlassen. Aber sie hat ihren Brief gar nicht zu Ende geschrieben. Sie hätte alles Mögliche schreiben können.“

„Sie könnte …“ Ich wollte ihm nicht von meinem schlechten Gefühl nach dem Gespräch gestern erzählen. Aber ich musste es auch nicht.

„Wem mache ich was vor?“, sagte er, während er in sich zusammenfiel. „Sie hat mich verlassen, oder? Das ist es, worüber sie reden wollte. Ich hätte wissen müssen, dass es so weit kommt, besonders nachdem Mel aufgetaucht ist und sie angegriffen hat. Sie ist so weit außerhalb meiner Liga, warum sollte sie so jemanden wie mich wollen? Ich bin so ein Idiot.“

„Hör sofort damit auf!“, sagte ich und setzte mich neben ihn. „Ich werde das nur einmal sagen, weil du weißt, dass ich keine großen emotionalen Szenen mag, also hörst du besser gut zu. Du bist ein guter Mann,

Tony Penhaligon. Jetzt da du aus der Angewohnheit rausgewachsen bist, dir ständig die Nase am Ärmel abzuwischen –"

„Ab und zu mache ich das noch", gestand er leise. Ich ignorierte es.

„Du bist ein guter Mann", wiederholte ich. „Du bist vielleicht dumm wie Bohnenstroh, aber du hast ein gutes Herz und verdienst es, glücklich zu sein. Cheryl kann sich glücklich schätzen und wenn sie zu blöd war, das zu sehen, dann bist du ohne sie besser dran."

„Ich *fühl* mich nicht besser ohne sie", sagte er traurig. Ich seufzte und lehnte meinen Kopf an seine Schulter.

„Das denke ich mir."

Wir saßen einen Moment still da.

„Was soll ich jetzt tun? Soll ich die Hochzeit absagen?", sagte er.

„Also ich heirate dich nicht."

„Es kommen ungefähr hundert Leute. Ich kann sie nicht alle anrufen und ihnen sagen, dass sie nicht kommen sollen!"

„Dann lass sie kommen", sagte ich. „Du hast nichts getan, wofür du dich schämen müsstest. Und du hast schon für alles bezahlt. Ich habe 300 Blätterteigpasteten unten, die darauf warten, gefüllt zu werden. Lass sie kommen und es alle zur selben Zeit rausfinden. Sie können was trinken und was essen, und einen guten alten Klatsch abhalten. Lass dir auf die Schulter klopfen und dir sagen, wie leid es ihnen tut –" Er stöhnte laut. Ich klopfte ihm selbst auf den Rücken. Daran würde er sich gewöhnen müssen. „Ich weiß, ich weiß, aber so wirst du das wenigstens alles am selben Tag erledigen. Es hat keinen Sinn, das lange hinauszuzögern."

„Das ist ein Albtraum“, sagte er. Ich nickte. Dann setzte ich mich ganz plötzlich kerzengerade auf, als ich etwas auf der Frisierkommode entdeckte: ein paar Schlüssel, fast versteckt unter einem Handtuch. „Sind das deine Schlüssel?“, fragte ich.

Tony wirkte überrascht und schüttelte den Kopf. „Nein, die gehören Cheryl.“

„Dann war sie nicht nach Hause gegangen, wenn sie ihre Schlüssel hiergelassen hatte, oder? Und ihre Autoschlüssel. Sie muss noch irgendwo hier sein.“

„Sie könnte ein Taxi genommen haben.“

„Warum sollte sie das tun? Wenn ich abhauen würde, würde ich nicht auf ein Taxi warten wollen.“ Ich stand auf und half Tony auf die Füße. „Komm schon! Sie hat wahrscheinlich nur Torschlusspanik und ist spazieren gegangen, um einen klaren Kopf zu bekommen. Sie könnte sogar noch auf dem Hotelgelände sein, während wir hier quatschen.“

Wir liefen zurück ins Foyer und hielten in der Tür des Hoteleingangs an, blickten über das Gelände vor uns. Tony zeigte auf die andere Seite des Parkplatzes, wo ein sehr neuer, sportlicher, knallroter Mazda geparkt war.

„Das ist ihr Wagen“, sagte er. „Ich hab gar nicht daran gedacht, danach zu sehen; ich hatte einfach angenommen, dass sie weg wäre, wegen des Briefs und weil ihr Koffer fehlt.“

Ich lief hinüber und lugte hinein. Cheryls Koffer lag auf dem Rücksitz.

„Ihr fahrt gleich nach der Feier in die Flitterwochen, richtig? Mit welchem Auto wolltet ihr euch auf den Weg machen? Deinem oder ihrem?“

„Ihrem. Sie wollte diese große Verabschiedung nach der Feier – wir fahren mit offenem Verdeck weg, und Konfetti und Ballons und alle winken – und sie sagte, da passt mein altes Auto nicht wirklich ins Bild."

„Da hast du's. Sie hat sich nur vorbereitet."

Obwohl es schon ein wenig seltsam von der Braut war, das am Morgen der Hochzeit zu tun, anstatt sich die Haare machen zu lassen. Und es erklärte auch nicht, warum sie nicht an ihr Telefon ging.

Die Sonne schien. Die Gärten, in welchen die Zeremonie stattfinden sollte, waren wunderschön und es war schon recht warm; es würde ein schöner Tag werden. Der einzige Makel war das Kläffen eines Hundes irgendwo in der Nähe, aber man konnte nicht alles haben; das Hotel war sehr bekannt für seine Hundefreundlichkeit, und das war vermutlich ein verwöhnter Pudel oder ein mit Strasssteinen behangener Bichon Frisé eines anderen Gastes.

„Geh ein Stück und schau dich ein bisschen um, vielleicht findest du sie ja", sagte ich. „Ihr habt immer noch ein paar Stunden, bevor die Zeremonie losgeht. Ehrlich gesagt, bist du genauso nervös wie sie, so wie du sofort vom Schlimmsten ausgehst. Ich werde jetzt in der Küche gebraucht." Ich klatschte ihm auf den Arm. „Wir müssen ein Hochzeitsessen vorbereiten!"

***

Ich ließ ihn auf den Stufen zum Hotel stehen, etwas weniger besorgt, als ich ihn vorgefunden hatte, und machte mich auf den Weg in die Küche. Der Manager war damit einverstanden gewesen, dass die Hotelkellner für uns servieren, aber ich hatte den Eindruck, dass die nicht so begeistert davon waren, dass Tony und Cheryl nicht ihren Catering-Service engagiert hatten, also musste ich tatsächlich doch selbst für meine Küchenhilfen sorgen. Ich hoffte nur, dass sie mich nicht behinderten. Und ich hoffte, dass es tatsächlich noch eine Hochzeit geben würde, für die ich das alles hier machte ...

Mum und Daisy waren schon schwer am Schuften, wenn man Tee trinken und Meuterei planen ‚Arbeit‘ nennen konnte. Daisy sah von einem riesigen Haufen Kartoffeln auf.

„Wie nett, dass du auch mal vorbeischaust“, sagte sie. Sarkastische kleine Lady.

„Hey, junge Dame, ich bin heute nicht nur deine Mutter, ich bin auch dein Boss“, wies ich sie zurecht. „Werd bloß nicht aufmüpfig, sonst wirst du entlassen.“

„Wäre kein Problem für mich“, sagte sie. Ich zog sie in eine Umarmung mit mir, bei der sie quiekte.

„Vielen Dank, dass du mitgekommen bist, um Mami zu helfen, mein kleines Zuckerschnütchen“, sagte ich mit einer Babystimme.

Sie hasste diese Stimme und diesen Kosenamen. „Mami kann das doch nicht allein.“

„Es wäre besser für dich, wenn du mich bezahlst“, grummelte sie, ihre Stimme von der Umarmung gedämpft. Ich lachte und ließ sie frei.

„Ich geh mit dir am Montag Ohrringe stechen“, sagte ich. Sie versuchte, nicht zu begeistert auszusehen, aber ich konnte es erkennen. Das sollte sie auch; damit hat sie mich schon genervt, seit sie sieben war.

„Zwei Löcher in beiden Ohren?", fragte sie. Ich zögerte, dann nickte ich. Warum nicht? Es verstieß wahrscheinlich gegen die Regeln ihrer neuen Schule, aber sie könnte immer einen rausnehmen und dann wäre ich einmal nicht die Böse. „Kann ich auch ein Nasenpiercing haben?"

„Natürlich! Und ein Bauchnabelpiercing. Und ein Tattoo. Und Oma wird sich ein Brustwarzenpiercing machen lassen, wenn wir dort sind."

„Oje", sagte Mutter. „Stell dir mal vor, das verheddert sich in deiner Strickjacke."

Daisy rollte mit den Augen. „Du hättest auch einfach Nein sagen können."

„Also gut. Nein."

Meine Mutter trank ihren Tee aus und begann in einer Schüssel Cocktailsoße anzurühren.

„Und, wie geht's Tony? Was meinst du, hat sie kalte Füße bekommen?" Sie tunkte ihre Finger in die Soße, leckte sie ab und fügte dann noch etwas Zitronensaft hinzu. „Ich kann nicht sagen, dass ich besonders viel mit ihr gesprochen hätte, aber richtig warm bin ich nicht mit der geworden."

Ich nahm sie sanft an der Hand, als sie den Finger wieder in die Schüssel stecken wollte. „Mum! Hygiene, bitte! Benutz einen Löffel und wenn du sie noch mal probieren willst, nimm einen neuen. Einen sauberen!" Sie schnaubte, als würde ich Unmögliches verlangen. „Du weißt, dass ich recht habe. Es ist eine Sache, wenn man ein bisschen lockerer ist, wenn nur wir davon essen, aber ich will nicht, dass mein erster Vorstoß in die Welt des professionellen Caterings damit endet, dass wir die ganze Stadt mit altersbedingter Krätze anstecken."

„Also wirklich!", sagte sie und schlug mit einem Geschirrtuch nach meinen Beinen in gespielter Empörung. Ich konnte ihr leicht ausweichen. „Keinen Respekt vor dem Alter."

„Ich glaube, Cheryl sind die Nerven ein bisschen durchgegangen", sagte ich, um das Thema zu wechseln, und fing geschickt eine frisch geschälte Kartoffel auf, die von Daisys Schneidebrett rollte. „Ich bin sicher, dass alles ohne Verzögerung weitergeht."

Mum kicherte. „Das ist eine Hochzeit; irgendwer muss heiraten." Sie grinste mich an. „Das hättest du sein können, weißt du."

Ich rollte mit den Augen. „Zwei Wochen, Mum. Zwei Wochen 1994."

„Oh nein, du bist doch nicht mit Tony zusammen gewesen, oder?" Daisy fand das wahnsinnig lustig. Der Himmel wusste, warum. Er wäre wahrscheinlich eine bessere Wahl gewesen als ihr nutzloser Vater.

„Nein, ich bin mit Cheryl ausgegangen. Sie muss zu der Zeit etwa fünf gewesen sein. Können wir das bitte lassen? Es gibt so viel zu tun."

Ich half Daisy mit den Kartoffeln. Mein Herz schwoll an beim Anblick von ihr vor dem Schneidebrett in ihrer Schürze, denn es erinnerte mich an meine eigene Kindheit. Mum hatte nie als Köchin gearbeitet, aber sie hatte es geliebt zu kochen und ich erinnere mich an große Dinnerpartys, als ich klein war. Ich half ihr dann in der Küche – am liebsten beim Nachtisch, da es viele Gelegenheiten gab, den Löffel abzulecken, aber auch bei allem anderen, unter Mums Führung – und dann nach einem frühen Abendessen (meistens Fisch und Chips) für mich, ging ich nach oben in mein Zimmer, damit die Erwachsenen einen netten Abend mit köstlichem Essen und Unterhaltung haben konnten. Es machte mir nichts, dass ich nichts von dem vornehmen Mahl bekam, denn für mich war das Beste, dass ich meiner Mutter helfen durfte. Oft waren die Penhaligons unter den Gästen, und ich und Tony setzten uns dann auf die Treppe und lauschten den Gesprächen, kicherten, während unsere Eltern immer beschwipster und ihre Unterhaltungen immer offener wurden, weil sie vergaßen, dass wir auch noch da waren. Dann schlichen wir uns runter und stahlen, was vom Dessert übrig war.

Zu dieser Zeit entdeckte ich, dass ich Essen liebte, und bald wurde mir klar, dass man, wenn man Essen liebte, entweder genug Geld verdienen musste, um regelmäßig essen gehen zu können, oder lernen musste zu kochen. Aufgrund meines Polizistengehalts musste ich mich an Letzteres halten und als ich zu einer recht späten Karrierewende gezwungen war, war dies das Einzige, was mir einfiel und was mir wirklich Spaß machte. Nach einem Jahr an der Cateringschule war es wirklich eine Leidenschaft geworden.

Wir würden sahnigen Kartoffelbrei mit Trüffeln machen, der mit wunderbaren biologischen Schweins- und Fenchelwürstchen (von einer örtlichen Metzgerei) serviert werden würde, geröstetes Apfelpüree und Bratensoße mit Apfelwein. Mum begann hundert Pastenhüllen aus Teig mit Shrimpscocktails zu füllen; der Rest würde mit mediterranem, gegrilltem Gemüse oder Camembert aus dem Westen des Landes und Preiselbeergelee gefüllt werden. Die meisten Gäste würden die

Würstchen bekommen, aber es gab auch zehn Portionen Aubergine mit Parmesankruste und israelischem Couscous für die Vegetarier unter den Gästen, was bereits fertig war, um zur passenden Zeit in den Ofen zu wandern. Zum Nachtisch konnten die Gäste zwischen einer reichhaltigen Schokoladentarte mit Himbeeren und sahniger Eiscreme oder einer Vanille-Panna-Cotta mit Erdbeeren und noch mehr Sahne wählen. Cheryl wollte es sehr vornehm, während Tony lieber so viel wie möglich bei lokalen Händlern und traditionellen ländlichen Zutaten bleiben wollte, und ich fand, ich hatte mir ein Menü überlegt, das das Beste aus beiden Welten vereinte.

Ich checkte die Uhrzeit; wir lagen prima in der Zeit, trotz meines vorherigen Exkurses mit dem besorgten Bräutigam. Ich hoffte, dass er nur vorübergehend nervös gewesen war und jetzt alles wieder nach Plan lief. Sicher würde nichts diese Hochzeit mehr aufhalten können? Und sicher würde der verdammte Hund, der da immer noch irgendwo im Hotelgarten kläffte, auch irgendwann mal aufhören?

Beide Fragen wurden mir mit einem hohen, hysterischen Schrei von der anderen Seite des Fensters beantwortet.

KAPITEL 4

Wir drei stürzten alle aus der Küche in den Gartenbereich der Mitarbeiter, welcher auf der Rückseite des repräsentativen Teils des Hotels war. Wir folgten den Schreien, die sich nun in panische Rufe nach Hilfe verwandelt hatten, um die Ecke des Gebäudes und auf das Gartengelände. Hinüber zum Fischteich, wo ich erst letzte Nacht mit Mel gesessen und gesprochen hatte und wo sich nun eine kleine Menge an Hotelpersonal und Gästen zu sammeln begann.

Tony, halb in seinen Hochzeitsanzug gekleidet, kam zur selben Zeit wie wir an.

„Was zur Hölle geht hier vor?", sagte er.

„Ich weiß nicht", sagte ich, während sich ein furchtbares Gefühl in meiner Magengrube bildete. Was auch immer passiert war, war offensichtlich nichts Gutes. „Hast du was von Cheryl gehört?"

Er sah mich an, sein Mund in Schockstarre geöffnet. „Nein. Du denkst doch nicht …?" Wir wandten uns an die Gruppe Menschen. „Lassen Sie mich durch!", sagte ich mit genug Autorität, dass die Menge sich teilte, bevor sie bemerkten, dass ich bloß der Caterer war.

Der Hund hatte endlich aufgehört zu kläffen, war aber immer noch da, jaulte leise, während ein früher Hochzeitsgast – Tonys Mutter Brenda – ihm abwesend das Köpfchen tätschelte.

„Wer ist es?“ Tony schubste eine Frau mit einem gro-ßen, lächerlichen Hut grob beiseite. „Ist es ... ist das Cheryl?“

„Nein“, sagte ich. Selbst wenn ich den Hund nicht erkannt hätte, der kurze gebleicht-blonde Haarschopf verriet alles.

Mel – ehemalige Mrs Penhaligon, Lastwagenfahrerin und kürzliche Hochzeitscrasherin – lag auf dem Boden, das blondierte Haar verschmiert mit Blut, ihre Haut kalt und blass, und ihre Augen leblos. Ich dachte zuerst, sie hätte sich womöglich den Kopf an der Bank gestoßen, auf der wir letzte Nacht gesessen hatten – viel von dem Blut schien von einer Wunde an ihrem Hinterkopf zu kommen und sammelte sich am Boden darunter –, aber da war noch eine weitere Wunde auf ihrer Stirn, an der sich dunkelrotes Blut gesammelt hatte. Zu fallen und sich den Kopf zweimal anzuschlagen, einmal am Hinterkopf und einmal an der Stirn, schien recht unwahrscheinlich und hätte etwas Mithilfe bedurft, was bedeutete, dass ihr das hier jemand angetan hatte. Germaine, treu bis zum Ende, musste stundenlang an der Leiche ihres Frauchens Wache gehalten und gebellt haben, in der Hoffnung, dass jemand kommen würde. Aber wir waren zu spät.

„Gott sei Dank“, platzte Tony heraus, realisierte aber sofort, was er da gesagt hatte. „Nicht, dass Mel tot ist, natürlich – dass es nicht Cheryl –“ Er hielt inne, überrascht von einer Welle an Emotionen und sank auf den Boden, neben die Leiche seiner Ex-Frau.

***

Die nächste Stunde verlief wie im Nebel. Der Hotelmanager, Mr Bloom, war auf das Gelände gerufen worden. Er war ein gut angezogener, pingeliger kleiner Mann; er erinnerte mich an einen Hercule Poirot, der seine kleinen grauen Zellen vernachlässigt hatte und stattdessen in das Dienstleistungsgewerbe gewechselt war. Bloom warf einen Blick auf die Leiche und wankte gefährlich, für einen Moment fürchtete ich, dass wir neben der armen Mel gleich noch eine weitere Leiche liegen haben würden, aber er fing sich wieder, wenn auch etwas weniger mannhaft, und organisierte sein Personal mit der Effizienz eines Generals vor der Schlacht.

Das Personal und die Hochzeitsgäste wurden in den Veranstaltungssaal geleitet – nicht der, den wir letzte Nacht verwendet hatten, der den Ausblick auf den Garten hatte, sondern der auf der anderen Seite des Gebäudes, der selten genutzt wurde, aufgrund seines, nicht ganz so schönen Ausblicks auf den Parkplatz und die lange Auffahrt. Tee, Kaffee und ein paar stärkere Getränke wurden gereicht, um die Nerven zu beruhigen, während die Polizei gerufen und ein Samtband, das normalerweise benutzt wurde, um Hochzeitszeremonien im Garten zu kennzeichnen, wurde ersatzweise anstelle von Polizeiabsperrband verwendet.

Ich pfiff Daisy und Mum zurück in die Küche, bevor sie einen Blick auf Mels Leiche werfen konnten. Daisy ärgerte es offensichtlich, dass sie das Spektakel verpasste, aber man war nie zu jung, um einen aufregenden, verstörenden Anblick zu vermeiden. Arme Mel.

Ich schickte meine Sous-Chefs wieder an die Arbeit, die Pasteten vorzubereiten und ein paar Häppchen zu richten. Ich konnte mir nicht vorstellen, dass die Hochzeit noch stattfinden würde, selbst wenn Cheryl noch auftauchte, aber nebenan war ein Raum voller Gäste, alle in verschiedenen Stadien des Schocks, der Aufregung und des Nervenkitzels. Knabbereien waren immer gut, um Leute zu beschäftigen und es ist schwer, zu tratschen oder zu spekulieren, wenn man den Mund voll Shrimps hat.

Ich fand Tony allein im Speisezimmer des Hotels, der wundervoll vom Hotelpersonal für das Hochzeitsessen hergerichtet worden war. Die Hochzeitstorte, eine großartige fünfstöckige Kreation, verziert mit reinweißer Buttercreme und lilafarbenen Zuckerblumen, hatte den Ehrenplatz auf einem Tisch an der Rückwand des Saals, direkt neben dem Brauttisch. Tony wischte schnell über seine Augen, als ich näher kam. Ich setzte mich neben ihn.

„Mum hat sich einen Moment hingelegt“, sagte er. „Dad passt auf sie auf. Das hat sie beide schwer getroffen. Ich vergesse manchmal, dass sie sich eigentlich gut verstanden hatten.“

„Ist alles bei dir in Ordnung?“, fragte ich, obwohl ich sehen konnte, dass es das nicht war. „Hast du Cheryl endlich gefunden?“

„Nein.“ Er stand auf, schritt zum Fenster und sah raus in den Garten, als suchte er nach seiner Verlobten. „Wo zur Hölle ist sie? Ich verliere den Verstand. Was ist, wenn –“ Er unterbrach sich, wollte es nicht sagen, also tat ich es.

„Was ist, wenn Mel nicht das einzige Opfer ist?“

Er wirbelte herum, um mich anzusehen. „Du glaubst doch nicht, dass ihr was passiert ist, oder? Du hast gesagt, sie hat nur Torschlusspanik.“

„Ich weiß nicht“, sagte ich einfach. Ich dachte noch an etwas anderes, wusste aber nicht, wie er das aufnehmen würde. „Es gibt drei mögliche Szenarien, soweit ich das sehe. Erstens, sie hat kalte Füße bekommen.“ Ich hob meine Hand, um ihn vom Sprechen abzuhalten. „Ob sie nun ihre Meinung geändert hat und nicht mehr zurückkommt, oder sie nur los ist, um einen klaren Gedanken fassen zu können, weiß ich nicht. Zweitens, wer auch immer Mel getötet hat, hat nicht nur sie auf dem Gewissen.“ Tony erzitterte, wandte sich ab von mir, um wieder aus dem Fenster zu sehen. „Und drittens –“

„Drittens?“

„Sie hat Mel getötet. Und ist deshalb verschwunden.“

Meine Worte hingen zwischen uns in der Luft. Tony drehte sich nicht um, doch ich konnte sehen, dass sich seine Haltung geändert hatte.

„Tony.“ Im Fenster wurden zwei Streifenwagen sichtbar, mit blinkenden Lichtern, aber ohne Sirene. Ihnen folgte ein Van – die Spurensicherungstypen, nahm ich an. Oder der Leichenbestatter.

„Tony, die Polizei wird dich fragen –“ Ich streckte meine Hand nach ihm aus und legte sie auf seinen Arm. Er wirbelte zu mir herum und ich war erschrocken über die Wut in seinen Augen. All die Jahre, die ich ihn gekannt hatte, hatte ich ihn noch nie so zornig gesehen; aber mal ehrlich, wie gut kannte ich ihn heutzutage? Wir waren die Jahre über Freunde geblieben und wenn ich meine Eltern besucht hatte, ging ich immer sicher, dass wir uns trafen, aber ich hatte seit zwanzig Jahren nicht mehr hier gelebt und die längste Zeit, die ich noch in seiner Gesellschaft verbrachte, war ein Abend im Pub mit einer großen Gruppe alter Klassenkameraden.

Ich machte automatisch einen Schritt rückwärts. Er trat einen Schritt nach vorne und schloss die Lücke wieder.

„Wie kannst du es wagen, so etwas zu sagen!", zischte er. „Cheryl würde so etwas niemals tun. Du kanntest sie überhaupt nicht; du mochtest sie nicht –"

„Mochtest? Oder magst?" Ich mochte nicht, wie er schon in der Vergangenheitsform von ihr sprach. Er sah für einen Moment verwirrt aus, dann schüttelte er den Kopf.

„Dreh mir nicht die Worte im Mund herum! Das ist so typisch. Einmal Bulle, immer Bulle."

Ich starrte ihn an, hielt seinem wütenden Blick stand, bis er seine Schultern fallen ließ und den Blick abwandte. Er zog einen Stuhl herüber und setzte sich erschöpft, wobei er ein leeres Weinglas von dem gerichteten Tisch umstieß. Er stellte es wieder aufrecht hin, aber seine Hände zitterten.

„Ich meine, sie ist nur abgehauen, oder? Sie ist nicht to– Sie kann nich– Sie hat mich verlassen. Hoffe ich."

Er lachte traurig. „Das sollte mein Hochzeitstag sein und ich hoffe, dass meine zukünftige Braut mich bloß am Altar stehen gelassen hat."

Ich zog einen weiteren Stuhl neben ihn, drehte ihn herum und setzte mich rittlings darauf, ihm genau gegenüber.

„Die Polizei ist hier und sie werden mit dir reden wollen“, sagte ich sanft. „Sie werden dich wegen des Streits zwischen Cheryl und Mel gestern befragen.“

„Ich weiß.“ Er streckte seine Hand nach dem Dessertlöffel auf dem Tisch aus, spielte damit und klopfte auf den Teller, scheinbar ohne zu merken, was er da tat. *Klopf, klopf, klopf.*

Ich atmete tief durch. Er würde nicht hören wollen, was ich zu sagen hatte, aber es war mir lieber, er wäre auf mich wütend als auf die Polizei.

„Mel hat … einige Anschuldigungen gegenüber Cheryl geäußert“, sagte ich. Tony sah mich ängstlich an. „Was für Anschuldigungen?“, fragte er. *Klopf, klopf, klopf.*

„Sie meinte, die Laity-Familie sei hinter deinem Laden her und das wäre der Grund für die Hochzeit.“

Tony ließ den Löffel fallen und sah mich eine Sekunde an, bevor ein Lachen ausstieß.

„Das hat sie gedacht? Da war Mel aber auf dem falschen Dampfer.“

„Es gibt also einen richtigen Dampfer?“

Er nahm den Löffel wieder auf, sagte aber nichts. Ich schnappte seine Hand, bevor er wieder mit dem elenden Geklopfe anfangen konnte.

„Du hast erwartet, dass ich etwas anderes sagen würde?“ Ich hatte dieses *Gefühl* … Ein Gefühl, dass da etwas war, das Tony mir nicht sagte. „Gibt es sonst noch etwas? Etwas, das du herausgefunden hast oder an das du seit heute Morgen gedacht hast?“

Er sah mich an, als ob er versuchte sich zu entscheiden, ob er mit mir reden sollte oder nicht. Sein Mund öffnete sich gerade, als –

„Mr Penhaligon?“

Wir drehten uns zu einem großen, blonden und (das muss gesagt sein) absolut hinreißenden Kerl von etwa fünfunddreißig Jahren um, der in der Tür stand. Er hatte ein kantiges Kinn, troff nur so von Testosteron und sah aus, als wäre er einem Kitschfilm entsprungen, in dem er Flanellhemden trug und irgendwo im Mittleren Westen eine Kürbisfarm besaß. Dem amerikanischen Mittleren Westen natürlich. Der mittlere Westen von England wäre bei Birmingham, das weder für seine romantischen Helden noch für seine Kürbisgewächse bekannt war. Hinter ihm konnte ich ein paar uniformierte Polizisten sehen, die mit den herumlungernden Gästen im Hotelfoyer sprachen, zusammen mit einigen, wie ich annahm, in zivil gekleideten Polizisten.

Tony stand auf. „Ja.“

„Ich bin DCI Withers“ – Withers war kein guter Name für einen romantischen Filmhelden, aber man konnte nicht alles haben, nehme ich an – „und ich leite die Ermittlungen zu Mrs Penhaligons Tod.“

„Der ehemaligen Mrs Penhaligon“, sagte Tony scharf. Ich legte meine Hand warnend auf seinen Arm.

„Ich nahm an, dass sie den Namen immer noch trug?“, sagte Withers. Tony zuckte mit den Schultern. Ich wollte ihm eine klatschen; er tat alles, um schuldig zu wirken – wenn nicht des Mordes, dann zumindest dessen, ein unsympathischer, pampiger Mistkerl zu sein.

„Das tat sie. Arme Mel. Tony ist nur aufgeregt“, sagte ich. „Verständlicherweise.“

Withers sah mit einem vernichtenden Blick an mir rauf und runter. „Und Sie sind? Die Köchin?“

„Jodie Parker, ehemaliger Metropolitan Police Officer. Ich war in Kennington stationiert.“

„Und jetzt sind Sie Köchin. Stationiert in der Küche.“

Arroganter Arsch. „Ja.“

Er entließ mich aus seinem Blick. „Okay, jemand wird irgendwann sicher mit Ihnen reden wollen, also gehen Sie nicht. Mr Penhaligon, lassen Sie uns beide doch kurz über das sprechen, was gestern Abend passiert ist …“

KAPITEL 5

Ich hatte keine Ahnung, was ich sonst machen sollte, also ging ich zurück in die Küche und begann mit dem größten, schärfsten Messer, das ich finden konnte, Äpfel zu schneiden. *Und jetzt sind Sie Köchin.*

Diese Andeutung, dass ich es nicht brachte im Polizeidienst – ich ließ das Messer aggressiv in einen unschuldigen Granny Smith stürzen. Blödmann. Er hatte keine Ahnung, warum ich die Einheit verlassen hatte und wie sehr ich es vermisste, obwohl ich es natürlich ebenso mochte, mehr Zeit mit Daisy verbringen zu können und etwas zu tun, was ich beinahe genauso liebte: Kochen, oder, im Moment, Früchte zu pulverisieren.

„Alles in Ordnung?" Mum sagte es vorsichtig, tauschte warnende Blicke mit Daisy aus, während ich einen weiteren Apfel exekutierte und den Kern beiseitewarf. „Hätten wir die nicht vorher schälen müssen?"

Ach, verdammt. Ich stieß mein Messer in das hölzerne Schneidebrett, das spitze Ende hineingerammt, während der Griff nach oben stand – die Klinge vibrierte mit einem leisen, aber zufriedenstellenden *Boing* – und schob die Apfelstückchen in eine Schüssel.

„Hier." Daisy nahm mir die Schüssel aus der Hand und gab mir stattdessen eine Tasse Tee, was mir sofort ein Lächeln entlockte, und mir klarmachte, dass ich mich wirklich glücklich schätzen konnte, so ein großartiges Leben zu haben, egal, was dieser Inspector

Withers mit seinem glatt rasierten, dennoch rauen Kinn und seinem Waschbrettbauch (den ich offensichtlich nicht gesehen hatte, mir aber sehr wohl vorstellen konnte) dachte.

„Hab euch ganz schön erschreckt, was?", sagte ich in meinem besten Cockney-Akzent. Sie zuckte mit den Schultern.

„Bring das Wasser zum Kochen, Daisy, und stell keine Fragen", sagte sie und Mum und ich lachten.

„Das ist mein Mädchen. Danke."

Wir standen eine Weile rum und tranken Tee, unsicher, was wir tun sollten. Hatte es Sinn, den Rest des Essens noch vorzubereiten? Die Hochzeit sollte in einer Stunde starten, und soweit ich wusste, war die Braut noch nicht aufgetaucht. Außerdem hätte die Zeremonie direkt neben dem Tatort stattfinden sollen, was der Romantik nicht gerade förderlich und sicher kein gutes Omen für eine glückliche Ehe war. *Wenn es überhaupt so etwas wie eine glückliche Ehe gab*, dachte ich zynisch, denn ich hatte genug von Männern – selbst von (besonders) gut aussehenden Polizisten –, also wer war ich, darüber zu urteilen? Und Cheryl musste inzwischen von Mel gehört haben; sicherlich hätte sie ihm, auch wenn sie abgehauen wäre und Tony sitzen gelassen hätte, kurz geschrieben, um ihn wissen zu lassen, dass bei ihr alles in Ordnung ist? Meiner Meinung nach ließ das nur zwei der möglichen Szenarien offen: Sie war auch tot oder sie war die Mörderin ...

Aber warum hätte sie Mel umbringen sollen? Mels Anschuldigung – so vage und mysteriös sie auch war – war kaum weltbewegend, und so wie Tony reagiert hatte, hätte er sie nicht ernst genug genommen, um die Hochzeit abzusagen. Oder hatte sie noch mehr über die Laity-Familie herausgefunden, als sie mir gesagt hatte? Wir waren irgendwie durch Tony befreundet gewesen, aber wir standen uns nie wirklich nah und es gab keinen Grund, warum sie mir hätte vertrauen sollen. Andererseits vermutete ich langsam, dass Tony auch etwas wusste; er war definitiv ausgewichen, als ich ihm gesagt hatte, was Mel Cheryl vorgeworfen hatte. Und ich hatte ihn verlassen, als er gerade auf dem Gelände nachsehen wollte, ob seine ausgebüxte Braut nur Luft schnappen wollte. Wie hatte er Mels Leiche übersehen können? Der Hund hatte schon gekläfft, als ich gegangen war, und wenn ich es gewesen wäre, wäre ich vermutlich in die Richtung gegangen, um zu sehen, woher der Krach kam, oder um dem Besitzer wenigstens zu sagen, der Köter solle den Mund halten.

Ein weiterer unwillkommener Gedanke kam mir in den Sinn. Wenn Tony vermutete, dass Mel etwas Schlimmes über seine Zukünftige wusste, hatte *er* sich vielleicht entschieden, sie zum Schweigen zu bringen? Oder hatte er Cheryl beim Packen ihres Koffers erwischt und, als ihm klar wurde, dass sie ihn verlässt, seine Beherrschung verloren und sie umgebracht, um sie am Gehen zu hindern, und dann Mel, weil das alles ihre Schuld war?

Oder verlor ich einfach meinen Verstand? Tony war kein Killer, aber meine verräterischen Gedanken flüsterten mir wieder zu, *aber wie gut kennst du ihn heute wirklich noch?*

„An was denkst du gerade?", fragte Mum. Ich schüttelte mich; ich würde niemandem davon erzählen, was wahrscheinlich – hoffentlich – komplett haltlose Verdächtigungen gegen jemanden waren, besonders nicht meiner Mutter, die, Gott segne sie, keinen Filter hatte, was Klatsch anging und wahrscheinlich sofort alles, was ich sagen würde, beim nächsten Kaffeeklatsch im Dorf weitererzählen würde, auch wenn sie es gar nicht beabsichtigt hatte.

„Ach, nichts Wichtiges", sagte ich und lächelte sie und Daisy an. „Kommt schon, lasst uns zusammenpacken und alles für einen Moment in den Kühlschrank stellen. Ich kann mir nicht vorstellen, dass die Hochzeit noch stattfindet. Ihr etwa?"

Wir wickelten alles in Frischhaltefolie und packten alles, was ging, in den Kühlschrank des Hotels; hier war mehr Platz, als in meinem und ich war sowieso nicht sicher, was Tony mit dem ganzen Essen anstellen wollte. Ich wollte gerade los und Mr Bloom suchen, den Manager, um ihm das zu sagen und dass ich zurückkommen würde, wenn wir wussten, wie es weitergehen würde, als DCI Withers in die Küche spazierte.

„Mrs Parker?"

„Ja?" Meine Mutter sah auf und lächelte ihn an; er sah zu ihr, dann zu mir, offenbar verwirrt.

„Nein, ich meinte –"

„Ich bin eine *Ms*, keine Mrs. Mrs Parker ist meine Mutter", erklärte ich.

„Shirley", sagte Mum augenklimpernd. Sie hatte schon immer ein Auge für junge, gut aussehende Männer, was manchmal etwas peinlich werden konnte.

Er nickte ungeduldig. „Okay, *Ms* Parker. Kann ich Ihnen zur letzten Nacht ein paar Fragen stellen?" Er trat ein paar Schritte zurück, als wollte er mir bedeuten, ihm zu folgen.

„Natürlich", sagte ich und bewegte mich kein Stück. Kleinlich, ich weiß, aber ich wollte es ihm nicht einfach machen. Ich hatte die leichte, verspottende Betonung auf dem Wort Ms wahrgenommen. Mum hielt ihm eine Tasse Tee hin.

„Möchten Sie eine Tasse Tee? Das Wasser hat gerade erst gekocht."

„Nein, danke. Können wir –?"

„Sind Sie sicher? Wir können es noch mal heiß machen; das dauert nicht mal eine Minute."

„Nein, danke, alles gut." DCI Withers begann tatsächlich unter Mums Charmeoffensive zusammenzubrechen. „Könnten wir irgendwo hingehen, wo es ruhiger ist?"

„Wir werden still sein", sagte Daisy unschuldig. Sie war fast genauso neugierig wie ich. Muss wohl in der Familie liegen. Withers würde sich aber nicht von einer Zwölfjährigen schlagen lassen.

„Danke, aber nein. Ms Parker? Sollen wir?" Er trat zurück und deutete auf den Flur. Es wäre kleinlich (aber unterhaltsam), ihn noch weiter zu ärgern.

Er folgte mir aus der Küche. Ich hielt inne, drehte mich zu ihm um und er deutete auf den Veranstaltungssaal von gestern Abend.

Ich ging rein und setzte mich an einen Tisch, wartete darauf, dass er dasselbe tat. Er nahm seinen Notizblock und Stift heraus und setzte sich mir gegenüber.

„Also, Mr Penhaligon erwähnte, dass Sie alte Freunde sind", begann er die Unterhaltung. Er sprach wie ein

BBC-Nachrichtensprecher mit dem Hauch eines regionalen Akzents, den ich nicht ganz zuordnen konnte. Vielleicht kam er doch von einer Kürbisfarm in Birmingham …

Ich nickte. „Ja. Wir sind zusammen zur Schule gegangen."

„Eine *sehr alte* Freundin also", sagte er. *Unglaublich!* Er musste gesehen haben, wie sich mein Gesicht anspannte, denn er sagte schnell: „Ich meinte nur, Sie kennen ihn genauso lange wie alle anderen in dieser Stadt. Was ist mit Mrs Penhaligon – Melissa Penhaligon?"

„Sie zog hierher, als wir in der Mittelschule waren, also ja, ich kenne sie auch schon eine Weile, aber eigentlich nur durch Tony." Ich stoppte, als mir wieder bewusst wurde, dass Mel tot war. „Das heißt, ich kannte sie …"

„Sie sagten, der Streit von letzter Nacht war zwischen ihr und Miss Laity?" Withers sah hinunter auf seinen Notizblock, während ihm eine Strähne seines Ponys ins Gesicht fiel. Ich wollte nur zu gerne die Hand ausstrecken und sie hinter sein Ohr streichen, halb mütterlich, halb die frustrierte Geschiedene. Was war nur los mit mir? Ich schüttelte mich.

„Ich bin eingeschritten, um das zu beenden. Alle anderen waren zu geschockt, um sich auch nur zu bewegen."

„Und dann sind sie mit ihr nach draußen gegangen, um sie zu beruhigen?" Ich nickte. „Hat sie Ihnen gesagt, warum sie Miss Laity angriff?"

Ich zögerte, aber nur für einen Moment. Mels Beschuldigungen sahen jetzt vielleicht trivial aus, aber sie waren ihr wichtig genug gewesen, um auf Cheryl loszugehen.

„Sie dachte, Cheryl – Miss Laity – heiratete Tony nur, um an sein Geschäft zu kommen." Es laut auszusprechen, ließ es doch albern wirken. Es war nur ein kleines Kaufhaus in einer kleinen Küstenstadt, um Himmels willen, kein Öl-Imperium oder so was. Das hier war Penstowan, nicht Dallas. Withers stimmte offensichtlich zu, denn er konnte seine Augenbrauen gar nicht mehr von seiner Stirn fernhalten. „Ich weiß, das klingt dämlich. Ich nehme an, sie meinte nur, dass sie ihn nur seines Geldes wegen heiratet."

„Denken Sie, das war ihre Absicht? Denken Sie, dass sie deshalb verschwunden ist?" Also nahm die Polizei Cheryls Verschwinden ernst. Gut.

„Ehrlich gesagt, ich weiß es nicht. Ich habe sie erst vor einer Woche kennengelernt. Ich kannte – ich *kenne* sie nicht besonders gut."

Withers beobachtete mein Gesicht aufmerksam, auf eine Weise, die mir ein bisschen unangenehm war; ich war mir nicht sicher, ob das daran lag, dass er mir das Gefühl gab, ich würde etwas verheimlichen (wie meine dämlichen, momentanen Vermutungen Tony gegenüber) oder weil er superheiß war und es lange her war, dass jemand – geschweige denn, jemand so Gutaussehendes – mich tatsächlich mit Interesse angesehen hatte. Dabei hatte er gar kein Interesse an mir, sondern nur an dem, was ich zu sagen hatte. Beziehungsweise, dem, was ich nicht sagte.

„Boss?" Ein uniformierter Beamter stand in der Tür. Withers sah zu ihm, nickte und drehte sich dann zurück zu mir, ließ sein Notizbuch zuschnappen und stand auf.

„Danke, Mrs ... *Ms* Parker. Es wäre möglich, dass wir noch einmal mit Ihnen sprechen müssen, also geben Sie bitte einem der uniformierten Kollegen Ihre Anschrift.

***

In Gedanken versunken machte ich mich zurück auf den Weg in die Küche. Mum sah auf, als ich eintrat, ein Glitzern in ihren Augen, welches ich nur zu gut kannte.

„Nun, das war ja ein netter junger –"

„Nein, das war er nicht. Lasst uns einpacken, was geht, und dann raus hier."

Wir machten uns auf den Weg aus der Hotellobby, wo ich kurz innehielt und einem uniformierten Polizisten meine Kontaktdaten übermittelte, der gleich neben der Tür stand. Als ich mich zum Gehen wandte, sah ich Tony durch die offene Tür des Speisesaals, wo ich ihn zurückgelassen hatte. Er sah am Boden zerstört aus. Seine betagten Eltern, Brenda und Malcolm, kümmerten sich um ihn.

„Tony!", rief ich. Er sah auf und lächelte schwach, während meine Mutter schon zu den Penhaligons eilte. Sie umarmte Brenda und tätschelte Malcolm den Arm.

„Wie haltet ihr euch?", fragte sie. Brenda lächelte tapfer, während Malcolm den Kopf schüttelte.

„Furchtbare Sache, oder, Shirl?", sagte er. Als konnte er es nicht begreifen. „Grausam."

65

„Wir machen uns auf den Weg“, sagte ich zu Tony. „Wir können hier nichts mehr tun. Ich weiß, dass das Letzte, an was du jetzt sicher denken möchtest, das Essen ist, aber wenn du mich wissen lässt, was wir damit machen sollen, komme ich später wieder vorbei und kümmere mich darum.“

„Okay“, sagte Tony. Er schien völlig verwirrt. „Ich weiß nicht wirklich ...“

„Mach dir jetzt keine Gedanken darüber“, sagte ich. „Im Moment ist alles versorgt. Was ist mit dir? Hat die Polizei dir erlaubt zu gehen? Die schienen alle schnell aus dem Weg haben zu wollen.“

„Sie haben gesagt, wir dürften gehen, aber ich möchte lieber hierbleiben, falls Cheryl zurückkommt ...“ Aus dem Augenwinkel konnte ich sehen, wie die Penhaligons und meine Mutter besorgte Blicke austauschten.

„Ich weiß ja nicht“, sagte ich. „Was, wenn sie nach Hause gegangen ist? Sie möchte vielleicht nicht zurück ins Hotel kommen, wenn sie denkt, dass alle Gäste noch da sind. Die Polizei wird sich schon bei dir melden, falls sie auftaucht.“

„Wenn sie auftaucht“, sagte Tony.

„Wenn, ja, das meinte ich.“ Ich konnte ihm nicht in die Augen sehen. Ich lehnte mich zu ihm. „Unter uns gesagt, ich denke, Brenda sollte nach Hause sich ausruhen und das wird sie nicht tun, solange du hierbleibst. Sie möchte dich nicht allein lassen, dein Vater möchte sie nicht allein lassen, also ... vielleicht solltest du mit ihnen nach Hause gehen und ein Auge auf sie haben.“

„Eine gute Tasse Tee und die Füße ein bisschen hochlegen“, sagte Mum und Brenda nickte.

„Das klingt nach einem guten Plan", sagte sie. „Was hältst du davon, mein Schatz? Komm für eine Weile mit zu uns. Du kannst jederzeit zurückkommen und die Dinge hier später regeln, wenn dir danach ist."

„Ich denke, das könnte ich ..." Er schien nicht gerade begeistert; mit etwas gutem Zureden brachte Malcolm ihn auf die Füße.

„Ich sollte vermutlich auf dem Weg bei Mels Mutter vorbeischauen", sagte er, „Sie wird am Boden zerstört sein."

„Das musst du doch nicht", sagte ich schnell. „Mel hat noch mehr Familie, oder nicht? Cousinen und eine Tante und so was. Die Polizei wird sich schon bei denen gemeldet haben, damit ihre Mutter nicht allein ist. In so einer Situation wird sie sicher kein Haus voller Leute wollen, auch wenn es gut gemeint ist. Geh nach Hause, Tony."

Er sah mich einen Moment unsicher an, dann nickte er. Zusammen machten wir uns auf den Weg hinaus zum Parkplatz.

Der Anblick des Wagens mit den verdunkelten Scheiben und den Worten Bestatter, die diskret auf der Tür angebracht waren, ließen uns innehalten. Zwei ernst aussehende Männer in schwarzen Hemden und Hosen, hoben sanft den Inhalt des schwarzen Beutels von der Trage zwischen sich in das Innere des Wagens. Es wurde ohne viel Gewese oder Zeremonie erledigt und dennoch wirkte es sehr respektvoll; sie behandelten Mel, wie sie es mit einem kranken oder verletzten Patienten getan hätten.

Wir sahen zu, wie die Türen sicher geschlossen wurden, die beiden Männer in den Van stiegen und dann ganz ruhig mit der Leiche von Melissa Penhaligon davonfuhren.

Kapitel 6

Wir fuhren in Stille nach Hause, oder in so viel Stille, wie das Pornomobil hergab; es machte bei jedem Gangwechsel ein schreckliches, schleifendes Geräusch.

Ich bot Mum an, sie bei sich zu Hause abzusetzen, aber die Ereignisse des Tages hatten sie offenbar mehr mitgenommen, als sie zugeben wollte.

„Ich denke, ich sollte mit zu euch kommen", sagte sie und lehnte sich verschwörerisch zu mir hinüber. „Daisy ist etwas aufgeregt, denke ich, und ich könnte helfen, sie abzulenken."

Ich schielte rüber zu Daisy, die das definitiv gehört hatte, aber diplomatisch genug war (keine Ahnung, woher sie *das* hatte), nichts zu sagen. Sie sah jedenfalls nicht aufgeregt oder schockiert aus, sie summte vor sich hin und schrieb Textnachrichten an eine ihrer Londoner Freundinnen, der sie zweifelsohne alles über den aufregenden Vorfall hier berichtete.

„Ja, sicher", sagte ich mit einem schiefen Lächeln. „Du kommst besser mit zu uns."

Ich lud die Kleinigkeiten und Knabbereien aus, die wir mit zurückgebracht hatten (ich hatte ein paar übrig gebliebene Kanapees mit frischem Salat und einen leckeren Kartoffelsalat eingepackt; das gäbe ein einfaches Abendessen für uns) und fiel dann auf das Sofa, von plötzlicher Erschöpfung erfasst. Was für ein Tag. Und dabei war es erst halb vier.

Wir verbrachten die nächsten paar Stunden damit, die Reste zu verputzen (so viel zum Abendessen), Tee zu trinken und zu tratschen.

„Ich mochte diese Cheryl nicht", sagte Mum bestimmt. Ich musste ihr zustimmen; sie hatte sich die ganze letzte Woche ein bisschen wie Brautzilla verhalten, meine Menüvorschläge auseinandergenommen, bis Tony ruhig, aber bestimmt eingeschritten war und ihr erklärt hatte, wenn sie mich nicht machen ließe, würde es gar kein Essen geben. Trotz allem fühlte es sich falsch an, das jetzt laut auszusprechen, nun da sie vermisst, vielleicht sogar tot war. Ich konnte nicht glauben, dass sie Tony im Dunkeln darüber lassen würde, dass sie tatsächlich noch lebte; so viel schuldete sie ihm.

„Sie war kein netter Mensch", fuhr Mum fort. „So gar nicht wie ihre Mutter."

Hastig schluckte ich meinen Mund voll Blätterteig herunter. „Du kanntest ihre Mutter?"

„Natürlich."

„Oma kennt doch jeden", sagte Daisy und scheinbar hatte sie damit recht.

„Erinnerst du dich noch, dass ich im Coop, dem Supermarkt, gearbeitet habe?" Ich nickte. Ich erinnerte mich nicht wirklich daran, aber ich wusste, dass Mum einmal in den meisten der Läden in Penstowan gearbeitet hatte, als ich noch ein Kind war. „Ich hab damals mit ihrer Mutter gearbeitet. Sie war jünger als ich, natürlich, erst achtzehn oder neunzehn. Wie war ihr Name?" Mum zermarterte sich das Hirn; es rauchte praktisch schon aus ihren Ohren. „Clare, das war er. Sie war – oh, nein, nicht Clare. Eileen. Die zwei verwechsele ich immer."

Daisy sah mich an und ich konnte die unausgesprochene Frage förmlich hören: *Wie verwechselt man Clare mit Eileen?* Ich schüttelte leicht meinen Kopf.

„Oder *war* es Clare?" Mum sah nachdenklich aus. Ich hätte schreien können.

„Wie auch immer ...", versuchte ich es.

„Wie auch immer, ja, diese Clare war ein liebes Mädchen, sehr hübsch", endete Mum mit einem zufriedenen Lächeln. Ich hätte schon wieder schreien können. War das alles?

„Tony meinte, Cheryls Familie hat nicht hier gewohnt?", stocherte ich weiter. Mum nickte.

„Das stimmt. Clare – nein, es *war* Eileen" – ich wagte es nicht, Daisy anzusehen – „Sie war so ein liebes Mädchen, voller Leben. Sie ist hier in Penstowan aufgewachsen, die Laity-Familie nicht; die hatten einen Camper unten am Boscastle Way. Die haben jetzt natürlich eine ganze Reihe von denen." Mum schüttelte ihren Kopf, doch ich hatte das Gefühl, da lag mehr Bewunderung als Missbilligung in ihren Worten. „Sie war eine zehn! Beide Laity-Brüder hatten ein Auge auf sie geworfen und sie hat sie nicht gerade entmutigt. Die haben ihr beide von Anfang an aus der Hand gefressen! Ich weiß nicht, wie sie sie kennengelernt hat, aber sie kamen immer hierher und warteten, bis sie mit ihrer Schicht fertig war. Der ältere war ein richtiger Charmeur, aber der jüngere war ein netter Bursche. Sehr gut aussehend. Ich glaube, da gabs ein bisschen Ärger, als sie ihn dem anderen vorgezogen hat."

Ich versuchte mit den Enthüllungen mitzuhalten. „Also der ältere wäre demnach Cheryls Onkel? Roger Laity?"

„Das ist richtig. Er hat sich immer so gut angezogen ..." Mum lächelte mit verklärtem Blick. „Ich hab zu deinem Vater gesagt, wieso kannst du dich nicht wie dieser Laity-Bursche anziehen?"

„Und was hat er gesagt?"

„„Weil ich kein Zuhälter bin, darum.'"

Daisy brach in schallendes Gelächter aus und ich grinste. „Jap, das klingt nach Dad. Warum glaubst du, dass es damals Ärger gab?"

„Werde ich hier verhört?" Mum hob ihre Augenbrauen an.

„Ich bin nur interessiert", protestierte ich.

„Charmant und kokett, wie er war, er mochte sie", sagte Mum. „Ich kann mir nicht vorstellen, dass er glücklich war, als sein kleiner Bruder sich Clare einfach so –"

„Eileen", murmelte Daisy.

„– geschnappt hat. Ich glaube, aus diesem Grund sind sie weggezogen." Mum griff nach einer weiteren Pastete. „Es kam zu einem Zerwürfnis, glaube ich. Sie sind irgendwo in den Norden gezogen – Bristol, wenn ich mich nicht irre. Diesem Roger war das Herz gebrochen worden und er brauchte wohl Jahre, um darüber hinwegzukommen, hab ich gehört."

Ich erinnerte mich an den spöttelnden jungen Mann, der letzte Nacht mit Roger Laity aufgetaucht war, der, der Tony so unangenehm gewesen war.

„Er hat einen Sohn, oder? Er war auf der Party gestern Abend, ein richtig mieser kleiner Arsch."

Mum nickte. „Stiefsohn. Craig. Ein echter, sogenannter Bad Boy, gerät immer in irgendeinen Ärger hinein. Seine Mutter war mit einem von Rogers Geschäftspartner verheiratet und als der einen Herzanfall hatte –“

„Woher weißt du das alles?“, fragte ich ungläubig. Sie zuckte mit den Schultern.

„Ach, die alten Mädels“, sagte sie. „Wir plaudern gerne ein bisschen.“

Daisy brüllte vor Lachen. „Und der Preis für die Untertreibung des Jahres geht an ...“

„Wir müssen uns eben selbst unterhalten“, verteidigte sich Mum. „Hier passiert doch nie was.“

Wir alle sahen einander an und brachen dann in wildes Gelächter aus. Weil heute ja überhaupt nichts Aufregendes passiert war.

„Also, was ist jetzt mit dem netten jungen Inspektor?“, sagte Mum, als wir uns wieder beruhigt hatten.

Ich stöhnte. „Tu das nicht.“ Mum versuchte unschuldig dreinzublicken, aber es funktionierte nicht. „Ernsthaft, tu das nicht. Du weißt, ich habe den Männern abgeschworen. Du und Daisy, ihr seid jetzt meine Prioritäten.“

„Du kannst mir nicht erzählen, dass er kein Hingucker ist.“

„Das kann ich“, sagte ich. Aber nicht sehr überzeugend. „Also gut, ja, er sieht fantastisch aus. Aber er ist zu arrogant.“

„Ich hab mir schon gedacht, dass er dein Typ ist.“

„La, la, la!“, sang Daisy und steckte sich die Finger in die Ohren.

„Können wir über etwas anderes als Mums Typ reden? Das ist zu gefährlich nah daran, dass sie ein Sexleben hat.“

Ich lachte. „Wenn's nur so wäre.“

„LA, LA, LA, LA, LA, LA!“

„Deine Mutter ist noch jung …“, sagte Mum.

„Danke“, erwiderte ich.

„… und einigermaßen attraktiv“, fuhr sie fort.

„Einigermaßen?“

„Da gibt es dieses Spiel, dass diese jungen Mädchen mal im Bus gespielt haben“, sagte Mum. „Sie haben drei Jungennamen genannt und dann mussten sie sagen, welchen sie heiraten würden, welchen sie –“

„Oh, das kenn ich!“, sagte Daisy. „Es heißt Fu-… *Kiss, Marry, Avoid*: küssen, heiraten, vermeiden.“

Ich sah sie warnend an. „Ja, ich weiß, was das ist.“

„Na dann“, sagte Mum. „Dieser nette Polizist –“

„DCI Withers“, sagte ich.

„Withers? Das ist ein furchtbarer Name. *Jodie Withers. Jodie verwittert.*“

„Tut sie das?“, sagte Daisy.

Ich lachte. „Sehr richtig!“

„Okay, DCI Withers, Craig Laity und Tony.“ Mum faltete ihre Arme vor sich und sah mich an. „Mit wem würdest du – wen würdest du küssen?“

„Es muss der Bulle sein“, sagte Daisy mit einem wissenden Lächeln.

„Ich dachte, du wolltest nicht über mein Liebesleben nachdenken?“

„Aber du würdest ihn nehmen, oder? Wen würdest du sonst küssen, Tony?“

Ich schüttelte mich gespielt übertrieben, obwohl ich gestehen muss, dass der Gedanke daran sich nicht schlecht, sondern nur etwas seltsam anfühlte. „Gott, nein, das wäre, als würde ich einen ... einen Cousin oder so was küssen."

„Obwohl es technisch gesehen nicht mal als Inzest gilt, deinen Cousin zu küssen", merkte Daisy aufmerksam an.

„Das sagst du so leicht; du hast ja keinen. Und du erinnerst dich vermutlich nicht mehr an meinen Cousin Kev. Der nach Hastings gezogen ist." Ich schüttelte mich. Diesmal wirklich. „Der hatte einen Atem, der einer Scheunentür zwanzig Fuß weiter die Farbe abgeblättert hätte."

„Was ist mit Craig Laity? Der ist ziemlich heiß", sagte Mum.

„Oma!"

„Das ist er! Und er ist ein echter Bad Boy. Wenn ich zwanzig Jahre jünger wäre ... also gut, dreißig –"

„Wärst du immer noch zu alt für ihn. Nein, dem würde ich nicht mal so weit trauen, wie ich ihn werfen kann", sagte ich. „Den würde ich meiden. Wie die Pest."

„Okay, also meidest du Craig, und du willst Tony nicht küssen, also das heißt, du knutschst mit DCI Withers und *das* heißt, du wirst die nächste Mrs Tony Penhaligon!" Daisy und Mum lachten.

„Das denke ich nicht. Weder der ehemaligen noch der zukünftigen Mrs Penhaligon ist es besonders gut ergangen, oder nicht?" Ich sagte es, und die beiden hörten auf zu lachen.

„Nein", sagte Mum. „Arme Mel."

Wir alle saßen in einem Moment der Stille da und dachten an die arme Mel. Und den armen Tony. Ich fragte mich, wie es ihm wohl ging und hoffte, seine Eltern kümmerten sich immer noch um ihn.

„Ich rufe Dorothy vielleicht mal an und frage, wie es ihr geht", sagte Mum. „Ich kann mir gar nicht vorstellen, wie sich das anfühlen muss, die Tochter so zu verlieren."

Wir saßen abermals in nüchternem Schweigen da, bis mein Telefon klingelte und uns alle vor Schreck aufspringen ließ.

KAPITEL 7

„Und das liegt in meiner Verantwortung, weil …?" fragte ich.

‚Das' saß auf ihren weißen, fluffigen Hinterbeinen und himmelte mich von unten an, den Kopf leicht schräg gehalten, ihr Blick so voller Ausdruck, dass er einen erwachsenen Mann verführt hätte, in Babysprache zu verfallen, und das kälteste Herz hätte schmelzen können. Aber ich war (das sagte ich mir selbst zumindest) aus härterem Holz geschnitzt. Abgesehen davon, war ich gerade erst umgezogen und immer noch mitten im Auspacken und Einrichten. Außerdem, auch wenn ich ein bisschen was zurückgelegt hatte, ein sicheres Einkommen hatte ich noch nicht. Ein weiteres Maul zu stopfen und ein weiteres Küken unter meinem Flügel war das Letzte, was ich brauchte, auch wenn es süß und so weich war und … und *flufferhaft* (auf jeden Fall ein Wort), dass man es einfach nur packen und knuddeln und seinen Kopf darin versenken wollte …

Ich schüttelte mich und sah in das flehende Gesicht der Hotel-Rezeptionistin.

„Es tut mir leid, aber ich wusste nicht, was ich sonst tun sollte", sagte sie. „Ich hab mich um sie gekümmert, als die Polizei kam, sie aus dem Weg gehalten, aber Mr Bloom sagte, wir müssen ihren Besitzer finden …"

„Die Besitzerin ist tot", merkte ich, nicht unfreundlich, an. Sie nickte.

„Ich weiß", sagte sie. „Ich wusste nicht, wen ich fragen sollte, also habe ich Mr Penhaligon angerufen und er hatte vorgeschlagen, dass ich Sie kontaktiere, weil, und ich zitiere, ‚Jodie immer weiß, was zu tun ist.'" Ich seufzte.

Manchmal kann es schon nerven, wenn man ruhig und unerschütterlich in Krisensituationen bleiben kann.

„Er hat außerdem gemeint, Ihre kleine Tochter möchte vielleicht nach dem Hund sehen, bis Sie ein Zuhause für sie gefunden haben."

Bis wir ein Zuhause für sie gefunden haben? *Ja, klar.* Sobald dieser Hund eine Pfote auf die Türschwelle setzen würde, gäbe es keinen Weg mehr, sie loszuwerden, das wusste ich. Daisy würde mir das nie verzeihen.

Ich kniete mich hin, damit ich Auge in Auge (beinahe) mit dem Hund war. Sie stand sofort auf und kam herüber, um an meiner Hand zu schnüffeln, und tief in mir drinnen, wusste ich, dass ich ihr verfallen war.

„Ich weiß nicht, ob ich sie nehmen kann. Rechtlich gesehen gehört sie Mels Mutter ...", sagte ich verzweifelt. Die Rezeptionistin lächelte – sie wusste, dass ich schon schwach wurde – und schüttelte den Kopf.

„Mr Penhaligon sagte, sie lebt in einem Seniorenheim, in dem keine Haustiere erlaubt sind", sagte sie, „also sind es entweder Sie oder das Tierheim. Und das arme Ding hat doch gerade seine Mutter verloren; sie braucht eine Familie, die sie verwöhnt und sie knuddelt ..."

Ach, also gut, ich würde sie knuddeln. Nein!, sagte ich mir. *Hör auf!* Germaine winselte und leckte meine

Hand. Wurden diese Dinger gezüchtet, um mit unseren Gefühlen zu spielen?

„Ich hab gar keine Leine …", sagte ich schwach. Die Rezeptionistin lächelte triumphierend und holte eine hervor.

„Wir haben einen Hundeservice für unsere Gäste", sagte sie und reichte sie mir. „Die ist ein Ersatz; sie können sie haben. Und die hier." Sie gab mir eine Rolle Hundekotbeutel, alle mit dem Hotellogo versehen. „Sie ist gerade gefüttert worden, also brauchen sie sich keine Gedanken darum zu machen, ihr gleich was zu besorgen, sie wird bis morgen früh nichts mehr brauchen."

„Danke …"

Ich stand in der Tür des Hotels und fummelte an der Leine herum. Es war eine von diesen einziehbaren, die in einem Plastikkästchen eine lange eingerollte Leine haben und einen Knopf, der sie an Ort und Stelle hält oder die abrollt, wenn der Hund losspringt. Germaine war ein gutes Mädchen und saß geduldig da, während ich die Leine an ihrem Halsband anbrachte und die Beutel in meiner Tasche verstaute.

Sollte ich mit ihr Laufen gehen, damit sie ihr Geschäft erledigte? Ich rollte mit den Augen. *Ihr Geschäft erledigt.* Ich redete schon wie eine echte Hundebesitzerin. Ich hatte keine Ahnung, wie lange sie schon eingesperrt gewesen war und trotzdem wollte ich nicht riskieren, dass das neueste Mitglied unserer Familie sich im Pornomobil – in dem ich wider besseres Wissen gekommen war, da ich nicht wusste, was ich vom Hotel abholen sollte –, das ohnehin schon müffelte (ich wollte gar nicht wissen, warum, wenn man daran dachte, was der vorherige Besitzer für ein Geschäft betrieben hatte), entleerte. Außerdem war es der frühe Abend, gutes Wetter und noch hell draußen. Ein kleiner Spaziergang auf dem Gelände also.

Germaine zog mich die Treppen hinunter und über den Parkplatz. Sie rannte sofort zu dem alten Vauxhall, der sich seit letzter Nacht nicht bewegt hatte und der nun mit Polizeiklebeband versiegelt war; vermutlich gehörte er zu den Beweisstücken. Die einzige Sache, die ich sehen konnte, die anders war, war das Fenster hinten – welches Germaine beschnüffelte. Es war nun viel weiter geöffnet. Ich sah zu ihr.

„Warst du das, Houdini?", fragte ich und erinnerte mich, was Mel über ihre Fähigkeiten, aus Autos auszubrechen, gesagt hatte. Der Hund wedelte nur mit dem Schwanz und wartete darauf, ins Auto gelassen zu werden. Ich seufzte und beugte mich hinunter, um sie zu streicheln. „Es tut mir leid, meine Süße, du wirst in meinem stinkigen alten Van mitfahren müssen."

Das Telefon in meiner hinteren Hosentasche vibrierte. Ich holte es hervor und warf einen Blick darauf. Eine Nachricht von Tony:

Alles okay bei dir?

Scherzkeks. Er wusste genau, dass ich knietief in Zwergspitz-Hinterlassenschaften stand.

Ich begann gerade eine, ein wenig schnippische (aber nicht zu fiese, denn er war ja im Moment sehr emotional) Antwort zu verfassen, als Germaine etwas witterte.

Ich hatte natürlich noch nicht den Knopf der Leine festgestellt, denn sie rannte davon und war schon auf

der anderen Seite des Parkplatzes, bevor ich wieder
meine Sinne beisammenhatte. Ich versuchte die Leine
zurückzuziehen, aber ihr Vorsprung war zu groß gewesen und zu viel Leine war, nun, ausgerollt. Ich zog an
der Nylon-Leine; sie war schwerer, als sie aussah. Ich
fühlte mich wie ein Fischer in einer dieser Extrem-Ang-
ler-Shows aus dem Fernsehen, die, in der sie auf den Ba-
hamas nach Barrakudas oder so was angeln, und wo sie
sich festschnallen müssen, damit das riesige Unge-
heuer am anderen Ende sie nicht über Bord zieht. Es
war genau so, nur mit einem winzigen Hund anstelle
eines Hais. Ich hatte keine andere Wahl, als hinterher-
zueilen.

Es wurde bald klar, wo sie hinwollte. Es war offensichtlich, um ehrlich zu sein. Ich rannte auf den ver-
zierten Fischteich zu und kam gerade an, als Germaine
genau an der Stelle war, an welcher sie ihr verstorbenes
Frauchen verlassen hatte. Sie ließ sich fallen und begann zu jaulen, ein winziges, hohes Geheule, das einem
das Herz brach.

Der Tatort selbst war mit einem kleinen Zelt über-
dacht, von der Spurensicherung errichtet, um die neu-
gierigen Augen der Gäste von dem Körper des Opfers
fernzuhalten und Beweise zu sichern. Polizeiabsperrband flatterte davor und ich war ein wenig überrascht,
dass weit und breit kein Polizist zu sehen war, der außerhalb Wache hielt; andererseits, vielleicht war die
Forensik schon fertig, und wir waren immerhin in
Penstowan, welches, zu seinen besten (oder sollten das
vielleicht die schlechtesten sein?) Zeiten, knapp besetzt
war. Zu den Zeiten meines Dads war es das zumindest.

Ich hockte mich vor Germaine hin; wenn auch sonst nichts, würden meine Wadenmuskeln wegen eines Hundes dieser Größe super trainiert werden. Ich griff nach ihr und streichelte sie sanft.

„Es tut mir leid, Fluffie, aber deine Mum ist nicht mehr hier", sagte ich und fühlte einen Klumpen in meinem Hals. Arme Mel. Arme Germaine. Der Hund sah mich an und ich musste Tränen wegblinzeln. Jahre bei der Einheit hatten mich nicht komplett abgehärtet, aber mir doch beigebracht, meine Emotionen zu kontrollieren im Angesicht von trauernden oder wütenden Angehörigen, aber setz mir einen Hund vor und ich verwandle mich in Brei.

Germaine schleckte an meinem Knie, was auf bizarre Weise tröstend war, dann senkte sie ihren Kopf und begann das Gras abzuschnüffeln. Ich sah ihr einen Augenblick dabei zu. Der Boden war etwas zertrampelt, wo sowohl Mel und ich als auch Tony vom Weg abgekommen waren, um uns auf die Bank zu setzen, und wo sich später eine kleine Gruppe versammelt hatte, um den Leichnam zu sehen. Noch später hatten die schweren Füße der Polizisten ihn weiter zerstört.

Germaine wandte sich von dem Zelt ab und schnupperte; sie hatte eine Fährte aufgenommen. Ich sollte sie wirklich einsammeln und sie von hier wegbringen. Ich erhob mich, aber auf der Hälfte stoppte ich und kniete mich wieder hin. Es war nicht wirklich zu sehen, wenn man aufrecht stand, aber von hier unten war ein leichter, aber klarer Pfad im Gestrüpp hinter der Bank zu erkennen. Germaine machte sich auf zu dem Pfad, mit wedelndem Schwanz, offenbar einer Spur folgend.

Ich stand wieder auf und sah mich um. Hier war niemand. Ich war mir ziemlich sicher, dass die Polizei nicht wollte, dass hier jemand rumstromerte, so nah am Tatort, aber hier stand niemand Wache und ich konnte ja kaum etwas dafür, wenn mein Hund es zustande brachte, davonzurennen ...

Ich folgte dem lächerlich wuscheligen, hüpfenden Schwanz vor mir. Der Pfad war etwas schwach, aber sehr breit, Grasbüschel waren zerdrückt und gebogen, ein Weg von beinahe einem Meter Breite. *Vielleicht ist es nichts*, sagte ich mir, aber die Intuition eines Polizisten nagte an mir.

Germaine rannte voraus, alle Gedanken an ihr Frauchen hatte sie wohl in dem Zelt gelassen. Der Pfad durch das Gestrüpp ging etwa fünfhundert Meter weiter und ich begann gerade zu denken, dass das hier nichts weiter als ein Trampelpfad von Tieren war, als wir einen klapprigen hölzernen Zaun erreichten. Auf der anderen Seite des Zauns war eine Haltebucht, mit der Hauptstraße von Penstowan, die nach Launceston führte, daneben. Germaine hielt an, setzte sich und wirkte sehr zufrieden mit sich, woraufhin sie begann ihren Intimbereich zu putzen. Ich seufzte und wandte mich um in Richtung Hotel, welches durch die Büsche recht gut versteckt war. Ich musste schon tausendmal an dieser Stelle vorbeigefahren sein und nie hatte ich realisiert, was hier war. Ich sah hinunter zu Germaine und zog an der Leine, bevor ich vor Erstaunen erstarrte. In einem Busch neben ihr, hing ein Ohrring, ein großes, goldenes, kitschiges Ding. Ein kleiner Kläffer sagte mir, dass ich die Leine so weit eingezogen hatte wie möglich, also lockerte ich sie etwas und kniete mich hin, um den verlorenen Schmuck zu untersuchen.

Ich erkannte ihn, da war ich sicher. Es war eine große, gehämmerte goldene Scheibe, etwa fünf Zentimeter im Durchmesser, mit einem roten Stein in der Mitte. Ich war mir zu neunundneunzig Prozent sicher, dass der Cheryl gehörte. Sie hatte ihn in der Nacht zuvor getragen, zu ihrem schicken roten Cocktailkleid und mir war es aufgefallen, weil ich mich erinnerte, dass meine Mutter ähnliche Ohrringe hatte, als ich klein war. Ich hatte diese Ohrringe verehrt, aber ich war zu jung, um mir Ohrlöcher stechen zu lassen, und als ich alt genug war, hatte sich die Mode geändert und mein Schmuckgeschmack auch.

Ich streckte meine Hand aus, um ihn zu nehmen, stoppte mich aber noch im richtigen Moment. Wie war der hier gelandet? Ich stand auf und starrte auf den Pfad, der zurück zum Hotel führte; wie war er zustande gekommen? Er war zu breit, um von einer weglaufenden Braut getreten worden zu sein, selbst wenn er zur Freiheit der offenen Straße führte ... Ich dachte einen Moment nach und legte mich dann, beobachtet von einer verwirrten Germaine, auf den Boden.

Der Weg hatte etwa die Breite meines Körpers, wenn ich meine Arme locker neben mich legte. Also könnte er nicht durch trampelnde Füße entstanden sein, sondern durch einen Körper. Einen Körper, der geschleift wurde, den ganzen Weg hinunter zur Straße.

Ich erhob mich und inspizierte den Zaun. Er war gerade niedrig genug, um darüber zu klettern, besonders, wenn man einen Fuß auf dem Querbalken abstellte. Das Holz war alt und rau unter meiner Haut und ich zog meine Hand zurück, als ein Splitter den Weg in meinen Finger fand. Ich band Germaines Leine an den Zaun und kletterte ungraziös hinüber und hoffte dabei, dass gerade niemand vorbeifahren und mich in dieser entwürdigen Stellung sehen würde.

Auf dieser Seite des Zauns hing ein Fetzen Stoff. Weiße Baumwolle mit einem schmalen blauen Streifen aus Garn. Nichts Auffälliges, nicht so wie die rote Seide, in der ich Cheryl zuletzt gesehen hatte, obwohl sie vermutlich in etwas weniger Restriktives geschlüpft wäre, wenn sie ihrer Hochzeit hätte entfliehen wollen. Aber warum hätte sie dann hier entlangkommen sollen, wenn ihr Auto auf dem Parkplatz stand? Und warum hätte sie ihren Koffer zurückgelassen?

Ich sah zur Haltebucht. Dort gab es nichts außer dem allgegenwärtigen Müll und einer verdächtig müffelnden, nassen Stelle, die man ab und zu an Parkplätzen findet, wenn keine Toilette in der Nähe ist. Auf dem Asphalt, wo ein Auto stehen würde, sollte es hier halten, war ein dunkler Fleck, vermutlich von Motorenöl oder so etwas. Und das war alles.

Ich kletterte wieder über den Zaun. Kurz dachte ich daran, den Ohrring als Beweisstück einzupacken, aber dann erinnerte ich mich, dass ich erstens nichts weiter als Hundekotbeutel aus dem Hotel in meiner Tasche hatte, und zweitens, dass dies nicht mehr mein Job war. Stattdessen holte ich mein Telefon hervor und rief die Polizeistation an.

KAPITEL 8

DCI Withers gab ein übertriebenes Seufzen von sich, was ihn wahrscheinlich wie ein weltgewandter Cop wirken lassen sollte, ihn mir aber nur noch unsympathischer machte.

„Und wollen Sie mir auch sagen, warum genau Sie im Gestrüpp in der Nähe meines Tatorts herumgeschnüffelt haben?", fragte er. *Nein*, dachte ich, sagte es aber nicht.

„Ich habe nicht herumgeschnüffelt. Der Hund ist aus der Leine geschlüpft und weggerannt." Mehr oder weniger wahr.

„Hm." Withers sah nicht überzeugt aus. „Wenn Sie da nicht herumgeschlichen sind, wie haben Sie es dann an dem Polizisten vorbei geschafft, der am Tatort Wache hält?" Er zeigte auf einen jungen uniformierten Polizisten, der nervös hinter ihm stand. Der junge Mann sah sofort panisch aus und sandte mir einen flehenden Blick zu.

„Ich hab mich nicht an ihm vorbeigeschlichen", sagte ich. „Ich habe die Situation erklärt und der Beamte handelte nach bestem Wissen und Gewissen und ließ mich passieren. Wir konnten den Hund sicher nicht durch die Gegend stromern lassen und ich wollte nicht, dass er seinen Posten verlässt und Ärger bekommt." Der junge Polizist sank erleichtert zusammen und sah mich unendlich dankbar an. Also war ich nicht die Einzige, die Withers für einen nervigen Blödmann hielt.

„Hm." Withers untersuchte das zerdrückte Gras aufmerksam und ignorierte mich. Ich ließ ihn ein paar Sekunden in Frieden, dann konnte ich aber nicht länger still sein.

„Wenn Sie sich das Gras ansehen, werden Sie erkennen, dass es nicht komplett geplättet ist, nicht so wie bei der Leiche, also nehme ich an, dass hier nur eine, vielleicht zwei Personen gelaufen sind."

„Vor Ihnen, meinen Sie", sagte Withers scharf. Ich ignorierte die verschleierte Kritik.

„Und die Breite des Pfads entspricht etwa der eines liegenden Körpers mit den Armen an seiner Seite."

„Wie kommen Sie darauf?"

„Ich hab mich hingelegt und es ausprobiert", sagte ich. Withers sah überrascht aus, und für einen Moment meinte ich, er würde sich vergessen und lachen – aber nur für einen Moment.

„Sie haben sich hingelegt und den Tatort kontaminiert?"

Oh mein Gott! Ich verdrehte die Augen. „Ich habe mich an einer Stelle hingelegt, ja, aber sie nehmen meine DNA sowieso, um sie ausschließen zu können, oder etwa nicht?" Er sah wieder überrascht aus, aber nicht auf die gute Art. „Sie wissen schon, weil ich das Opfer angefasst habe, als sie sich mit Cheryl gestritten hatte? Oder ist Ihnen das noch nicht eingefallen?"

„Natürlich ist es das", sagte er, aber ich hatte das Gefühl, dass er mich vorhin schnell wegschicken wollte und nicht daran gedacht hatte, dass meine DNA überall auf Mel sein musste.

„Sie werden Cheryls auch brauchen", sagte ich, „aber da sie verschwunden ist, müssen Sie sich eine Probe von ihrem Eigentum nehmen, einer Haarbürste oder –"

„Ja, *danke!*", sagte Withers. „Alles schon erledigt. Einer der Beamten wird jetzt sofort eine Probe von Ihnen nehmen."

„Ähm, die Forensiker sind schon gegangen, Chef", sagte der nervöse uniformierte Polizist. Withers seufzte wieder.

„Gut, dann morgen früh. Kommen Sie auf die Wache und – HALTEN SIE DIESEN HUND VOM URINIEREN AUF BEWEISMITTEL AB!"

***

Germaine und ich konnten endlich entkommen. Ich nahm sie mit zurück in das Pornomobil und setzte sie auf den Beifahrersitz – was sich nicht besonders sicher anfühlte, aber ich wusste nicht, was ich sonst tun sollte –, dann tätschelte ich ihren Kopf.

„Gutes Mädchen, Germaine!", sagte ich. „Da verdient jemand ein paar Hundeleckerlis dafür, dass sie den doofen alten DCI Miesepeter geärgert hat, hab ich recht? Oh ja, das tut sie, oh ja, das tut sie." Ich hielt angeekelt inne. Weniger als zwei Stunden waren vergangen, seit ich zum Hotel zurückgekehrt war, und ich hatte mich schon in einen Hundemensch verwandelt. Die Chancen standen gut, dass ich morgen früh schon, ganz unironisch, Pullover mit einem Mops darauf tragen würde.

***

Daisy war natürlich aus dem Häuschen, als Germaine durch die Haustür hüpfte. Sie vergaß für einen Moment, dass sie eine straßenschlaue zwölfjährige Südlondonerin war, zu cool für alles, und *quietschte* vor Freude im Angesicht dieses fluffigen, weißen, süßen Püschels, der unser neues Familienmitglied sein würde. Ich glaube, sie wollte sogar vor Euphorie klatschen, aber erinnerte sich gerade noch rechtzeitig, dass sie einen Ruf zu verlieren hatte und hielt sich zurück. Trotzdem fiel sie auf die Knie und umarmte Germaine fest, versenkte ihr Gesicht in ihrem Fell, genau so, wie ich es mir vorgestellt hatte.

Es wurde langsam spät. Ich bot Mum an, sie nach Hause zu fahren, aber sie sah schon so müde aus, dass ich vorschlug, noch einmal bei uns zu übernachten. Ich musste sie nicht überreden und langsam vermutete ich, dass sie ihre Freiheit und Unabhängigkeit nicht ganz so sehr genoss, wie sie behauptete.

Daisy ging widerwillig zu Bett – widerwillig, weil sie Germaine nicht allein lassen wollte und mich anbettelte, sie in ihrem Zimmer schlafen zu lassen. Aber ich war mir nicht sicher, ob sie sich damit wohlfühlen würde (der Hund, nicht meine Tochter), also ging sie mit einem letzten Knuddler (für den Hund, nicht für mich) nach oben.

Ich machte Mum eine Tasse Kakao und wir setzten uns zusammen und besprachen die Ereignisse des Tages, bis sie beschloss, sich ins Gästezimmer zurückzuziehen.

Ich war müde, aber mein Gehirn raste und ich glaubte nicht, dass ich schlafen könnte. Germaine hatte sich auf dem Sofa niedergelassen; ich war mir noch nicht sicher, wie ich es fand, einen Hund auf meinen schönen neuen Möbeln zu haben, aber es sah so gemütlich aus, dass ich es nicht fertigbrachte, sie aufzuscheuchen ... Ich überlegte gerade, ob wir für einen letzten Spaziergang um den Block rausgehen sollten, damit sie sich vor dem Schlafen erleichtern konnte, als mein Handy vibrierte. Eine weitere Nachricht von Tony.

Bist du noch wach? Kann nicht schlafen.

***

„Ich komme mir vor wie eine Teenagerin, die sich rausschleicht, um einen Jungen um Mitternacht zu treffen.“

Tony lehnte sich gegen das Geländer, schaute raus aufs Meer.

Er zuckte zusammen, als ich sprach und drehte sich dann grinsend um, um mich zu begrüßen. Er sah auf seine Uhr.

„Es ist erst halb zehn“, sagte er. „Ich war so fertig und dachte, ich leg mich früh hin, aber dann konnte ich nicht einschlafen und musste wieder aufstehen.“

„Geht mir genauso“, sagte ich. Germaine wedelte mit dem Schwanz und schnüffelte an seinen Schuhen.

„Du bist nicht sauer, dass ich dir den Hund aufgeschwatzt habe?“, sagte er. „Tut mir leid, ich hätte dich zuerst fragen sollen, aber ich konnte nicht klar denken.“

„Schon gut. Du bist jetzt offiziell einer von Daisys Lieblingspersonen, weil du es vorgeschlagen hast.“

„Ich hätte sie genommen, aber Cheryl ist allergisch gegen Hunde und ich dachte, wenn sie zurückkommt ...“ Seine Stimme verlor sich.

Die Stadt war ziemlich ruhig für Samstagnacht. Nahe den Stränden waren ein paar Pubs offen und ein paar Trinker verirrten sich auf die Straße, redeten laut und lachten, aber die Polizei hatte Leute, die am Strand tranken, in den letzten Jahren weitestgehend verscheucht (zu viele waren bei Mondschein betrunken schwimmen gegangen), also hatten wir, abgesehen von einer Gruppe launischer Teenager mit Skateboards, die auf dem Parkplatz rauchten, und einem betrunkenen Pärchen, das wild in einem Hauseingang knutschte, den Strand für uns alleine.

Wir gingen die steinernen Stufen runter in den Sand und setzten uns nahe den Felsen. Der Stein fühlte sich kalt durch meine dünne Yogahose an, in die ich vorhin geschlüpft war und ich konnte Mums Stimme hören, die mich vor Hämorrhoiden warnte, doch ich ignorierte sie.

„Wie geht's deinen Eltern?“, fragte ich.

„Denen geht's gut“, sagte Tony. „Ich bleibe heute Nacht bei ihnen. Ich wäre lieber nach Hause gegangen, aber Mum macht sich Sorgen.“ Ich nickte verständnisvoll. „Ich glaube, deshalb kann ich nicht schlafen. In ihrem Haus fühle ich mich immer klaustrophobisch. Als ob die Wände näher kommen würden.“

„Alte Menschen mögen es vollgestopft mit ihrem Kram“, sagte ich und er lachte leise.

„Ja, Mum hat über die Jahre ganz schön viel Zeug angesammelt ...“

Wir saßen schweigend beieinander, lauschten den Wellen. Es war Ebbe und der nasse Sand reflektierte den Mondschein von oben, schimmerte wie ein Spiegel im Dunkeln. Ich konnte mich nicht entscheiden, ob es unheimlich oder romantisch war – wahrscheinlich ein bisschen von beidem.

Germaine amüsierte sich beim Buddeln im Sand und ich konnte sehen, wie Klumpen in ihrem schönen weißen Fell hängen blieben; ich würde sie ordentlich bürsten müssen, bevor ich sie wieder ins Haus ließ.

„Und wie hältst *du* dich? Hast du irgendwas gehört?“ fragte ich. Ich hatte daran gedacht, zu erwähnen, dass ich Cheryls Ohrring gefunden hatte. Es lag mir auf der Zunge, aber ich stoppte mich; es sah aus, als wäre ihr etwas Schlimmes passiert und es brachte gar nichts, ihn noch mehr aufzuregen. Er sollte wenigstens noch ein paar Stunden in glücklicher Unwissenheit verbringen. Ich wusste nicht, ob mich das zu einer guten oder einer schlechten Freundin machte.

„Nein, nichts“, sagte er. „Hast du mit jemandem gesprochen, als du den Hund abgeholt hast? Hat irgendwer was über die Ermittlungen rausgelassen? Du bist immerhin Eddie Parkers Tochter ...“

Ich lachte. „Ich glaube nicht, dass DCI Withers je von meinem Dad gehört hat“, sagte ich. „Das war vor seiner Zeit. Die meisten Polizisten, die unter ihm gearbeitet haben, müssten jetzt nahe am Rentenalter sein.“

„Ja, vermutlich.“

„Ich nehme an, Cheryl hat sich noch nicht gemeldet. Was ist mit ihrem Onkel oder ihrer Tante? Oder ihrem Cousin?"

Tony schüttelte den Kopf. „Du hast ihren Onkel getroffen. Er hasst mich, was in Ordnung ist, weil ich ihn auch nicht mag. Ihre Tante ist nett, aber macht nur, was er sagt. Sie war letzte Nacht nicht da, aber vorhin im Hotel. Sie war die, mit dem dämlichen Hut –"

„Die Hälfte der Gäste hatte dämliche Hüte auf", bemerkte ich und er lachte darüber. „Was ist das nur mit Hochzeiten und dämlichen Hüten?", fragte er. „Du hättest den sehen sollen, den meine Mutter eigentlich tragen wollte." Er rutschte auf seinem Stein herum. „Ich weiß nicht, was los ist. Dieser Withers hat mir lauter Fragen zu meiner Beziehung mit Mel gestellt, dann fing er mit Cheryl an und ob ich irgendeinen Grund hätte, zu glauben, dass sie mich verlassen wollte ..."

„Hast du?"

Er seufzte. „Keine Ahnung."

„Weißt du was?", sagte ich. „Als ich dir gesagt habe, was Mel über Cheryl dachte, sahst du überrascht aus. Und auch ein bisschen erleichtert."

Er schüttelte wieder den Kopf. „Nicht wirklich ..."

„Tony, sag's mir."

„Da gibt's nicht viel zu sagen." Er streckte seine Beine aus. „Du meinst, Cheryl ist hinter dem Laden her? Also, das ergibt keinen Sinn, weil mir der Laden gar nicht gehört."

„Gehört er immer noch deinem Vater?"

„Er gehört nicht mal ihm, nicht richtig. Er hat immer davon gesprochen, dass er mir die Geschäfte übergibt, wenn er in Rente geht, also nehme ich an, dass Mel deshalb davon ausging, dass er mir gehört, aber er hat mir nur die Leitung überlassen, damit ich den Laden führe. Das tatsächliche Kaufhaus – das Gebäude – wird treuhänderisch von der Familie verwaltet. Sollte ich es je verkaufen wollen, müssten alle in dem Konsortium einverstanden sein: meine Eltern, mein Onkel und meine Tante in Newquay, meine Schwester, obwohl sie in Neuseeland sitzt und scheinbar kein Interesse daran hat, zurückzukommen; ich hab irgendwo auch noch ein paar Cousins, die ich kaum kenne. Das Gebäude ist vielleicht sogar ein bisschen was wert, aber wenn ich alle ausbezahlt hätte ... Wie auch immer, Cheryl weiß das, also ist sie nicht hinter dem Laden oder meinem Geld her oder was auch immer Mel dachte, weil ich nicht genug habe, was sie reizen könnte."

„Irgendwas ist doch aber, oder?" Ich würde nicht lockerlassen.

„Du bist ja wie ein Hund mit einem Knochen. Du hast dich nicht verändert."

„Kein Grund, sich zu ändern, wenn man schon perfekt ist", sagte ich und er lachte.

„Wenn du meinst, meine Liebe ..." Er sah rauf zum Vollmond und einen Moment lang dachte ich, er wirft gleich den Kopf zurück und fängt an zu heulen. Aber er wandte sich wieder mir zu. „Es ist ein bisschen ... vage. Wahrscheinlich nichts. Ich hatte es vergessen, bis, um ehrlich zu sein, heute Morgen."

Ich lächelte ihn ermutigend an, sagte aber nichts. Ich hatte über die Jahre die Erfahrung gemacht, dass Leute oft Dinge erzählen *wollten*, aber wenn man sie drängte, verschlossen sie sich. Am besten saß man still da und wartete.

„Vor ungefähr zwei Monaten begannen Dinge zu verschwinden", sagte Tony.

„Verschwinden? Was, aus dem Laden?"

„Nein, nein, von zu Hause. Nichts von meinen Sachen; ich rede nicht von Diebstahl. Ich weiß auch nicht, was ich sagen will. Die erste Sache, die mir auffiel, war eine von Cheryls Figuren. Ein hässliches chinesisches Ding. Ihr Onkel hatte es ihr zum Einundzwanzigsten geschenkt und es war eine Stange Geld wert."

„Wie viel?"

„Keine Ahnung. Fünfhundert Pfund? Sechshundert? Egal, ich hab sie gehasst, aber sie mochte sie und bestand darauf, sie zu behalten, auf den Kaminsims zu stellen, und dann kam ich eines Tages nach Hause und sie war nicht mehr da."

„Hast du sie danach gefragt?"

„Ja, sie meinte, dass sie ihr beim Staubwischen runtergefallen und zerbrochen war. Ich dachte, das war irgendwie komisch, weil sie das Ding so liebte und ich erwartet hätte, dass sie versuchen würde es wieder zusammenzukleben, aber sie hat nur gesagt, dass sie es in den Müll geworfen hat."

„Okay … und dann sind andere Sachen verschwunden?"

„Ja, aber nur unwichtige Sachen wie Küchengeräte. Der Mixer und die Rührmaschine, die Saftpresse, obwohl wir die nie verwendet haben. Sie sagte, dass sie die zum Wohlfahrtsladen gebracht hat, weil wir vermutlich neue zur Hochzeit bekommen würden, aber unsere waren alle von guter Qualität und fast neu. Und ich wollte sowieso nicht, dass die Leute uns Geschenke kaufen, weil ich vierzig bin – ich habe schon alles –, aber ich dachte, vielleicht hat sie eine Geschenkeliste angelegt oder so was."

„Noch irgendwas?"

„Ja. Das war das Seltsamste. Sie hatte mich gefragt, ob sie meinen Laptop ausleihen kann, weil ihrer kaputtgegangen war und sie ihn zur Reparatur gebracht hat. Natürlich gibt es hier nur einen Ort, wo man so was hinbringt –"

„Wonnacotts", sagte ich und er nickte.

„Ja. Ich ging da ein paar Tage später vorbei, also dachte ich, ich seh mal nach und frage, wann er fertig ist, aber die sagten, dass sie ihn gar nicht hätten. Sie hatte ihn nie dort hingebracht."

„Meinst du, sie hat ihn verkauft?"

„Ich glaube, sie hat all diese Dinge verkauft. Ich hab's nicht erwähnt – ich wollte nicht, dass sie denkt, dass ich ihr nachspioniere –, aber warum sollte sie alles verkaufen? Wenn sie Geld gebraucht hätte, hätte sie mich einfach fragen können, das weiß sie, und ich hätte ihr gegeben, was ich habe. Ich hab mich gefragt, ob sie versuchte, Geld zusammenzukratzen, um ... das klingt lächerlich, aber man hört doch dauernd, dass Leute alles verkaufen, um an Drogen zu kommen ..."

„Cheryl war auf Drogen?" Ich wusste, dass man es nicht immer gleich erkennen konnte; es gab viele Menschen da draußen mit versteckten Süchten, die ganz normal schienen (solange sie an ihren Stoff kamen), aber ich konnte mir Cheryl nicht als Junkie vorstellen.

„Klingt albern, oder?", sagte Tony. „Ich glaube nicht wirklich, dass sie was genommen hat. Ich dachte, vielleicht wollte sie etwas Nettes für mich tun, mir vielleicht was kaufen, ohne dass ich merke, dass was von unserem Konto abgebucht wurde. Aber nachdem ich diesen Zettel heute Morgen gefunden habe, dachte ich, vielleicht kratzte sie doch Geld für ihre Flucht zusammen?"

„Flucht? Vor was?"

Tony wandte sich ab. Er hatte sich bisher zusammengerissen, aber als ich ihn jetzt sah, war es, als ob jemand – okay, ich – endlich ein paar enge Jeans geöffnet hätte: Alles, was bisher von einem dünnen Streifen Material zurückgehalten wurde, platzte plötzlich heraus, und es war kein schöner Anblick. Er legte sein Gesicht in seine Hände und schluchzte und ich hörte seine Stimme nur gedämpft von Tränen.

„Mir."

KAPITEL 9

Ich verließ Tony an der Türschwelle zu seinem Elternhaus. Er hatte sich ausgeheult, was ihn erschöpft hatte, aber ruhiger zurückließ. Während ich die Straße hochlief, sah ich mich noch einmal um und bemerkte, wie sich die Haustür öffnete und Brenda ihren besorgten Sohn in ihre Arme zog. Ich war froh, dass ich darauf bestanden hatte, dass er bei seiner Familie bleibt und nicht in sein eigenes leeres Haus zurückkehrt, denn man war nie zu alt, um sich gelegentlich von seiner Mutter umarmen zu lassen. All diese Gefühle meines alten Freundes hatten auch mich angestrengt und ich konnte meine Augen kaum aufhalten, während ich den Sand mit einer weichen Haarbürste aus Germaines Fell verbannte. Ich machte eine gedankliche Notiz und fügte eine richtige Hundebürste auf die lange Liste der Dinge hinzu, die ich morgen vom Haustierladen besorgen würde. Ich schaltete das Licht aus, in der Absicht, sie über Nacht im Küchen-/Essbereich zu lassen (ich hatte ein Sitzkissen für sie aus Daisys Zimmer geklaut), aber sie sah mich so flehentlich an, dass ich die Tür nicht schließen konnte.

Ich seufzte. „Also gut, komm schon." Ich ging die Treppen hoch in mein Zimmer, ließ mich auf das Bett fallen und schlief mit Germaine zu meinen Füßen unter der Decke ein.

Ich schlief besser als erwartet und wachte um acht Uhr auf (was spät für mich ist; ich war schon immer ein Frühaufsteher). Ich sah hinunter an das Ende des Bettes, aber Germaine war nicht mehr da und einen Moment lang dachte ich, ich hätte das Ganze bloß geträumt. Aber ein Bellen von unten und ein hohes Kichern belehrten mich eines Besseren.

Mum und Daisy waren in der Küche. Die Hintertür war offen, sodass Germaine rein und raus konnte, wann sie wollte, aber während die menschlichen Bewohner Speck für das Frühstück anbrieten, war der tierische natürlich mehr daran interessiert, was im Haus passierte.

„Ich bin nicht sicher, ob wir ihr Speck geben sollten", sagte ich.

Daisy zuckte mit den Schultern. „Ist doch bloß Fleisch, oder nicht? Hunde essen Fleisch."

„Ich weiß, ich meinte nur, dass besser noch was für mein Frühstückssandwich übrig bleibt!" Ich schaltete den Wasserkocher ein, um Tee zu machen und lächelte, als Daisy sich hinkniete und versuchte Germaine beizubringen, die Pfote zu geben. Der Hund reagierte schnell auf Daisys ausgestreckte Hand und hob die Pfote für ein Händeschütteln an. Ich hatte nicht das Gefühl, dass meine Tochter dem Hund neue Tricks beibrachte, aber sie sah so glücklich dabei aus, dass ich ihre kleine Blase nicht zerplatzen lassen wollte.

„Du warst gestern noch spät unterwegs", sagte Mum und drehte den Speck in der Pfanne um. Ich grillte ihn normalerweise, weil das weniger fettig war, aber wirklich knusprig wurde er nur in der Pfanne.

„Ja, ich bin vor dem Schlafengehen noch mal mit Germaine um den Block gelaufen", erklärte ich. Ich weiß nicht, warum, aber mein Treffen mit Tony fühlte sich irgendwie heimlich an und ich beschloss, es, für den Moment, für mich zu behalten. „Möchtest du ein Sandwich? Soße? Braune oder rote?"

„Braune, natürlich", sagte Mum.

Ich schüttelte mich in gespieltem Ekel. „Heidin."

Ich butterte etwas Brot (für ein richtiges, authentisches Speck-Sandwich brauchte man Weißbrot, aber ich hatte nur Vollkorn, das besser toastete) und schickte Daisy zum Händewaschen, dann setzten wir uns und aßen unser Frühstück. Diese leckere, fettige, speckige Köstlichkeit, tropfend voll geschmolzener Butter und Ketchup, kombiniert mit einer Nacht voll Schlaf, ließ es mir richtig gut gehen (wenn auch etwas ölig), bis ich mich daran erinnerte, dass ich irgendwann heute zur Polizeiwache gehen musste, um meine DNA abzugeben, und ich musste mich wirklich um das ganze Essen kümmern, das ich im Hotel gelassen hatte.

Mein Telefon klingelte. Ich erwartete irgendwie, dass es Tony war, aber es war keine Nummer, die ich kannte.

„Hallo?" Ich antwortete mit einem Mund voll Speck.

„Ist da Jodie?" Die Stimme eines Mannes mit schwerem cornischem Akzent drang an mein Ohr. Ich hatte keine Ahnung, wer das war.

„Ja, wer spricht da?"

„Hier ist Cal." Der Anrufer erkannte offensichtlich die verwirrte Stille, die folgte, woraufhin er sich mir erklärte. „Callum Roberts, aus der Schule?"

Oh mein Gott. Callum Roberts war vielleicht nicht mein erster Freund gewesen (das war Tony, für zwei kurze Wochen), aber er war der erste Junge, in den ich fürchterlich verliebt gewesen war und unerwidert noch dazu. Er war hinreißend. Dickes, dunkles Haar, das sich lockte, wenn er es wachsen ließ, was er gehasst, alle Mädchen aber geliebt hatten, und die hellsten blauen Augen, die man je gesehen hatte. Sie hatten ein wirklich neckisches Glitzern.

Viele Jungs hatten eine Geek-Phase, in der sie schlank und ungelenk waren, ein bisschen pickelig und hoffnungslos, bevor sie aus der Pubertät wuchsen und in die Männlichkeit hinein. Callum hatte all das übersprungen und sich über Nacht in einen richtigen Mann verwandelt, mit Muskeln, Haaren an unerwarteten Stellen und, ich weiß nicht, *Sex-Appeal.* Das mit vierzig zu sagen, scheint irgendwie ein bisschen eklig, aber als Sechzehnjährige war das genug, um in den Mädchen aus dem fünften Jahr ein Feuer zu entfachen. Es war, als fände man zwischen den ganzen Jungen in der Schule plötzlich einen George Clooney. *Wo ist Walter*, die Erwachsenen-Edition.

Ich fuhr mir mit meinen Fingern durch die Haare, bevor mir wieder einfiel, dass ich am Telefon mit ihm sprach und er mich nicht sehen konnte, und fand meine Stimme wieder.

„Callum! Was für eine nette Überraschung! Wie geht's dir?"

Er schien etwas erschrocken über meine Begeisterung und ich nahm mir vor, einen Gang runterzuschalten.

„Äh ja, es geht mir gut, danke, Jodie. Ich dachte, ich sollte mich bei dir melden, damit wir uns um die Sache im Hotel kümmern könnten, für Tony."

„Oh, richtig, ja, das ist echt nett von dir."

„Nun, da ich der ‚Best Man', der Trauzeuge bin ..." *Oh, du BIST der beste Mann, Callum – oder warst es jedenfalls immer.* Ich musste mich daran erinnern, dass ich ihn seit zwanzig Jahren nicht mehr gesehen hatte; er war komplett von meinem Radar verschwunden, nachdem ich nach London gezogen war. „Also, was machst du heute? Können wir uns am Hotel treffen?"

Ich schloss meine Augen. Nach all dem Ärger und der Aufregung vom Vortag klang ein Rendezvous im Hotel mit Callum Roberts für mich super. Die Polizeiwache konnte warten.

„Natürlich. Um wie viel Uhr?"

„Weiß nicht. In einer Stunde?"

Ich lächelte. „Alles klar."

***

Ich will nicht den Eindruck erwecken, dass ich verzweifelt auf der Suche nach einem Mann bin.

Ich meine, ja, ich bemerkte *ab und an* gut aussehende Männer, wenn sie mir in meinem Alltag begegneten (DCI Withers zum Beispiel; nett anzusehen, nett, sich vorzustellen, was unter dem Shirt ist, das etwas zu eng saß, aber viel zu eingebildet, um eine Beziehung zu führen), aber ich war tatsächlich sehr zufrieden damit, wie sich mein Leben entwickelt hatte – abgesehen von der Mordsache, die hier gerade ablief. Wie auch immer, ich war neugierig darauf, was aus Callum geworden war, denn ich hatte einige meiner Teenagerjahre damit verbracht, von ihm zu schwärmen und mir mich selbst als Mrs Jodie Roberts vorzustellen, und mich gelegentlich auch – wenn das Leben sich in einen Haufen Mist verwandelte und du dich für deine fragwürdigen Entscheidungen im Leben bemitleidest – gefragt, wie das Leben wohl verlaufen wäre, wenn diese Tagträume wahr geworden wären oder diese dämlichen Fehler nicht gemacht worden wären. Ich habe mich oft gefragt, was ich gemacht hätte, wenn mein Vater kein Polizist gewesen wäre. Wenn er Maurer oder Friseur oder Fischer gewesen wäre, wäre ich dann auch in seine Fußstapfen getreten? Und wenn nicht, wäre ich trotzdem nach London gezogen?

Ich tauchte also im Hotel auf, hatte mir vielleicht *etwas* mehr Mühe gegeben als sonst (obwohl auch nicht besonders), in Gedenken an diese Teenager-Tagträume, und brannte darauf, zu erfahren, was aus meiner Teenie-Flamme geworden war und wie anders mein Leben wohl geworden wäre, wenn er mich bloß 1996 während der Schulabschlussdisco bemerkt hätte.

Ich parkte das Pornomobil und ging ins Foyer. Eine Familie wartete an der Rezeption, die Frau redete laut mit der Rezeptionistin mit einem nördlichen Akzent – Manchester, dachte ich, obwohl ich in einem Teil des Landes aufgewachsen war, in dem alles hinter Dorset ‚der Norden‘ war. Die Kinder – ein Junge und ein Mädchen von vielleicht sieben und zehn Jahren – lachten und wirbelten einander herum, etwas zu wild, und ich wusste jetzt schon, dass einer irgendwann loslassen würde und alles in Tränen enden würde. Der Vater, den man, diplomatisch ausgedrückt, als *gut gebaut* bezeichnen würde und dessen kahler Schädel vor Schweiß glänzte, stand da und blickte auf sein Handy.

Kein Anzeichen meines Kindheitstraums hier. Ich ging durch in den Speisesaal, der immer noch zum Teil für eine Hochzeit gerichtet war; das Hotel hatte das Besteck, die Teller und Gläser weggeräumt, aber die Blumendekoration und der Kuchen (beides gehörte Tony und Cheryl) waren immer noch an Ort und Stelle.

Ich drehte mich um, als ich jemanden hereinkommen hörte. Der dicke, verschwitzte Glatzkopf (ups, das war's mit der Diplomatie) stand in der Tür.

„Jodie?", sagte er mit diesem starken Cornwall-Akzent.

„Callum?" Ich versuchte die Überraschung aus meiner Stimme zu verbannen. Ich hatte keine Ahnung, ob ich erfolgreich dabei war.

„Donnerwetter, Nosey Parker, du hast dich kein bisschen verändert!", sagte er und lief herüber, um mir herzlich die Hand zu schütteln.

„Nein", sagte ich, „du dich auch nicht ..." Ich kämpfte immer noch mit der Tatsache, dass Callum nicht nur zweimal so breit war, anscheinend war er auch zu jemandem geworden, der ‚Donnerwetter‘ sagte.

„Hey, Debs, komm mal rüber, das is Jodie! Komm und sag Hallo!", rief er über seine Schulter. Die ‚nördliche‘ Frau aus dem Foyer, die blondiert war und mehr Makeup trug, als eine Kosmetikabteilung der Drogerie zur Verfügung hatte, kam herüber und sah mich von oben bis unten an, lächelte dann breit und schüttelte mir die

Hand. Sie war vielleicht etwas schrill, aber sympathisch und freundlich, und ich mochte sie sofort.

„Hallöchen, ich bin Debbie", sagte sie. „Mit dem hier verheiratet, zu meiner Schande." Sie lächelte Callum liebevoll an.

„Freut mich, dich kennenzulernen", sagte ich. Und dann klingelte plötzlich Callums Telefon und er ging ein Stück weiter, um den Anruf entgegenzunehmen. Debbie sah mich an und grinste.

„Also, sag mir nicht, du warst auch eins von seinen Schulmädchen-Groupies", sagte sie amüsiert.

„Nein, nicht wirklich", protestierte ich, aber sie bemerkte, dass ich log, also gab ich nach und lachte. „Ja, ich geb es zu, dass ich vor über zwanzig Jahren total für deinen Mann geschwärmt habe, mit den meisten anderen Mädchen zusammen."

„Und er hat sich nicht ein bisschen verändert", sagte sie, immer noch lächelnd.

„Nein, er hat sich nicht ein bisschen verändert; er hat sich *wahnsinnig* verändert." Ich sagte es, bevor ich es verhindern konnte, und sie lachte.

„Oh, ich weiß, dass er das hat." Sie sah ihn verliebt an. „Wir haben uns vor Jahren kennengelernt, als er nach Manchester kam, um im Kinderkrankenhaus zu arbeiten; er hat irgendwas mit den medizinischen Baulichkeiten zu tun, irgendetwas in der Art. Ich hab keine Ahnung davon ... Egal, ich war Krankenschwester und er tauchte auf mit diesem schönen Kopf voller dunkler Locken, diesen wunderbaren blauen Augen und diesem lieblichen Akzent. Hat mich glatt verschlungen." Sie seufzte melodramatisch. „Das Einzige, was er heutzutage noch verschlingt, sind Hamburger." Sie bemerkte, dass mir das Gespräch unangenehm war. „Mach dir keine Sorgen, ich liebe ihn immer noch. Er hat ja noch diese traumhaft blauen Augen und den Akzent."

„Den Akzent hat er definitiv noch", sagte ich und wir beide lachten. „Ich freue mich, dass Tony ihn als Trauzeuge ausgewählt hat. Er braucht jetzt ein paar gute Freunde um sich."

„Ja, das tut er." Debbie sah ernst aus. „Was meinst du, ist ihr passiert? Glaubst du, dass die Person, die Mel getötet hat, auch –" Sie unterbrach, als Callum auf uns zukam.

„Tony wird in zwanzig Minuten hier sein", sagte er. „Er will zuerst noch bei sich zu Hause vorbeischauen. Er sagt, wir müssen die Blumen und den Kuchen loswerden."

„Wir könnten sie bei einem der Seniorenheime hier vorbeibringen", schlug Debbie vor.

Ich nickte. „Das ist eine tolle Idee. Oder dem Hospiz. Die würden sich über die Blumen freuen. Es gibt noch eine Menge Essen in der Küche. Gibt es hier eine Tafel? Alles, was haltbar ist, könnten sie bekommen."

Wir sprachen noch ein bisschen länger und Callum stellte mir stolz ihre beiden Kinder vor, Matilda und George, dann verließ ich den Speisesaal und ging in die Küche.

Kapitel 10

Ich begann damit, alles aus dem Kühlschrank zu holen und eine Liste anzulegen, was da war. Glücklicherweise hatten die Gäste das meiste an Kanapees und Vorspeisen gegessen, als wir sie während der Polizeibefragung gereicht hatten. Aber ich hatte zweihundert Würste für den Hauptgang bestellt, und obwohl man sie einfrieren konnte, hatte ich für so viele nicht genug Platz in meinem Gefrierfach. Vielleicht konnten wir sie der Heilsarmee für ihre Tafel geben? Sie waren bestimmt noch ein paar Tage gut, bevor sie zubereitet oder eingefroren werden mussten. Oder vielleicht sollten wir sie einem der Pubs verkaufen; die bereiteten alle Essen zu, und die Touristen in Cornwall liebten lokale, biologische Produkte (genauso wie die Wirte, denn das bedeutete, sie konnten zwei Pfund mehr pro Wurst berechnen). Außerdem hatte ich noch zehn Auberginen mit Parmesan-Kruste, die heute gegessen werden mussten und abgesehen von den Hochzeitsgästen, die zwar Vegetarier waren, aber schon längst abgereist, gab es keine große Nachfrage nach Auberginen in Penstowan – auf keinen Fall nach zehn auf einmal. Den Couscous, den ich dazu gereicht hätte, hatte ich noch nicht zubereitet, also war das kein Problem, aber Daisy und ich hatten den Großteil der Kartoffeln geschält (die dazu bestimmt gewesen waren, in einem Brei mit Trüffelaroma zu den Würstchen serviert zu werden). Sie waren nun gewürfelt und warteten im Kühlschrank in Wasser eingelegt in großen leeren Eiscremeschachteln, die ich hinten in einem Küchenschrank gefunden hatte. Ich hasste es, Essen wegzuwerfen, aber was sonst sollte ich mit ihnen machen?

Ich fragte mich, ob der Hotelkoch sie mir vielleicht abnehmen würde, aber als ich ihn kurz am Tag zuvor getroffen hatte, war er mürrisch und nicht gerade hilfsbereit gewesen. Es schien, als hätte er meine Anstellung als Caterer als persönlichen Angriff auf sich und seine Fähigkeiten als Koch genommen, was, um fair zu sein, stimmen konnte; ich hatte noch nicht die Gelegenheit gehabt, von seiner Arbeit zu kosten. Er blieb der Küche auffällig fern, und ich vermutete, dass er mir aus dem Weg gehen wollte. Alles in allem bezweifelte ich, dass er irgendetwas tun würde, um mir aus dieser Misere zu helfen. Zuallererst sollte ich wirklich mit Tony sprechen ...

Debbie kam in die Küche gehastet.

„Jodie, komm schnell!", rief sie und lief schon wieder davon.

„Was ist denn los?", sagte ich und schloss den Kühlschrank.

„Es ist Tony, er dreht durch ..."

Wir rannten aus der Küche, den Flur entlang und raus ins Foyer, aber lange bevor wir dort ankamen, konnte ich Krach und Schreie hören, und Callums flehende Stimme, die ihn zur Beruhigung mahnte. Die Rezeptionistin war schon am Telefon und sah zu mir auf, als ich über den Marmorboden schlitterte.

„Nicht die Polizei rufen!", sagte ich. „Ich kümmere mich darum." Ich hoffte, dass ich es konnte. Aber sie musste die Polizei gar nicht rufen, denn durch die großen Glastüren, die auf den Parkplatz führten, konnte ich bereits zwei parkende Streifenwagen sehen. Natürlich, sie waren scheinbar noch nicht mit dem Tatort fertig.

„Er ist im Speisesaal", sagte Debbie, völlig unnötig, denn es war nur allzu offensichtlich, woher der ganze Krach kam.

Tony stand neben dem Brauttisch, an dem er gestern auf seine neue Ehefrau hätte anstoßen und sich über die peinliche Trauzeugenrede hätte ärgern sollen. Stattdessen hielt er die mittlere Schicht der Hochzeitstorte. Ich musste nicht fragen, wo die oberen Schichten der Torte waren; sie lagen auf dem Boden, fallen gelassen und zertreten, absolut zerstört. Sein Gesicht war verzerrt vor Zorn, während er den Kuchen über seinem Kopf hielt.

„Tony!", schrie ich. Er hielt einen Moment inne und sah zu mir, aber es schien, als würde er mich gar nicht erkennen. „Tony, beruhig dich. Lass es nicht am Kuchen aus, oder am Hotelteppich."

Es war verdammt schwer eine Zucker- und Marzipandecke aus einem Teppich mit langen Fasern zu bekommen; ich hatte das, nach einer von Daisys ersten Geburtstagspartys, auf die harte Tour gelernt. Eine halbe Meerjungfrau war auf dem Axminster Teppich gelandet, als eine Runde ‚Gib das Paket weiter' aus den Fugen geriet.

„Was macht das schon?", sagte er. Er drehte den Kuchen, einen Obstkuchen, nach dem, was auf dem Boden lag, in seinen Händen – und betrachtete die delikaten lilafarbenen Blumen aus Zuckerpaste, die ihn geziert hatten. „Weißt du, was dieser Kuchen gekostet hat? Zweitausend. Zweitausend für einen verdammten Kuchen." Er hob ihn wieder über seinem Kopf an und warf ihn so kräftig, wie er konnte, durch den Raum, wo er eine Vitrine mit Gläsern traf. Ich hörte etwas zerbrechen.

„Tony, Kumpel ..." Callum streckte seine Hände beschwichtigend aus, aber Tony starrte ihn nur an.

„Callum, *Kumpel,* wusstest du es? Ich wette, alle wussten es."

Er griff nach einem weiteren Stück Kuchen von der nächsten Schicht und ich konnte nicht anders, als es anzusehen, reichhaltig mit verschiedenen Früchten, und zu denken, *verdammt, das sieht wie ein guter Kuchen aus.*

„Wusste was?" Callum schien wirklich keine Ahnung zu haben, was Tony meinen könnte.

„Ich wette, alle außer mir wussten es", sagte Tony und zerrieb den Kuchen zwischen seinen Fingern, während er ihn analysierte. Er schien wirklich den Verstand zu verlieren. „Ich wette, sogar Nosey wusste davon."

„Tony –", begann ich und sah ihm dabei zu, wie er Kuchenklumpen auf die Gläser pfefferte, die auf der Vitrine gestapelt waren, als wäre er ein bockiges Kind am Wurfstand.

„Du wusstest, dass sie ein falscher Fünfziger war, oder nicht?" Er war einen Klumpen, verfehlte aber. „Du konntest sie nicht leiden. Niemand außer mir mochte sie." Er warf einen weiteren, härter. Er traf ein Glas, welches auf den Boden fiel und in tausend Teile zersplitterte. Er streckte seine Faust siegreich in die Höhe und griff nach dem nächsten Stück Kuchen.

Bloom kam in den Raum getrottet und hielt an, geschockt von dem Bild der Zerstörung, das sich ihm bot.

„Mr Penhaligon!“, platzte er heraus, als Tony sich ihm mit der gebackenen Munition zuwandte. Ich stellte mich vor ihn, die Arme weit ausgestreckt, um den Hotelmanager zu beschützen.

„Tony, hör auf!“, sagte ich.

„Sonst was? Wirst du mich verhaften?“, sagte er sarkastisch.

„Sie kann das nicht, aber ich“, sagte eine Stimme hinter mir. DCI Withers. *Verdammt.*

Tony zuckte mit den Schultern und schleuderte den Obstkuchen in seine Richtung, aber ich sprang vor und fing ihn ab, stolperte sogar ein bisschen, ob der Wucht, mit der er auf mich zukam. Zwei uniformierte Beamte tauchten hinter Withers auf und rannten auf Tony zu, bevor er Kuchen nachladen konnte, also griff er einfach, was von der Schicht übrig war, und pfefferte sie auf den Boden, bevor sie ihn an den Armen packten und ihn auf dem Tisch festsetzten. Ich rannte zu ihnen hinüber, Withers direkt hinter mir, der mich aus dem Weg schieben wollte.

„Also wirklich, die sind doch nicht nötig“, sagte ich, als einer der beiden ihm Handschellen anlegte. Tony wand sich und fluchte und schaffte es irgendwie eine Hand freizubekommen, bevor sie gefesselt wurde, fuchtelte mit seinem Arm herum und traf aus Versehen Withers perfekt geformte Nase. Trotz der Tatsache, dass die Situation langsam entgleiste, fühlte ich einen

Ausbruch von Gelächter gefährlich in mir aufsteigen. Die ganze Szene musste so abstrus aussehen, und dass Withers eine abbekam, war das Sahnehäubchen – ich erstickte fast – auf der Torte.

„Anthony Penhaligon, ich verhafte Sie wegen Unruhestiftung, Widerstand gegen die Polizei und Angriff eines Beamten", begann Withers, obwohl es sich, während er sich seine verletzte Nase hielt, eher anhörte wie ‚Andony Pendalion'.

Wenn diese Sache nicht so ernst wäre, hätte ich wirklich gelacht.

„Kommen Sie schon. Das war ja wohl ein Unfall!", sagte ich Withers ins Gesicht. „Der durch Sie verursacht wurde, weil Sie Ihre Jungs reingeschickt haben, während wir dabei waren, ihn zu beruhigen."

„Gehen Sie mir aus dem Weg, *Ms Parker*, bevor ich Sie auch noch wegen Behinderung der Justiz verhafte." Withers sah nicht gerade wie ein Honigkuchenpferd aus; ich glaube, er kam sich ein bisschen blöd vor, wie er seine Nase festhielt, die gerade angefangen hatte zu bluten.

Tony hatte sich endlich beruhigt, obwohl es jetzt natürlich zu spät war.

„Es tut mir leid", sagte er und sah aus, als würde er gleich wieder anfangen zu weinen. „Das wollte ich nicht. Ich hab nur keine Ahnung, was los ist ..." Er sah so verloren aus, dass es mir fast das Herz brach. „Jodie, es tut mir leid, lass sie mich nicht –"

Aber ich konnte sie nicht aufhalten. Mit einem letzten Blick zu mir, marschierte Withers mit seinen zwei Polizisten und Tony aus dem Raum, aus dem Hotel und in den wartenden Streifenwagen.

Kapitel 11

Mein erster Instinkt – und auch Callums – war es, ins Pornomobil zu hüpfen und der Polizei auf heißen Reifen zu folgen. Aber ich wusste, dass es dort eine Weile dauern würde, die Formalitäten mit Tony zu klären und dass sie ihn vermutlich eine Weile in einer Ausnüchterungszelle schmoren lassen würden, bis er sich komplett beruhigt hatte. Außerdem hatte ich den schleichenden Verdacht, dass dieser Bruch des Friedensvertrags einen anderen Grund hatte. Withers hatte sich sehr schnell für eine Verhaftung entschieden, während die meisten Bullen sich, unter diesen Umständen, erst mal bemüht hätten, für Ruhe zu sorgen, und einen Freund gebeten, ihn nach Hause zu bringen. Weniger Papierkram. Ich vermutete, dass Withers ihn auf der Wache wollte, damit er ihm ein paar mehr Fragen zu dem Mord an Mel stellen konnte.

Statt also auf den Parkplatz zu hasten, besorgten Callum, Debbie und ich uns ein paar Putzutensilien aus der Küche und begannen damit die Schweinerei zu beseitigen, die Tony im Speisesaal verursacht hatte. Sogar die beiden Kinder, Tony und Matilda, die schnell zum Spielen in den Garten geschickt worden waren, als Onkel Tony seinen Nervenzusammenbruch hatte, kamen herein und halfen. George nahm einen riesigen Haufen Kuchen vom Boden und steckte ihn in den Mund, als er dachte, niemand sah es, und ein- oder zweimal erwischte ich Callum, der aussah, als wollte er gern dasselbe tun. Ich werde weder bestätigen noch verneinen, dass mir der Gedanke nicht auch das ein oder andere Mal gekommen war. Es war verdammt guter Kuchen. Ich war nur froh, dass nicht ich diejenige gewesen war, die ihn gemacht hatte. Diese ganze Arbeit verschwendet …

Ich hoffte, dass ich Bloom dazu bringen konnte, von weiteren Kosten abzusehen, und ich dachte, wenn wir uns willig zeigten, den Boden schrubbten und anboten, für den Schaden zu zahlen, würde er nachgiebig sein. Debbie hatte damit gedroht, zu ihm zu gehen und ihn ‚zu überzeugen‘, dass man Tony das nachsehen müsste, aber Callum – den ich mittlerweile als so etwas wie einen sanften Riesen sah – war schneller und erfolgreich. Ich konnte nur erahnen, wie ‚überzeugend‘ seine Frau gewesen wäre, sosehr ich sie auch mochte, sie hatte etwas von Ursula, der Meerhexe, an sich.

Wir kratzten so viel Buttercreme wie möglich aus dem Teppich und nachdem wir angeboten hatten, die Teppichreinigung zu zahlen, gingen wir mit der letzten Schicht Torte, die glücklicherweise keine Bekanntschaft mit dem Boden gemacht hatte, zurück in die Küche. Ich kochte Tee und sah ihn sehnsüchtig an; es war ein stressiger Morgen gewesen und in Stresssituationen esse ich mehr. Auch in glücklichen Momenten. Und wenn ich deprimiert bin. Und froh. Ich mag eben Kuchen, okay? Keine Urteile, bitte.

„Es wäre eine Schande, das zu verschwenden“, sagte ich und Callum lachte.

„Ich habe gehofft, jemand würde das sagen", meinte er.

Also aßen wir alle ein Stück Hochzeitstorte – wir glaubten nicht, dass es Tony jetzt noch etwas ausmachen würde – und wir sprachen darüber, was nun der Plan war.

„Wenn wir da hingehen, wird die Polizei uns mit ihm reden lassen?", fragte Callum. Ich schüttelte den Kopf.

„Ich denke nicht. Obwohl ..." Ich dachte einen Moment nach. „Ich frage mich, ob noch jemand aus der Zeit meines Dads dort arbeitet."

„Dein Dad war ein Bulle?", fragte Debbie.

„Chief Inspector Eddie Parker", sagte ich.

„Hier in der Gegend eine Legende", sagte Callum. „Aber es ist schon eine Weile her, dass er –" Seine Stimme verlor sich. *Gestorben ist*, dachte ich. *Es ist okay, du kannst es sagen.* „Egal, ich wüsste es sowieso nicht. Debs und ich leben heutzutage in Manchester; wir sind nur wegen der Hochzeit hier."

Ich griff abwesend nach einem weiteren Stück Hochzeitstorte und kaute es, auf der Suche nach Inspiration in seiner köstlichen Fruchtigkeit (jede Entschuldigung war recht). Und dann kam es mir. Ich lächelte.

„Gerade fällt mir ein, dass ich heute ohnehin einen Termin auf der Polizeiwache habe", sagte ich. „Dann wollen wir mal sehen, ob dabei vielleicht noch mehr herauskommt."

***

Es fühlte sich komisch an, an der Polizeistation von Penstowan vorzufahren. Ich war als Kind so oft hier gewesen, um meinen Dad von der Arbeit abzuholen. Und als er Polizeichef wurde, hatte er seine Arbeitszeit zwischen dieser und den kleineren Wachen in Wadebridge und Launceston aufgeteilt.

Genau wie der Rest der Stadt hatte sich auch hier nicht viel verändert. Es war eine hässlicher Sechziger-Jahre-Rauputz-Monstrosität, die wie ein bunter Hund zwischen den altmodischen Cottages aus Stein und der alten Kirche um es herum, herausstach. Das blaue ‚Polizei‘-Schild über der Tür war das Einzige, was über die Jahre erneuert worden war.

Es war noch komischer, hineinzugehen. Da war eine Reihe Plastikstühle an einer Wand, leer, bis auf einen Platz, der von einer verzweifelt aussehenden Frau besetzt war, die ständig auf ihre Uhr schaute und einen großen ungeduldigen Seufzer hinauspustete. Ich ging zum Empfang, der nun hinter einer Plexiglasscheibe versteckt war; als ich noch ein Kind war, war es offen gewesen und der Tisch hatte über mir geragt, wenn ich kam, um nach meinem Dad zu fragen. Jetzt war dort niemand, also drückte ich auf die Klingel.

„Ich hoffe, Sie haben’s nich eilig“, sagte die unglückliche Frau. „Die lassen einen gerne warten.“

„Jetzt hör auf zu nerven, June“, sagte der diensthabende Sergeant, der den Raum hinter mir betrat. „Ich sag dir dauernd, dass es keinen Sinn hat, auf ihn zu warten. Er wird schon früh genug rauskommen.“ Er sah zu mir rüber und zwinkerte. „Der Ehemann verträgt sein Bier nicht und wir lassen ihn hier schlafen. Was kann ich für Sie tun?“

„DCI Withers hat mich gebeten, hierherzukommen und eine DNA-Probe abzugeben wegen des Penhaligon-Falls", sagte ich. „Mein Name ist Jodie Parker."

Der Sergeant hatte sich weggedreht und seinen Ausweis gescannt, um hinter den Tisch zu kommen, aber er hielt inne und drehte sich um.

„Jodie Parker? Nicht etwa Eddie Parkers Tochter?" Er sah begeistert aus, mich zu sehen.

„Das bin ich", sagte ich. Er eilte herüber und nahm meine Hand, schüttelte sie eifrig, behielt sie in seiner und starrte in mein Gesicht.

„Kleine Jodie! Hätt' ich nie gedacht! Wie lang ist das her?"

„Zwanzig Jahre", sagte ich, ein wenig überwältigt von seiner gründlichen Überprüfung. „Natürlich war ich gelegentlich zu Besuch, aber ich war seit zwanzig Jahren nicht mehr hier drinnen." Ich rümpfte die Nase. „Riecht immer noch genauso."

Die unglückliche Frau schnaubte verächtlich und murmelte etwas, das wir ignorierten.

„Du wirst dich nicht an mich erinnern; ich war PC Adams, als ich dich das letzte Mal gesehen habe –"

Eine Erinnerung holte mich ein. „Doch, ich erinnere mich an dich! Du hattest immer Gummibärchen da."

Er lachte. „Das bin ich. Und ich verrate dir ein Geheimnis: Ich hab immer noch welche da." Er scannte seine Karte und ging hinter den Tisch, an dem er eine Schublade aufzog, eine Packung Gummibärchen herausholte und sie mir anbot. „Darum sind meine Zähne so schlecht."

„Es ist schön, dich wiederzusehen", sagte ich und wählte ein rotes aus, „aber ich sollte diese DNA-Sache hinter mich bringen. Dieser Withers scheint mir ein Pedant zu sein.“

Sergeant Adams verdrehte die Augen. „Das kann man wohl sagen. Der ist ein Jungspund, oder? Ist erst fünf Monate hier und weiß alles besser.“ Er wählte eine Nummer am Telefon und sprach leise hinein. Ich hörte die Worte „Eddie Parkers Tochter“ und lächelte; vielleicht waren hier doch noch ein paar Leute, von denen ich etwas erfahren würde, dank der Zuneigung, die man hier immer noch für meinen Vater hegte.

Adams legte den Hörer auf. „Gleich kommt jemand und nimmt dich in einer Minute mit, falls du dich so lange setzen willst.“ Er lächelte freundlich. „Es ist schön, dich zu sehen. Ich mochte deinen Vater so gerne. Seinetwegen bin ich Polizist geworden.“

„Wirklich?“

„Oh ja. Ich war ein richtiger Unruhestifter als Junge, immer in irgendeinen Ärger verwickelt. Nichts Schlimmes natürlich, mir war nur langweilig. Dein Dad, der war ein Bulle von der alten Schule; hat mich aufgehalten, als ich Steine auf die alte Bäckerei in der Fore Street werfen wollte – die stand zu der Zeit leer und ich wollte ein paar Fenster einschmeißen. Er hat mich so zurechtgestutzt, dass ich mir fast in die Hosen gemacht habe. Hat mir gesagt, wie ich enden würde, wenn ich so weitermachte. Hat mich auf die andere Seite geholt, wenn man so will.“

„Und Jahre später, bist du immer noch hier.“

„Jap, immer noch hier, in Uniform.“ Er richtete sich stolz auf. „Es gibt noch ein paar von uns, weißt du? Eddie Parkers Rekruten.“

Meine Augen wurden ein wenig feucht. Heuschnupfen, offensichtlich.

„Wie lang wollt ihr ihn noch bei euch behalten?“, stöhnte die unglückliche Frau.

„Oh, halt die Klappe, June“, murmelte ich und setzte mich ans andere Ende der Stuhlreihe.

***

Eine junge Polizistin kam und nahm mich mit in die tatsächliche Wache. Sie ließ mich auf einem Flur sitzen, während sie das Probenset holte.

„Wie kommt es, dass Sie, sobald ich mich umdrehe, da sind?“

Ich grinste in mich hinein. Ich hatte nicht unbedingt erwartet, Withers zu begegnen, während ich auf der Wache war – ich machte mir nicht die Hoffnung, dass er mir irgendwelche Antworten geben würde –, aber jede Gelegenheit ihn zu reizen, war mir recht.

„Na so was, DCI Withers, was für ein Zufall!“, sagte ich fröhlich. Er entgegnete mir ein schmales Lächeln.

„Ich arbeite hier. Was ist Ihre Entschuldigung? Wegen eines Jobs in der Küche hier?“

„DNA, erinnern Sie sich?“, sagte ich. „Ich muss meine Probe abliefern.“

„Und ich dachte, Sie kommen, um mich auszuschimpfen, weil ich Ihren Freund verhaftet habe.“

Ich lächelte. „Ich bin eine Frau. Ich kann beides gleichzeitig.“

Die Beamtin kam mit dem DNA-Probenset zurück.

„Möchten Sie, dass ich die Probe im Verhörzimmer nehme?“, fragte sie. Ich lächelte sie an.

„Nicht nötig. Das hier wird nur eine Sekunde dauern. Und dann werde ich meine Unterhaltung mit DCI Withers fortsetzen." Sie sah überrascht aus, nahm dann aber das Stäbchen heraus und strich damit über die Innenseite meiner Wange. Sie verstaute es in einer Plastikröhre, wiederholte den Vorgang auf der anderen Seite. Withers sah zu. Ich weiß nicht, warum, aber er zögerte zu gehen.

„Danke Ihnen", sagte ich zu der Polizistin, die lächelte und uns dann verließ.

„Sie hätten meinetwegen nicht bleiben müssen", sagte ich zu ihm.

Er warf mir ein weiteres schmallippiges Lächeln zu. „Ganz im Gegenteil, ich dachte, ich sollte warten und sichergehen, dass Sie nicht wieder *aus Versehen* in einen Tatort stolpern."

„Ich hab meinen Hund heute zu Hause gelassen. Also, war das Cheryls Ohrring? Hatten Sie mit dem Stoffrest vom Zaun Glück?"

Er schüttelte den Kopf. „Ms Parker –"

„Jodie", sagte ich und wunderte mich sofort, warum ich das getan hatte.

„Jodie", sagte er. Es schien ihm unangenehm, meinen Vornamen zu benutzen. „Sie wissen, dass ich Ihnen keine weiteren Informationen über die laufenden Ermittlungen geben darf, besonders wegen Ihrer engen Beziehung zum Hauptverdächtigen."

Ich fühlte, wie meine Wangen erröteten. „Eine enge Beziehung? Mit wem, Tony? Wir sind nur Freunde ..." Und dann registrierte mein Gehirn, was er gerade gesagt hatte. „Hauptverdächtiger? Sie verdächtigen Tony doch nicht etwa?"

„Ms Pa– Jodie, denken Sie doch mal nach; seine Ex-Frau taucht auf und ruiniert seine Hochzeit.“

„Sie ist nicht auf der Hochzeit aufgetaucht; es war am Abend davor.“

„Sie wissen, was ich meine. Sie ist aufgetaucht und hat Ärger gemacht. Das Nächste, was passiert, ist, dass die Braut verschwindet, ihr Ohrring wird in einem Gebüsch gefunden, und die Ex-Frau ist tot. Das sieht nicht gut aus, oder?“

„Schon, aber ich kenne Tony. Der könnte keiner Fliege was zuleide tun“, sagte ich, doch während ich es aussprach, erinnerte mich an seinen zornigen Blick, als ich anmerkte, dass Cheryl die Mörderin sein könnte, und an die Wut, die er an der armen, wehrlosen Hochzeitstorte ausgelassen hatte. Der Tony, den ich kannte, konnte keiner Fliege etwas antun, aber existierte er noch?

Withers sah mich an. „Kommen Sie. Sie waren mal dabei. Sie wissen, wie das funktioniert, und Sie wissen genauso gut wie ich, dass die offensichtlichste Erklärung meistens die richtige ist. Sie wissen, dass die meisten Mordopfer, von jemandem getötet werden, den sie kennen. Und die meisten weiblichen Opfer werden von ihren Ehemännern oder Partnern ermordet.“

„Aber doch nicht Tony …“ Aber er hatte recht. Wenn ich ihn nicht kennen würde, hätte ich Tony auch sofort des Mordes bezichtigt.

„Sie wissen, wie das läuft. Wir müssen die Sache richtig angehen, für Melissa Penhaligon und für Cheryl Laity.“ Ich öffnete meinen Mund, um ihn zu fragen, ob sie gefunden worden war, doch er ahnte meine Frage bereits, denn er fügte schnell hinzu: „Wo immer sie sein

mag. Lassen Sie uns in Ruhe unseren Job machen. Sie
sind keine Polizistin mehr. Sie sind nicht dafür zustän-
dig, die Antworten zu finden.“

KAPITEL 12

„Boss?" Ein einfach gekleideter Beamter, ungefähr fünf-
zig, kam hinter Withers rein. Er sah mich und hielt
inne. „Tut mir leid, ich wusste nicht, dass sie beschäftigt
sind. Anruf für sie."

„Ms Parker und ich sind gerade fertig", sagte DCI
Withers. „Bringen Sie sie raus?"

Der Neuankömmling sah überrascht aus. „Parker?
Nicht Eddie Parkers Tochter?" Withers drehte sich eilig
zu mir um.

„Ihr Vater war Chief Inspector Parker? Ich hab schon
viel von ihm gehört, seit ich hier in Penstowan bin.
Große Fußstapfen, in die man da tritt."

Er sah mich an, und vielleicht bildete ich es mir nur
ein, aber ich ahnte, dass er dachte, *zu große Fußstapfen;
kein Wunder, dass sie hingeschmissen hat.*

„Boss", sagte der Polizist noch einmal, drängend.
Withers nickte.

„Ja, sicher, ich komme schon. Ms Parker, merken Sie
sich, was ich Ihnen gesagt habe. Es ist nicht mehr Ihr
Job."

Ich folgte dem, in Zivil gekleideten Polizisten hinaus
zu den Ermittlungsräumen. Er wandte sich mir zu.

„Sergeant Adams sagte, Sie sind zurück", sagte er lächelnd. „Ich erinnere mich an Ihren Vater. Als ich neu
war, hatte ich eine schwere Zeit und Ihr Dad hat mich

davon abgehalten zu kündigen. Ich werde ihm auf ewig dankbar sein.“

„Danke“, sagte ich, aber ich dachte immer noch an *große Fußstapfen* … Und das war, ums kurz zu machen, warum ich zur Londoner Polizei ging und nicht zu der von Devon oder Cornwall. Es ist nicht leicht, die Tochter von jemandem so Hochgeachteten zu sein.

„Moment mal!“

Ich drehte mich um. Withers stand in der hinteren Tür der Wache. „Warten Sie, ich hab da was für Sie.“

Ein verschämter Tony schlurfte herbei. Er sah ziemlich fertig aus. Ich sah Withers überrascht an.

„Mr Bloom vom Hotel sieht von einer Anzeige ab. Anscheinend sind Ihre Freunde sehr gut im Bereich Schadensbegrenzung, Mr Penhaligon.“ Er sah mich an. „Ich nehme an, das geht auf Ihr Konto?“

Ich versuchte unschuldig auszusehen, was vermutlich eher selbstgefällig rüberkam. „Das kann ich wirklich nicht behaupten …“

„Bringen Sie ihn sofort nach Hause“, sagte er. „Ich werde Sie bald wieder sehen, Tony.“

***

Ich versuchte irgendwas aus Tony zu bekommen, aber er schien zu erschöpft und sprach kaum. Ich fuhr vor dem grauen Cottage aus Stein vor und wandte mich an ihn.

„Danke, Jodie“, sagte er und verheddderte sich im Sicherheitsgurt, bei dem Versuch möglichst schnell aus dem Pornomobil zu kommen. Ich legte meine Hand auf seinen Arm, um ihn aufzuhalten.

„Oh nein, das wirst du nicht tun!", sagte ich. „Du schuldest mir eine Erklärung, findest du nicht? Was zur Hölle sollte das heute Morgen?"

Er seufzte. „Bitte, ich will mich nur noch hinlegen."

„Pech. Du redest jetzt."

Er sah mich an und seine Augen füllten sich mit Tränen, aber er wischte sie wütend weg.

„Du kommst besser mit rein."

***

Das Haus war ein Riesendurcheinander. Es sah aus, als hätte es jemand auseinandergenommen, ein bisschen wie die Hochzeitstorte. Tony bemerkte meinen fragenden Blick und sah weg.

„Ich koche dann wohl mal Tee", murmelte er. Ich hielt ihn auf.

„Nein, *ich* koche den Tee. Du gehst und machst dich frisch, wasch dir wenigstens das Gesicht. Und dann werden du und ich uns unterhalten."

Ich schaltete den Wasserkocher an und suchte in der Küche nach Teebeuteln und Tassen. Ich hörte Tony oben rumoren, und das Wasser kochte gerade, als er hereinkam, mit einem frischen T-Shirt und ein bisschen wacher aussehend.

Ich fischte die Teebeutel aus dem heißen Wasser und warf sie in das Waschbecken. Tony reichte mir die Milch und lächelte mich zögerlich an.

„Tut mir leid", sagte er.

„Was denn? Dass du nur Vollfettmilch dahast oder wegen des ganzen Unsinns, den du heute Morgen veranstaltet hast? Callum hat sich wirklich Sorgen um dich gemacht. Wir alle.“

„Ich weiß“, sagte er, nahm die Tasse auf und lief durch in das Wohnzimmer. Ich folgte ihm. „Es tut mir leid.“

„Also, was war los?“ Ich setzte mich ihm gegenüber und sah zu, wie er über seinen heißen Tee pustete.

„Ich kam heute Morgen von meinen Eltern zurück. Ich wollte mich umziehen, bevor ich euch im Hotel helfe.“ Er starrte in das Heißgetränk. „Da war ein Brief an der Haustür, für Cheryl. Es war ein großer Umschlag, auf dem stand ‚Nicht knicken‘, also hab ich mich gefragt, was da wohl drinsteht.“

„Hast du ihn geöffnet?“

„Natürlich hab ich das. Ich dachte, es hat vielleicht etwas mit dem zu tun, worüber wir gestern gesprochen haben – über Cheryls Fluchtplan, oder was auch immer das war. Ich dachte, vielleicht finde ich heraus, wo sie ist.“ Seine Hand zitterte, als er sein unberührtes Getränk auf den Couchtisch stellte.

„Und hast du? Was war darin?“

Er starrte mich an und sah aus, als würde er sich gleich übergeben.

„Oh, Jodie, ich kannte sie überhaupt nicht ...“

„Was meinst du? Um Himmels willen, sag doch endlich, was es war!“

Ein heftiges Klopfen an der Tür ließ uns beide auffahren. Tony stand auf, sah aus dem Fenster und fluchte.

„Nicht die schon wieder! Warum lassen die mich nicht einfach in Ruhe?“

„Mr Penhaligon!“ Withers war draußen mit zwei Streifenwagen, die vor dem Haus parkten. „Machen Sie bitte die Tür auf, Sir?“

„Was spielt der für ein Spiel?“, fragte ich wütend. Sie hatten Tony doch gerade gehen lassen; das sah wirklich nach polizeilicher Belästigung aus.

Tony sah sich verstohlen um und ich ahnte, woran er dachte. Ich stellte mich ihm in den Weg.

„Nein, das wirst du nicht“, sagte ich entschieden. „Wenn du abhaust, halten sie das für ein Schuldeingeständnis. Und du bist doch nicht schuldig, oder, Tony?“

„Natürlich bin ich das nicht!“, schrie er und sah mich flehend an. „Du weißt, dass ich das nicht bin! Ich könnte niemandem etwas tun!“

Ich sah ihm in die Augen und nickte. Ich glaubte ihm. Er war immer noch der alte Tony, den ich kannte. Ich vertraute ihm, wie ich einem Bruder trauen würde.

„Setz dich und ich lasse sie rein“, sagte ich. Er setzte sich hin und ich wusste, dass er mir glaubte, dass ich das regeln würde. Ich hoffte, er irrte sich da mal nicht.

„Ms Parker“, sagte DCI Withers resigniert. „Ich wusste, dass Sie hier sein würden.“

Ich nickte rüber zum Pornomobil, welches unweit geparkt und nur schwer zu übersehen war. „Großartige Arbeit, Sie Detektiv“ merkte ich sarkastisch an. „Wenn Sie hereingelassen werden möchten, hoffe ich, Sie haben einen Haftbefehl. Ansonsten fängt das hier langsam an, nach Belästigung meines Klienten auszusehen.“

Er schien überrascht. „Klient? Ich dachte, Sie seien Köchin. Sagen Sie mir nicht, dass Sie jetzt auch rechtliche Beratungen anbieten.“

„Nein“, sagte ich. Ich war mir nicht sicher, was ich sagen würde, bis die Worte meinen Mund verließen. „Ich untersuche den Mord an Melissa Penhaligon und das Verschwinden von Cheryl Laity. Ich will die Wahrheit herausfinden, auch wenn Sie das nicht möchten.“

Withers sah mich für eine Sekunde voller Erstaunen an, dann brach er in Gelächter aus. Ehrlich, man konnte denken, das sei das Lustigste, was er je gehört hatte. Ich starrte ihn zornig an, obwohl ich selbst von mir genervt war, dass ich das gesagt hatte. Denn jetzt *musste* ich verdammt noch mal Tonys Unschuld beweisen, und obwohl ich nicht an ihm zweifelte, zweifelte ich an mir.

Ich starrte ihn noch ein wenig mehr an. „Okay, so witzig ist das jetzt auch wieder nicht“, murmelte ich und er schüttelte schwach den Kopf, immer noch lachend.

„Kommen Sie, das ist wirklich *ziemlich* witzig“, sagte er. „Detektiv spielen. Was denken Sie, wer Sie sind? Miss Marple? Nein, halt, warten Sie … Magnum!“ Er lachte noch lauter. „Sie brauchen noch einen Schnurrbart.“ Er musterte mein Gesicht. „Moment mal …“

Ich sah nach unten – ich bin jetzt in einem Alter, in dem man eher seine Oberlippe, als die Bikinizone rasiert – und machte mich daran, die Tür zuzuknallen, aber Withers beendete seinen Lachanfall und stellte den Fuß in die Tür.

Er hielt mir ein Blatt Papier entgegen. „Wir haben einen Durchsuchungsbefehl, also, wenn Sie nicht wegen Behinderung verhaftet werden wollen, gehen Sie besser aus dem Weg.“ Er lehnte sich näher heran. „Das ist jetzt das zweite Mal, dass ich Sie deswegen verwarnen muss. Lassen Sie uns das kein drittes Mal machen, okay?“

Ich ging beiseite und öffnete ihm die Tür. Ihm folgten drei weitere Beamte, inklusive dem, der auf der Wache mit mir gesprochen hatte, der etwas peinlich berührt aussah.

„Hallo noch mal“, sagte er, wurde aber sofort still, als Withers ihm einen Blick zuwarf.

„Was ist hier los?“, sagte Tony, der verwirrt aussah. Ich setzte mich neben ihn und hielt seine Hand.

„Schon gut. Sie werden nur das Haus durchsuchen“, sagte ich. Er sah alarmiert aus.

„Aber ... die sind überzeugt, dass ich Mel das angetan habe. Die werden mir das anhängen ...“

„Nein, werden sie nicht“, sagte ich. Was auch immer ich sonst von Withers hielt, er kam mir nicht wie ein korrupter Bulle vor.

Wir sahen den Polizisten zu, wie sie das Haus sorgfältig durchsuchten. Tony war so hibbelig, dass ich begann auch nervös zu werden. Einer der Beamten stand in der Ecke des Raumes, während der Rest jedes Zimmer fein säuberlich durchkämmte. Ich wusste nicht, was sie hofften zu finden und vermutete, dass sie es auch nicht taten.

„Wir haben vorhin über etwas gesprochen, das ...“ Ich sprach leise mit Tony, weil ich nicht wollte, dass der Mann im Zimmer mithörte, aber glücklicherweise hatte er das Interesse an uns verloren und sah aus dem Fenster. „Was war in dem Umschlag?“

Tony schluckte schwer. „Fotos. Fotos von Cheryl. Sie hat mich betrogen, Jodie. Sie hat mich betrogen und jemand hat mir den Beweis geschickt.“

„Sie meinen diese Bilder hier, Tony?" Withers stand in der Küchentür und hielt einen durchsichtigen Beweismittelbeutel hoch. Darin befanden sich eine Fotografie im DIN-A4-Format. Sie war zerrissen, aber Withers hatte sie wieder zusammengeklebt und sogar von hier aus konnte ich Cheryls Gesicht erkennen. Ihr Gesicht war allerdings nicht der einzige Teil ihres Körpers auf dem Bild.

„Sie war eine gut aussende Frau, Ihre Cheryl, nicht wahr?", sagte Withers beiläufig, drehte das Foto um und studierte es aufmerksam. „Sehr hübsch, sehr … *fotogen.*" Ich konnte spüren, wie Tony sich neben mir vor Wut verkrampfte und legte meine Hand auf sein Bein, drückte ein wenig zu: *Ruhig bleiben, lass dich nicht provozieren.* Withers holte eine weitere Plastiktüte hinter der ersten hervor. „Ich mag besonders dieses hier. Das Licht wirkt so künstlerisch. Man kann alles so klar erkennen … bis auf die Person, mit der sie da zugange ist."

Tony sprang auf seine Füße und war bei Withers, bevor ich ihn aufhalten konnte. Ich erhob mich ebenfalls und griff seine Arme, damit er nichts Dummes anstellen konnte.

Withers zuckte nicht einmal mit der Wimper. „Ich glaube, es lief so ab: Ich denke, Mel hat herausgefunden, dass Cheryl Sie betrog und deshalb wollte sie die Hochzeit verhindern."

„Ich habe Ihnen doch gesagt, was Mel gesagt hat", unterbrach ich ihn. „Sie dachte, sie war hinter seinem Geld her."

Withers sah mich an, wartete, bis ich meinen Satz beendet hatte und fuhr fort. „Ich denke, Mel hat Cheryl konfrontiert und ihr gesagt, was sie wusste. Was ist dann passiert? Vielleicht wollte Cheryl gestehen, oder vielleicht dachte sie, es wäre doch besser abzuhauen, bevor Sie es herausfanden. Wie auch immer, als Sie herausgefunden haben, dass sie Sie betrog, haben Sie rotgesehen. Sie entschieden sich, ihr eine Lektion zu erteilen –"

„Woah, woah, woah!", sagte ich, ließ Tonys Arme fallen und trat vor. Ich war fuchsteufelswild und so nah an Withers dran, dass ich seine Nasenhaare sehen konnte. „Haben Sie Cheryls Leiche gefunden? Nein? Dann wissen Sie nicht, was mit ihr passiert ist. Im Moment gilt sie noch als vermisst. Sie können das nicht wie einen Doppelmord behandeln."

Withers erhob seine Hände in gespielter Ergebenheit und zwang mich so, ein paar Schritte zurückzutreten. „Schon gut, schon gut, mein Fehler. Ich hab mich hinreißen lassen. Das passiert schnell mal, wenn einem das Blut ins Hirn steigt, nicht wahr, Tony? Also sagen wir, Mel hat Cheryl vergrault und Sie gaben ihr die Schuld daran. Sie zogen los, um sie zur Rede zu stellen und sie erzählte Ihnen, was sie vermutete, aber das machte Sie nur noch wütender, denn, tief drinnen, wussten Sie, dass eine Frau wie Cheryl sich niemals für Sie entscheiden würde."

Ich konnte sehen, wie Tony die Hände zu Fäusten ballte. Ich stellte mich zwischen ihn und den Inspektor, legte meine Hand sanft, aber bestimmt auf seine Brust. „Ignoriere ihn, er versucht dich zu reizen, damit du die Fassung verlierst."

Withers hob die Augenbrauen, als ich mich zu ihm drehte, um ihn grimmig anzublicken. Er fuhr fort. „Sie waren wahnsinnig wütend auf Mel, weil Sie ihr die

Schuld daran gaben, dass Cheryl Sie im Stich gelassen hatte, Sie am Altar hat stehen lassen vor ihren Freunden und ihrer Familie, also haben Sie sie ermordet. Und dann sind Sie nach Hause gekommen und haben diese Fotografien gefunden und begriffen, dass Sie ein verdammter Idiot waren und Mel recht hatte. Wie schlage ich mich bisher? Liege ich richtig? Oder hatten Sie die Fotos bereits? Haben Sie Cheryl umgebracht, als Sie es herausgefunden haben, und *mussten* Mel dann töten, weil sie davon wusste, und wenn sie es allen erzählt hätte, es offensichtlich gewesen wäre, dass Sie Cheryl getötet haben?"

Tony öffnete den Mund, um etwas zu sagen, aber es kam nichts heraus.

„Wie war das?", fragte Withers und hielt sein Ohr übertrieben nah zu Tony hin.

„Ich habe –" seine Stimme klang rau, der Hals trocken. Er schluckte. „Ich habe Mel nicht umgebracht."

„Wie erklären Sie dann, dass wir Ihre DNA an der Leiche gefunden haben? Und wir haben Zeugen, die sagen, dass sie sahen, wie Sie die Hotelbar verließen. Wir haben Zeugen, die sagen, sie konnten einen lauten Streit zwischen einem Mann und einer Frau hören."

„Konnten sie die Stimmen konkret als Mels und Tonys identifizieren?", sagte ich. Withers antwortete nicht, also nehme ich an, das war ein Nein. „Wenn nicht, bedeutet das gar nichts. Und für die DNA gibt es sicher eine einfache Erklärung." Ich drehte mich zu Tony. *Bitte hab eine einfache Erklärung parat …*

„Ich bin in den Garten gegangen, um Mel zu sehen", sagte er. Mein Magen verkrampfte sich. „Es war kurz nachdem Jodie gegangen war …"

Withers sah mich fragend an.

„Ich habe die Bar etwa um halb zehn verlassen. Ich ging nach oben, um nachzusehen, ob Cheryl okay war nach dem Streit mit Mel."

„Und, war sie das?"

„Ja." Ich erwähnte nicht, dass es tatsächlich so ausgesehen hatte, als würde sie packen; ich wusste nicht, ob es helfen würde, Tony zu entlasten oder zu verurteilen.

„Ich hab Mel draußen im Garten gesehen, wie sie den Hund spazieren führte", sagte Tony. „Ich fühlte mich schlecht, weil ich sie ein bisschen angegangen war, als Jodie sie rausgebracht hatte nach dem Streit. Obwohl wir uns getrennt hatten, wünschte ich ihr nur das Beste." Withers sah skeptisch aus. „Das tat ich wirklich, ich schwöre es. Zuerst nicht, aber als ich dann Cheryl getroffen hatte, habe ich ihr vergeben. Ich ging raus, weil ich wollte, dass wir wieder Freunde werden. Ich war glücklich und wünschte Mel dasselbe." Tony sah wieder weinerlich aus und ich glaubte ihm. Ich wusste, Mel hatte ihm das Herz gebrochen, aber Cheryl hatte es scheinbar geheilt.

„Wie lange haben sie miteinander gesprochen?"

„Ich weiß nicht, vielleicht eine halbe Stunde?" Tony sah verwirrt aus, als einer der anderen Polizisten sich Notizen machte.

„Und wie landete Ihre DNA auf ihr?", fragte Withers.

„Wir haben ein bisschen geredet, uns versöhnt und dann fest gedrückt", sagte Tony. „Der einzige Moment, in dem ich Hand an sie legte, war, als ich sie umarmte."

Withers starrte ihn an. „Sie *umarmten* die Frau, die gerade ihre Zukünftige erwürgen und ihre Hochzeit ruinieren wollte?“ Er schüttelte seinen Kopf in Unglauben. „Anthony Penhaligon ...“, begann er.

„Oh, nicht schon wieder!“, sagte ich wütend.

„... ich verhafte Sie wegen des Mordverdachts an Melissa Penhaligon. Sie müssen nichts sagen, aber alles, was Sie sagen kann als Beweis gegen Sie verwendet werden. Ist Ihnen das bewusst?“

„Ja“, sagte Tony mit leiser, geschlagener Stimme. Ich beobachtete, wie die Polizei ihn aus dem Haus führte, setzte mich und wunderte mich, was zur Hölle eigentlich los war.

KAPITEL 13

„Also ist er jetzt wieder in Gewahrsam", sagte ich. Ich sah in die geschockten Gesichter vor mir.

Ich war nach Hause zurückgekehrt, nachdem ich sichergegangen war, dass die Polizei in Tonys Haus alles in Ordnung hinterlassen hatte, und dann hatte ich den Kriegsrat zusammengerufen: Tonys Eltern, Brenda und Malcolm, Callum und Debbie (die Kinder waren bei Callums Eltern), und natürlich meine eigene Mutter, da sie immer noch nicht in ihr eigenes Haus zurückgekehrt war und ich das Gefühl hatte, dass ich sie nicht allzu schnell loswerden würde. Nicht dass es mir was ausmachte. Daisy war mit Germaine spazieren gegangen; sie waren jetzt schon die besten Freunde.

„Das verstehe ich nicht. Sie verhaften ihn, und dann lassen sie ihn gehen, um ihn dann wieder zu verhaften?" Brenda war den Tränen nahe, offensichtlich krank vor Sorge um ihren Sohn. Ich begriff, dass es egal war, wie alt deine Kinder waren, wenn sie Ärger am Hals hatten, waren es immer noch deine Babys. „Das ist doch grausam, die spielen Katz und Maus mit ihm."

„Ich weiß, so wirkt es, aber das tun sie nicht", sagte ich. „Ich nehme an, sie haben gestern eine DNA-Probe von ihm genommen, und als sie heute die Ergebnisse hatten, einen Durchsuchungsbefehl beantragt. Ich denke nach dem Ärger heute Morgen, hat Withers wahrscheinlich gehofft, die Erlaubnis kommt noch, während er ihn in Gewahrsam hat. Er hoffte wahrscheinlich, dass er die Suche beendet und wenn irgendwas dabei herausgekommen wäre, sie ihn gleich auf dem Revier wegen des Mordes an Mel verhaften könnten. Aber weil Mr Bloom von der Anzeige abgesehen hat, mussten sie ihn laufen lassen und warten, bis sie den Durchsuchungsbefehl haben würden."

„Wonach haben die gesucht?", fragte Callum. „Die Mordwaffe?"

„Wahrscheinlich", sagte ich, „Ich nehme an, der meiste Schaden kam zustande, als Mel auf dem Boden aufschlug, und auf der Bank, aber da war noch eine andere Wunde an ihrer Stirn, die aussah, als ob jemand ihr mit irgendwas einen Schlag verpasst hatte. Das war ziemlich viel Blut ..." Brenda wurde weiß und ich erinnerte mich, dass sie eine der Ersten am Tatort gewesen war. Sie hatte sich immer gut mit ihrer ehemaligen Schwiegertochter verstanden, und ihren leblosen Körper so zu sehen, musste sicher ein furchtbarer Schock gewesen sein. „Tut mir leid, Brenda. Also ja, ich denke vielleicht hat der Mörder einen schweren Gegenstand verwendet, um ihr den Rest zu geben. Aber sie haben nichts in Tonys Haus gefunden. Natürlich nicht. Weil er es nicht war."

„Natürlich war er es nicht", sagte Malcolm und alle murmelten zustimmend.

„Ich glaube, sie haben auch nach Hinweisen rund um Cheryls Verschwinden gesucht", sagte ich. „Obwohl sie keine Leiche haben, gehen sie ziemlich sicher davon aus, dass sie tot ist."

Weiteres zustimmendes Gemurmel.

„Aber vielleicht ist sie das nicht", merkte Debbie an. „Sie hat ihn vielleicht nur verlassen. Wenn sie eine Affäre hatte, hat sie sich möglicherweise doch für den anderen Mann entschieden."

Ich dachte darüber nach. „Vielleicht. Aber wieso sollte sie ihr Auto zurücklassen? Und ihren Koffer? Tony meinte, sie würden gleich nach der Feier in die Flitterwochen fahren. Ich frage mich ..."

„Du fragst dich was?", sagte Mum.

„Ich frage mich, was in dem Koffer ist." Die anderen sahen verwirrt aus. „Denkt doch mal nach. Vielleicht will sie es so aussehen lassen, als wäre sie verschwunden, hat ihren eigenen Tod vorgetäuscht oder so was –"

„Wer *Cheryl*?" Mum wirkte skeptisch. „Ich weiß nicht, ob sie dafür clever genug wäre."

„Was, wenn sie Hilfe von ihrem Liebhaber hatte?", sagte ich. „Oder vielleicht hat sie ihre Sachen nur dagelassen, um Tony für eine Weile auf eine falsche Fährte zu locken, damit sie mehr Zeit zum Abhauen hat. Darum frage ich mich, was in dem Koffer ist. Wo wollten sie denn in den Flitterwochen hin?" fragte ich Brenda.

„Korfu", sagte sie. „Zwei Wochen in Messonghi, Halbpension. Wunderschönes Hotel."

„Also muss ihr Reisepass, wenn sie ermordet wurde, im Koffer oder in ihrem Hotelzimmer sein ...", vermutete ich. „Wenn nicht, hat sie ihn mitgenommen. Was bedeuten würde, dass sie ihr Verschwinden geplant hat."

„Dann nehme ich an, sollten wir los und ihr Auto aufbrechen", sagte Debbie, stand auf und ließ ihre Fingerknöchel knacken. Callum stöhnte. „Was? Den Kindern geht es gut, die werden noch ein paar Stunden von Nana und Grandad verwöhnt. Das wird lustig. Ich bin Mutter; der größte Spaß, den ich normalerweise habe, ist, mich zu fragen, welches Kind bei einer langen Autofahrt als Erstes kotzt."

„George", sagte Callum abwesend. „Es ist immer George. Aber du kannst nicht einfach in ihr Auto –"

„Das müssen wir gar nicht", sagte ich. Ich erinnerte mich daran, dass ich Cheryls Schlüssel auf der Frisierkommode gesehen hatte, als Tony mich in ihr Zimmer mitgenommen hatte. „Aber wir müssen uns vielleicht an Mr Bloom vorbeischleichen ..."

***

Wir parkten vor dem Hotel. Wir hatten Debbies und Callums Wagen genommen; Debbie hatte einen Blick auf das Pornomobil geworfen, den Kopf geschüttelt und ihre Autoschlüssel von ihrem zustimmenden Ehemann genommen. Sie hatte irgendwie recht. Wir wollten uns unauffällig verhalten und ich konnte mir nur zu gut denken, was DCI Withers sagen würde, wenn er zum Tatort zurückkäme und mich dort sehen würde. Ein Teil von mir freute sich darauf, wieder Schwerter mit ihm zu kreuzen – er trieb mich wirklich zur Weißglut –, aber der größere, vernünftige Teil von mir wusste, dass es nicht weise war, sich ihn zum Feind zu machen, zumindest nicht, solange Tony noch des Mordes an Mel verdächtigt wurde.

Wir schlenderten ins Foyer. Es gab einen legitimen Grund für meine Anwesenheit; ich hatte *immer noch nicht* alles aus der Hotelküche geholt, weil ich so unwirsch von Tonys epischem Kuchenwurf-Spektakel unterbrochen worden war. Aber ich wollte wirklich, dass wir uns in Cheryls Zimmer umsahen, um zu sehen, ob sie irgendwas zurückgelassen hatte, das verriet, ob ihr Verschwinden letztendlich doch nicht geplant war, und um an ihre Autoschlüssel zu kommen, wenn sie noch da waren.

Debbie schritt selbstbewusst zu der Rezeptionistin und ich erinnerte mich, dass sie vorhin schon in ein Gespräch verwickelt gewesen waren, als ich hier ankam. Es schien unglaublich, dass so viel in so kurzer Zeit passiert war, und ich musste mir zurück ins Gedächtnis rufen, dass Mels Leiche erst am Tag zuvor entdeckt worden war.

„Hallöchen“, sagte sie. „Könnten wir den Schlüssel zu Cheryls Zimmer bekommen? Tony sagte, alle sollten heute auschecken, also dachten wir, wir kümmern uns darum und holen ihren Kram.“ Sie lehnte sich zur Rezeptionistin. „Armer Bursche, sein Herz ist gebrochen. Wir dachten, wir tun alles für ihn, um es ein wenig leichter zu machen, sie verstehen.“

Die Dame nahm den Telefonhörer. „Ich frage besser Mr Bloom, ob das in Ordnung geht –“

„Wir wollen ihn nicht stören“, warf ich schnell ein, „und um ehrlich zu sein, ist uns die Sache vorhin noch ziemlich peinlich ...“

Die Rezeptionistin lächelte, legte aber den Hörer nicht weg. „Das verstehe ich, aber Mr Bloom hat mich angewiesen, ihn zu informieren, sobald jemand, der mit der ... der Situation zu tun hat, auftaucht. Mr Laity war auch schon hier und wollte Miss Laitys Sachen mitnehmen, aber der Polizist, der vorhin hier war, sagte, dass niemand das Zimmer betreten dürfe.“

Verdammt. Ich hatte gehofft, dass sie immer noch nur als vermisste Person galt, anstelle eines weiteren Opfers, und sich die lokale Polizei mehr auf Mel konzentrieren würde, aber Withers schien überzeugt, dass Cheryl auch tot war und es nur eine Frage der Zeit war, bis sie auch ihre Leiche finden würden. Warum war ich mir da nicht so sicher? Alles, was Withers über Tony gesagt hatte, dass er Cheryl getötet hatte, nachdem er die Fotografien gesehen hatte, ergab Sinn. Tony hatte offensichtlich ein Motiv, und man konnte nicht leugnen, dass sie wie vom Erdboden verschluckt war. Und doch …

Und doch *kannte ich Tony.* Als Teenager standen wir uns so nah, sogar nach den unglücklichen zwei Wochen als Freund und Freundin. Und auch wenn ich lange weg gewesen war, war er immer unter der kleinen Gruppe von Freunden gewesen, die ich gesehen hatte, wenn ich zu Besuch war. Viele andere waren weggezogen oder wir hatten den Kontakt verloren, aber wir hatten die Art von Freundschaft, bei der es egal war, wann man sich das letzte Mal gesehen hatte, wir fuhren da fort, wo wir aufgehört hatten. Und ich wusste, dass er niemanden töten würde – *könnte*, am wenigsten Mel oder sogar Cheryl, egal wie wenig ich sie mochte.

„Dieser Polizist –“, begann ich und die Rezeptionistin bekam einen verträumten Blick.

„Der gut aussehende“, sagte sie. „Ich weiß seinen Namen nicht mehr.“

„DCI Withers“, platzte ich heraus. Ich hatte keine Ahnung, warum Debbie mich mit einem amüsierten Grinsen ansah. „Er ist gerade nicht hier, oder?“

„Ich glaube nicht“, sagte sie mit einem Hauch von Bedauern.

„Wie schade“, sagte Debbie, die mich immer noch angrinste. „Kommen Sie schon, lassen Sie uns kurz rein. Wir machen schon keinen Ärger.“

„Sie könnten ja auch raufgehen und den Polizisten fragen, der vor dem Zimmer Wache hält“, sagte sie zuvorkommend. Sie lachte. „Der alte Davey ist nicht ganz so schön anzusehen wie der andere, aber er ist ein netter Kerl.“

Ich war überrascht. „Der alte Davey? Sie meinen doch nicht Davey Trelawney?“ Sie nickte. *Bingo*, dachte ich, und konnte mir gerade noch das Siegergrinsen verkneifen. Ich lächelte. „Vielen Dank, wir schauen mal kurz rauf und sprechen mit ihm.“

KAPITEL 14

PC David Trelawney, oder Old Davey, wie er allgemein in der Stadt bekannt war, war ein weiterer der Rekruten meines Dads. Sohn des Wirtes eines örtlichen Pubs, war er einem guten Drink nicht abgeneigt und hatte ein paar Nächte in der Ausnüchterungszelle verbracht, bevor mein Dad ihm gesagt hatte, dass, wenn er so gern auf der Wache ist, doch dort arbeiten sollte. Allerdings bezweifelte er, dass Davey den Fitnesstest bestehen könne.

Die Stadtlegende besagt, dass dies ein rotes Tuch für den Stier war, dem Davey vom Körperbau gar nicht unähnlich war, und so hatte er meinen Dad zu einem Wettrennen am Penstowan Strand herausgefordert.

Dad hatte ihn ohne Mühe geschlagen. Vor der ganzen Stadt.

Davey war nicht glücklich gewesen, aber anstatt loszuziehen und sich wieder an dem lokalen Gebräu (das laut Gerüchten blind machte, wenn man es in hohen Dosen konsumiert) zu betrinken, fing er an zu trainieren. Davey forderte ihn wieder zu einem Rennen heraus ... das Dad auch gewann, aber gerade so.

Das war immer noch nicht genug für Davey. Er gab den Alkohol komplett auf und ging jeden Morgen laufen und verwendete die Bierfässer im Pub seines Dads als Gewichte. Er forderte Dad wieder heraus, dieses Mal am Strand entlangzurennen, während sie Bierfässer über den Köpfen trugen.

Dad verlor – er konnte das Fass kaum über seinem Kopf halten, geschweige denn damit rennen – und ging am nächsten Morgen mit einer Anmeldung für die Polizeischule in den Pub (wo Davey einen sehr bösen Siegeskater auskurierte) auf der Daveys Name stand. Und der Rest, wie man so schön sagt, ist Geschichte. Der alte Davey war seither ein Bulle, anstelle eines Alkoholikers (obwohl die beiden Zustände sich keinesfalls ausschließen müssen).

Davey war loyal, gebaut wie ein Ochse auf Steroiden, und der anständigste Polizist, den man je zu treffen hofft. Eines war er nicht: besonders alt, selbst jetzt.

Wir gingen in den Korridor, in dem Cheryls Zimmer lag und hielten an, als wir den Muskelberg erblickten, der davorstand. Er musste jetzt an die sechzig sein, aber man konnte erkennen, dass er unter der Uniform unheimlich trainiert war und man würde auf jeden Fall zweimal nachdenken, bevor man ihm die Rente vorschlug. Debbie sah mich überrascht an und flüsterte: „Warum nennen die den Old Davey? Ich hatte einen greisen, alten Kerl erwartet …"

„Morgen", sagte der alte Davey. „Muss euch hier leider aufhalten, meine Lieben. Da darf keiner rein."

„Hi, Davey, erinnerst du dich an mich?", sagte ich. Er sah mich genauer an.

„Kann ich nich behaupten, Süße", sagte er. Dann veränderte sich sein Ausdruck. „Nein! Das ist doch nich die kleine Jodie?" Ich lächelte und nickte. Ich war unter den Polizeikollegen meines Dads immer „die kleine Jodie" gewesen, so lange schon, wie er wohl der alte Davey war, obwohl ich schon seit Jahren nicht mehr klein war.

„Das ist sie. Wie geht's dir? Ich kann nicht glauben, dass sie dich noch nicht auf die Weide zum Grasen geschickt haben …"

Er lachte. „Die ist ganz schön frech! War sie schon immer. Hab gehört, dass du zurück bist. Was machst du hier?"

„Schlimme Sache hier, oder?", sagte ich und er nickte. „Das is es."

„Und die denken, dass Tony Penhaligon es war!"

Das schien ihm unangenehm. „Ja, nun, er hatte ein Motiv, oder nich? Trotzdem, hätte nich gedacht, dass er das fertigbringt. Nich, jemanden zu töten."

„Nein, ich auch nicht. Also, wir hatten gehofft, dass wir Cheryls Sachen holen können. Das Hotel kriegt bald mehr Gäste und die brauchen das Zimmer …"

Old Davey schüttelte den Kopf. „Nein, tun die nich. Was hast du vor?" Er grinste. „Du bist doch nich die nervige, neugierige Frau, über die der Boss jammert, oder?"

„Oh ja, das bin ich", sagte ich fröhlich. „Lässt du uns also rein, oder was?"

„Was?", sagte er. „Ich kann nich, so gern ich wollt."

„Och, komm schon …" Ich lächelte ihn an, aber es half nichts. In Filmen funktionierte das immer.

„Was hoffst du denn zu finden?", fragte er argwöhnisch. Debbie und ich tauschten Blick aus und sie zuckte mit den Schultern. Wir konnten es ihm genauso gut sagen.

„Cheryl ist verschwunden, ja? Das glückliche Paar wollte in die Flitterwochen fahren und wir dachten, wenn sie ihren Reisepass im Zimmer oder Auto gelassen hat, dann zeigt das, dass sie nicht geplant hatte zu verschwinden, weil man so etwas Wichtiges doch mitnehmen würde, oder nicht? Und vielleicht noch Kreditkarten und so was. Das könnte alles bedeuten, dass sie auch ermordet wurde. Und davon geht DCI Withers doch aus, oder etwa nicht?" Davey antwortete nicht, also fuhr ich fort. „Aber wenn wir überall suchen und ihre Tasche und ihren Reisepass *nicht finden können*, dann muss sie sie bei sich gehabt haben, was es wahrscheinlich macht, dass sie ihre Flucht geplant hat und immer noch lebt. Und das würde bedeuten, Tony hat sie nicht umgebracht."

Davey sah uns nachdenklich an. „Du weißt, dass ich dir nichts über den Fall sagen darf? Da du kein Mitglied des städtischen Polizeipostens oder Mr Penhaligons Rechtsberater bist?"

„Ich weiß. Aber vielleicht –"

„Ich könnte dir also nicht sagen, dass wir auch schon daran gedacht hätten und Miss Laitys Eigentum im Zimmer und im Auto durchsucht hätten." Er sah mich bedeutsam an. Also hatten sie das schon gemacht. Withers war so von Tonys Schuld überzeugt, dass er nach verstärkenden Beweisen suchte, anstatt nach Hinweisen auf Mels Killer zu suchen – ein feiner Unterschied, aber dennoch ein Unterschied. „Wenn wir ihre Sachen durchsucht hätten, wäre das Letzte, was du hören wolltest, die Tatsache, dass wir ihren Pass gefunden hätten, weil das aussehen würde, als wäre ihr was Schlimmes passiert. Du weißt aber, dass ich das nicht kann?"

„Ja“, sagte ich. „Das verstehe ich. Gibt es noch was, was du mir nicht sagen kannst?“

Davey sah durcheinander aus. „Nein, als ich sagte, ich *kann* dir nichts sagen, meinte ich eigentlich –“

„Ja, ja, ich weiß, was du gemeint hast!“, sagte ich schnell. Davey war ein netter Kerl, aber er war definitiv mehr Muskel als Hirn, und das hier kam Gehirnjogging für ihn ziemlich nahe. „Okay, wenn ich dir ein paar Fragen stelle, könntest du sie einfach mit Ja oder Nein beantworten, wenn du möchtest, und wenn du dich entscheidest, mir irgendwas zu sagen, wird es niemand von mir erfahren. Withers erfährt nichts, okay?“

Der alte Davey zögerte.

„Eddie war wirklich stolz auf dich, weißt du?“, sagte ich und spielte schamlos meinen Dad-Trumpf aus. *Sorry, Dad, aber es ist für einen guten Zweck.*

Der alte Davey lächelte, immer noch mit einem Hauch Zögern. „Na schön, mach schon. Aber nur, weil ich deinem Dad was schuldig bin.“

„Cool. Okay … wie sieht's mit dem Todeszeitpunkt aus?“

„Also, das scheint nich ganz so einfach zu sein, hab ich gehört. Alles wegen des Hundes.“

Jetzt sah ich durcheinander aus. „Germaine? Mels Hund?“

„Jap. Die Dame an der Rezeption sagte, als sie um sechs zur Arbeit kam, hat der Hund gebellt. Davor gab es wohl keine Beschwerden wegen des Hundegebells.“

„Also geht man davon aus, dass Mel am Morgen getötet wurde? Was hätte sie dort so früh gewollt?“

Davey schüttelte langsam den Kopf. „Wissen wir nicht. Vielleicht ist sie noch mal gekommen, um die

Hochzeit zu verhindern. Aber der DCI denkt, dass sie am Abend davor, während der Party getötet wurde. Der Doc sagt, normalerweise könnte er von der Körpertemperatur ausgehen, nicht von der Umgebungstemperatur –"

Debbie sah mich an; jetzt war *sie* durcheinander. Schien ansteckend zu sein.

„Die menschliche Körpertemperatur liegt normalerweise bei siebenunddreißigeinhalb Grad", erklärte ich. „Nach dem Tod verliert der Körper ungefähr eineinhalb Grad pro Stunde, bis er die Umgebungstemperatur erreicht – die Temperatur um ihn herum. Also kann man normalerweise recht genau ausrechnen, wie lange jemand schon tot ist."

Sie sah immer noch verwirrt aus, sagte aber „Oh, okay ..."

Ich drehte mich wieder zu Davey. „Also, was ist das Problem?"

„Wenn der Körper über Nacht draußen war, wovon der Boss ausgeht, wär es ziemlich kalt gewesen und dass hätte die Abkühlung verlangsamt. Aber als sie gefunden wurde, war es schon sehr warm, plus, der Hund hatte auf ihrer Brust gesessen, sie bewacht und sie, wer weiß wie lange schon, gewärmt."

„Das bedeutet, der Abkühlungszeitraum wäre komplett durcheinander und man kann den genauen Zeitpunkt des Todes nicht bestimmen."

Davey nickte.

„Aber wenn sie in der Nacht getötet worden wäre, hätte man den Hund doch sicher vor sechs Uhr bellen gehört? Das Hotel war voller Leute; irgendwer von denen hat doch sicher einen leichten Schlaf“, sagte Debbie.

„Ja“, sagte ich. „Woraus sich schließen lässt, dass *der Hund* nicht die ganze Nacht dort war, aber Mel vielleicht schon. Sie hatte mir selbst gesagt, dass der Hund quasi Houdini ist. Sie haut immer ab, also konnte Mel das Fenster immer nur ein klein wenig offen lassen, wenn sie das Auto verließ, sonst hätte sie sich durch die Lücke rausgezwängt. Als ich den Hund gestern abgeholt habe, ist mir aufgefallen, dass das Fenster von Mels Auto weiter offen war, als ich es zuletzt gesehen hatte. Also wurde sie vielleicht in der Nacht getötet, aber der Hund war im Auto und konnte erst am nächsten Morgen entwischen und sie finden?“

Davey zuckte mit den Schultern. „Könnte sein. Werde das dem Boss gegenüber erwähnen. Ich sag nicht, woher ich das weiß. Weiß nur nicht, was für einen Unterschied das für den Fall machen wird.“

Ich dachte angestrengt nach. „Als ich Mel verließ, sagte sie, sie würde mit dem Hund noch eine Runde auf dem Gelände drehen, weil sie lange im Auto gewesen war. Ich ging für fünfzehn Minuten zurück auf die Party, dann war ich bei Cheryl. Tony ist bald nach mir gegangen. Er meinte, er wäre rausgegangen, um mit Mel zu reden, nachdem er sie durchs Fenster gesehen hatte, wie sie mit dem Hund lief. Es gibt Zeugen, die ihn die Party verlassen sahen, und das ist eine Sache, auf die Withers seine Vermutung aufbaut. Es ist nicht unwahrscheinlich, dass sie etwa fünfzehn Minuten mit dem Hund draußen war, oder? Aber da konnte sie noch nicht ermordet werden, denn da war der Hund bei ihr und der hätte gekläfft und das vermutlich die ganze Nacht hindurch. Und wie wir festgestellt haben, hat ihn niemand vor sechs Uhr früh gehört. Der Hund muss im Auto gewesen sein, als sie getötet wurde.“

„Ja.“ Davey sah skeptisch aus. „Das heißt aber nicht, dass er sich nicht rausgeschlichen und sie später ermordet hat.“

Ich seufzte. „Ich weiß. Aber es gibt keine Zeugen, die ihn das Hotel später noch mal haben verlassen sehen, oder?“

„Nein.“ Davey wand sich. „Leute, ich kann euch nicht viel mehr sagen. Ich weiß, um ehrlich zu sein, nich viel mehr, aber ich weiß, dass Withers mich an die Schweine verfüttert, wenn er hört, dass ich mit dir geredet hab.“

„Schon gut“, sagte ich. „Und danke. Ich weiß das wirklich zu schätzen.“

„Ich hab eine Frage“, sagte Debbie. Ich sah sie überrascht an. „Wieso nennt man Sie Old Davey, den alten Davey, obwohl Sie gar nicht so alt sind?“

Er lachte. „Um ehrlich zu sein, ich heiß schon mein ganzes Leben lang Old Davey, wegen meinem Grandpa. Er war auch ein Davey. Mein Dad war das jüngste von sechs Kindern und ich war der jüngste *seiner* Kinder, also als ich kam, war Grandpa Davey schon ziemlich alt. Sie nannten ihn aus Spaß ‚Young Davey‘, den jungen Davey, so wie sie große Jungs manchmal ‚Knirps‘ oder so nennen. Dann mussten sie mich natürlich ‚Old Davey‘ nennen, damit man wusste, welcher gemeint war.“

„Natürlich", sagte Debbie. „Das ergibt natürlich total Sinn ..."

„Das tut es, wenn du von hier bist", sagte ich.

KAPITEL 15

Wir verließen das Hotel und gingen nach draußen. Ich versuchte nicht zu Mels Auto auf dem Parkplatz zu sehen, das mit Polizeiabsperrband versiegelt war, und jetzt war Cheryls auch abgesperrt.

Wir setzten uns in Debbies Auto.

„Also, was haben wir erfahren?", fragte ich.

„Verdammt wenig", schlug Debbie vor. Ich schüttelte den Kopf.

„Ganz und gar nicht. Wir haben den ungefähren Todeszeitpunkt von Mel erfahren."

Sie sah erstaunt aus. „Haben wir?"

„Ja. Tony sah sie um halb zehn. Es scheint, als hätten sie ein langes Gespräch gehabt, wenn sie es mit einer Umarmung beenden konnten, und dann hat sie den Hund zurück ins Auto gebracht. Das dauerte vielleicht eine halbe Stunde? Mindestens. Also war es nach zehn Uhr abends und vor sechs Uhr morgens, als der Hund anfing zu kläffen." Ich sah sie nachdenklich an. „Ich habe mit Cheryl um etwa dieselbe Zeit gesprochen, und da war sie noch in ihrem Zimmer. Soweit ich das sehe, war ich die letzte Person, die sie gesehen hat, da jeder dachte, sie geht vor ihrem großen Tag früh schlafen. Tony hat ihr eine Nachricht geschickt, bevor er schlafen ging, etwa um Mitternacht, aber darauf hat sie nie geantwortet. Sie könnte es also zwischen zehn und Mitternacht hingekriegt haben – Mel ermorden und dann abhauen –, wieso hätte sie sonst nicht ans Telefon gehen sollen?“

Debbie sah mich total entgeistert an. „Du glaubst, Cheryl hat Mel ermordet? Würde sie so was tun?“

„Warum nicht? Wenn Mel von ihrer Affäre wusste, hätte Cheryl genauso viel Grund, sie zum Schweigen zu bringen, wie Tony – mehr, um genau zu sein. Tony hat nur wirklich ein Motiv, wenn Cheryl tot ist und er sie auch umgebracht hat.“

„Aber wir wissen nicht, ob Cheryl tot *ist*.“

„Exakt! Withers tut so, als wäre sie es, selbst ohne die Leiche. Das ist der einzige Grund, warum Tony als Mörder Sinn ergibt.“

Debbie dachte darüber nach. „Okay ... wie wir vorhin gesagt haben, warum würde Cheryl ihren Pass und ihre Sachen zurücklassen? Es sei denn, sie wollte, dass es so aussieht, als wäre sie auch abgemurkst worden ... Wissen wir denn sicher, dass Mel auch von der Affäre wusste? Sie hat es dir nicht gesagt, dass sie davon weiß, oder?“

„Nein, sie – oh, verdammt!“

Ein schwarzes Auto fuhr gerade auf den Hotelparkplatz: Withers. Ich sah zu Debbie und rutschte in meinem Sitz nach unten, und sie tat es mir nach.

„Vor wem verstecken wir uns?“, flüsterte sie.

„DCI Withers“, sagte ich und sie grinste mich an. Ich ignorierte es. „Er hat mich heute schon zwei Mal verwarnt; ich will nicht, dass er mich hier sieht.“

„Okay ... ich weiß, dass ich das Leute schon im Film hab machen sehen, aber wenn sie gerade denken, sie sind davongekommen –“

Ein Klopfen an meinem Fenster ließ mich auffahren. Ich seufzte; ich wusste schon, wer das war, bevor ich hinsah.

„Jap", sagte ich. „Das hab ich in solchen Filmen auch schon gesehen."

Ich setzte mich auf und ließ die Fensterscheibe herunter. Withers beugte sich herunter und hielt sein wunderschönes, nervtötendes Gesicht auf derselben Höhe zu meinem.

„Ah, DCI –"

„Raus aus dem Auto, Jodie, bitte."

„Eigentlich wollten wir gerade gehen; ich bin nur zurückgekommen, um meine Würste zu holen ..." Ich merkte, wie meine Wangen brannten. Was zur Hölle plapperte ich da von Würsten?

„Ms Parker, bitte." Er warf mir einen Bitte-demütigen-Sie-sich-nicht-selbst-indem-Sie-versuchen-sich-hier-rauszureden-Blick zu. Ich sah zu Debbie, dann öffnete ich die Autotür.

Debbie wollte auch aussteigen.

„Nein, Sie nicht, Mrs ... Ms ..." DCI Withers konnte sich gerade noch davon abhalten, mich anzusehen, als hätte meine schiere Präsenz ihn daran erinnert, dass man nicht einfach die Anrede einer Person annehmen durfte (etwas, das uns in London beigebracht worden, hier aber scheinbar noch nicht angekommen war).

„Debbie Roberts", sagte Debbie und warf ihm ein umwerfendes Lächeln zu. *Moment mal*, dachte ich, *du bist mit dem Mann meiner Teenagerträume verheiratet. Wag es ja nicht, mit dem hier zu flirten!*

Withers erwiderte das Lächeln und präsentierte seine weißen Zähne und sein raues Kinn. Oh, er war gut. „Debbie. Ich muss einen Augenblick mit Ms Parker hier sprechen, aber Sie dürfen gerne gehen."

„Aber ich bin mit ihr hier", sagte ich schwach.

„Jetzt nicht mehr", sagte er. Debbie warf mir einen entschuldigenden Blick zu und stieg zurück ins Auto. Withers wartete, bis sie wegfuhr und winkte ihr freundlich, aber bestimmt zu, als sie an der Ausfahrt zurücksah und zögerte. Dann drehte er sich mit einem Seufzer zu mir um.

„Welchen Teil von ‚Halten Sie sich raus' haben Sie nicht verstanden?", sagte er.

„Ich weiß auch nicht, vielleicht denselben Teil wie ‚unschuldig, bis anderweitig bewiesen', den *Sie* nicht verstanden haben", erwiderte ich.

Er hob die Augenbrauen. „Und wie soll ich das bitte nicht verstanden haben?"

Ich zuckte mit den Schultern. „Keine Ahnung. Training geschwänzt?"

Ich dachte, das war eine witzige Erwiderung in der gegebenen Situation, aber er fand das offensichtlich nicht. Er griff meinen Arm und marschierte mit mir weg vom Hotel, auf einen Teil des Gartengeländes. Es war ein alter Pavillon, weiß angestrichen und bewachsen mit Blauregen und pinkfarbenen Rosen. Wunderschön und romantisch war es genau der Ort, an den ich mich, ohne zu fragen, gerne von einem Typen für etwas Privatsphäre hinbringen lassen würde, aber nicht von diesem Typen und nicht unter diesen Umständen.

Er führte mich die Treppen hinauf und setzte mich bestimmt auf die Bank, dann baute er sich vor mir auf.

„Warum machen Sie mir so viele Schwierigkeiten? Was genau werfen Sie mir vor, Ms Parker?", fragte er. Er schien ein bisschen beleidigt zu sein. *Gut*, dachte ich.

„Warum wollen Sie wissen, was ich denke?", erwiderte ich. Er starrte mich nur an. „Lassen Sie mich raten, Sie sind noch nicht lange hier und fühlen sich in Ihrer Position noch etwas unsicher. Ich nehme an, Penstowan ist ein Ort, wie Sie ihn noch nirgends gesehen haben?"

Er lächelte schmallippig – darin war er Weltklasse –, aber ich hatte das Gefühl, einen Nerv getroffen zu haben.

„So könnte man es sagen."

„Das ist Ihr erster großer Fall hier – auf jeden Fall Ihr erster Mordfall; so was haben wir hier nicht allzu oft – und Sie wollen einen guten Eindruck machen, indem Sie ihn schnell lösen. Aber das hier ist Cornwall. Wir machen hier nichts schnell und wir erwarten auch nicht, dass Sie es tun. Wir wollen nur, dass Sie es richtig machen."

„Ich *mache* es richtig."

„Nein, das tun Sie nicht", sagte ich. „Sie haben sich schon dafür entschieden, dass Tony Penhaligon der Mörder ist." Er öffnete seinen Mund, um zu sprechen, aber ich hob meine Hand, um ihn davon abzuhalten. „Ja, ich weiß, dass er das stärkste Motiv hat und die offensichtlichste Erklärung ist normalerweise die richtige. Aber –"

„Aber Sie kennen Tony", unterbrach er sarkastisch.

„Ja, das tue ich. Und Sie haben eine Theorie und versuchen Beweise zu finden, um sie zu untermauern, anstatt die Beweise anzusehen und dann eine Theorie zu entwickeln.“

„Ich kann Ihnen versichern, das tue ich nicht“, sagte er, aber nun sah er selbst nicht mehr so überzeugt aus.

„Ich verstehe das“, sagte ich, „ihre Theorie ist absolut plausibel; sie klingt sogar wahrscheinlich. Aber nur, wenn Cheryl wirklich tot ist, und wir wissen nicht, ob sie das ist. Es gibt keine Leiche. *Wenn* Mel wusste, dass sie eine Affäre hatte, und *wenn* Cheryl beschlossen hatte abzuhauen, weil Mel sie verraten hätte, und *wenn* Tony es sowieso herausgefunden hätte und Cheryl zur Rede gestellt hätte, und *wenn* er gewusst hätte, dass Mel es weiß ... Das sind eine Menge Wenns.“

Withers setzte sich neben mich. Zu meiner Überraschung sah es aus, als hätte ich ihm was zu knabbern gegeben.

„Melissa Penhaligon hatte absolut keine Feinde“, sagte er. „Ich hab herumgefragt und jeder mochte sie, auch nachdem sie Tony verlassen hatte. Die haben alle geglaubt, sie hat ihre wohlverdiente Strafe bekommen, als ihre Liebhaberin sie verlassen hat. Die einzige Person, die ihr irgendetwas nachtragen konnte, ist Tony.“

„Und Cheryl, wenn sie gedroht hätte, ihre Affäre an Tony zu verraten.“

„Ja ...“ Withers konnte das nicht wirklich leugnen. „Aber wenn sie sich wirklich die Mühe gemacht hätte, Mel zu ermorden, um ihre Beziehung zu Tony zu retten, warum bleibt sie dann nicht und heiratet ihn? Warum jemanden töten, um etwas zu schützen, das man sowieso aufgeben will?“

Wir starrten einander an und drehten uns dann beide um, um die Blumen zu betrachten, die am Pavillon emporwuchsen, tief in Gedanken versunken.

„Es gibt immer noch Roger Laity“, sagte ich, als mir ein Gedanke kam.

Withers sah mich scharf an. „Wie kommen Sie auf den?“

„Mel sagte, dass Cheryl hinter Tonys Kaufhaus her war“, sagte ich. Er nickte.

„Ja, das haben Sie erzählt. Aber Mr Penhaligon – der ältere Mr Penhaligon – sagte mir, es sei in Familienhänden. Tony könnte es gar nicht weggeben.“

„Ich weiß das, und Cheryl wusste das auch. Aber anscheinend war Roger Laity in ein paar zwielichtige Geschichten mit dem Stadtrat verwickelt. Nichts Illegales, so wie es sich anhört, aber auf jeden Fall unethisch.“ Ich versuchte mich daran zu erinnern, was genau Mel gesagt hatte. „Mel meinte, ihre Cousine arbeitet dort und hatte etwas gehört. Sie sagte, die Laity-Familie hätte Pläne für Penstowan, mit denen nicht jeder einverstanden sein würde.“

„Was zur Hölle soll das bedeuten?“, fragte er etwas gereizt.

„Ich weiß es nicht“, gab ich zu. „Aber vielleicht hatte es etwas mit dem Laden zu tun. Das Erste, was Mel mich gefragt hatte, nachdem sie mich gesehen hatte, war, ob ich gegen die Laitys ermittle.“

„Hm …“ Withers zog sein Telefon hervor und sah sich eine Nachricht an. „Das dachte ich mir. Man hat mir vorhin gesagt, dass Roger Laity hier gewesen ist und gebeten hatte, Cheryls Sachen abholen zu dürfen.“

Ich weiß, dachte ich, aber es war besser, das nicht zu erwähnen. Plus, ich hatte vergessen, dass die Rezeptionistin selbst das erwähnt hatte, als ich mit dem alten Davey sprach.

Withers grinste. „Ich habe außerdem eine wirre Nachricht von PC Trelawney über einen Hund, der aus einem Auto ausgebrochen ist, und für einen Moment dachte ich, der hat eine verdorbene Fleischpastete gegessen und halluziniert. Dann dachte ich aber, wer hat gerade einen Hund geerbt, den er nicht kontrollieren kann, und taucht immer an meinem Tatort auf?"

„Ich habe keine Ahnung, wovon Sie da reden ...", sagte ich und studierte sorgfältig eine der Rosen, doch ich konnte die Belustigung in seinem Gesicht sehen. Er sah nett aus, wenn er richtig lächelte. Ich roch an der Rose und sah dann zurück zu Withers, doch der hatte sich weggedreht. „Warum sollte Roger Laity Cheryls Sachen wollen? Ich weiß, er war ihr Erziehungsberechtigter, aber sie lebte nicht mehr bei ihm. Abgesehen davon, wäre es nicht Tonys Aufgabe ihre Sachen zu holen? Warum die Eile? Sie wird seit weniger als achtundvierzig Stunden vermisst."

„Ja ..." Withers sah einen Moment gedankenverloren drein, schien dann aber zu einer Entscheidung gekommen zu sein. Er erhob sich. „Gut, dann bringe ich Sie mal nach Hause."

Ich stand auf, etwas enttäuscht, dass ich so einfach abgefertigt wurde und folgte ihm die Stufen hinunter zu seinem Auto. Er hielt mir die Tür auf, stieg dann selbst ein und startete den Motor. Er saß einen Moment da, ließ den Wagen laufen und drehte sich dann ein wenig zu mir.

„Wenn es Ihnen nichts ausmacht, würde ich erst noch gerne einen kleinen Umweg nehmen.“

KAPITEL 16

Wir fuhren vom Parkplatz und die Baumallee entlang, die vom Hotelgelände und auf die Straße führte. Aber anstatt nach links in Richtung Penstowan zu fahren, bog er rechts ab, dann wieder rechts, auf die A39 in Richtung Süden.

„Wo fahren wir hin?", fragte ich.

„Werden Sie schon sehen", sagte er. „Das mache ich nur, damit Sie die Klappe halten."

„Was machen Sie?"

Er behielt seinen Blick auf die Straße gerichtet. „Hören Sie auf zu reden, bevor ich es mir anders überlege."

Ich sah aus dem Fenster und beobachtete, wie die Landschaft vorbeizog. Es war ruhig, und ich begann mich etwas unwohl zu fühlen; es war nicht wie die bequeme, gemeinsame Stille, die ich mit Tony geteilt hatte. *Oh Gott, bitte mach das Radio an oder irgendwas*, dachte ich, und zu meiner Überraschung tat er es. Es war auf einen Lokalsender eingestellt, der unverfängliche Charthits spielte, die ich nicht kannte, die für mich aber alle gleich klangen. *Ich werde vermutlich alt*, dachte ich.

„Diese Musik! Für mich klingt das alles gleich", sagte DCI Withers, womit er mich erschrak. Er hatte meine Gedanken gelesen.

„Sie wissen, dass das ein Zeichen ist, dass Sie alt werden?", sagte ich und er lachte.

„Jap.“

Wir fuhren auf eine Kurve zu, die ich nur allzu gut kannte. Ich verspannte mich, als wir näher kamen, so wie ich es seit dem Unfall immer tat – nicht dass ich hier in den letzten Jahren oft gefahren wäre.

Withers bemerkte es. „Was ist los? Ich bin ein sicherer Autofahrer.“

„Das sind sie. Ich kenne nur jemanden, der hier mal einen Unfall hatte, das ist alles.“ Ich würde ihm nicht davon erzählen. Wir fuhren am Ortsschild von Crackington Haven vorbei.

„*Das* ist ein fantastischer Ortsname“, sagte er. Er versuchte tatsächlich die Stimmung zu lockern. Wunder passierten doch immer wieder.

„Waren Sie schon mal hier? Toller Ort für einen Spaziergang, sehr idyllisch.“

„Ja, und einen netten Pub gibt's auch.“

„Gehen wir auf ein Pint rein?“

Er lachte. „Sosehr ich auch eins brauchen könnte, nein. Wir fahren nach Boscastle.“

„Boscastle?“

„Das Zuhause von Roger Laity.“

„Sie fahren mit mir zu Roger Laity?“

„Nein, ich fahre mit Ihnen und lasse Sie ruhig im Auto sitzen, während ich mit ihm rede. Lassen Sie mich das nicht bereuen.“

„Meine Lippen sind versiegelt“, sagte ich und er warf mir, was nur als ‚der Blick‘ bezeichnet werden kann, zu.

„Das glaube ich erst, wenn ich es sehe …“

***

Das Laity Familienanwesen lag außerhalb von Boscastle. Es lag oben auf einem Hügel, von dem aus man die schöne Stadt und den Hafen überschauen konnte. Eine weitläufige, mit Kies bedeckte Auffahrt führte an gepflegten Rasenflächen und Blumenbeeten, die nur so vor Farbe strotzten, vorbei, hin zu einem beeindruckenden georgianischen Anwesen aus Stein. Es war die Art von Haus, die ein wohlhabender Mittelklassetyp aus dem Süden ein ‚Cottage auf dem Land‘ nennen würde und der Rest ‚ein verdammt großes Haus‘. Es *war* ein verdammt großes Haus. Es gab einen steinernen Anbau neben dem Haus, der getüncht und vermutlich eine Werkstatt oder Garage war. Der hatte etwa die Größe meines tatsächlichen Hauses. Die Tür war verschlossen und die milchigen Glaspaneele enthüllten nichts, was dahinter lag.

Der neuere Range Rover, obligatorisch für jeden wohlhabenden Mann vom Land, parkte vor dem Haus. Anders als in London, wo diese Autos nur genutzt wurden, um die raue Umgebung von Kensington und Chelsea zu bewältigen, oder zugefrorene Straßen in Islington, sah dieser hier aus, als hätte man ihn tatsächlich querfeldein genutzt, wie die Natur es vorgesehen hatte; die Reifen waren dreckig und da hingen sogar ein paar Gräser und gelbe Blumen, ganz unpassend zum Rest, von dem Kühler an der Vorderseite. Während DCI Withers daneben parkte, kam Roger Laity aus dem Haus. Er trug eine Sporttasche und sah überrascht aus, uns hier zu sehen.

Withers sah zu mir. „Sie bleiben hier“, sagte er.

„Warum haben Sie mich mitgenommen, wenn ich nicht rausdarf?“, sagte ich.

„Wenn ich das nur wüsste“, murmelte Withers. „Ich habe Sie mitgenommen, damit Sie sehen können, dass ich *wirklich* allen Spuren nachgehe, und dann lassen Sie mich in Ruhe, ja?“

„Hm“, sagte ich. Dazu wollte ich mich nicht verpflichten. Er rollte mit den Augen, dann drückte er den Knopf, um das Fenster runterzulassen.

„Sie können mithören, aber das ist alles.“ Er öffnete die Tür und während er ausstieg, hörte ich ihn sagen, „Das werde ich noch bereuen ...“

Roger Laity trat an den Wagen heran, ein falsches Lächeln aus hundert Prozent Mist aufgesetzt. Er war nicht nur überrascht, uns zu sehen, dachte ich; er war auch recht unglücklich darüber. Er hielt Withers freundlich seine Hand entgegen, doch die Freundlichkeit reichte nicht bis zu seinen Augen hinauf.

„DCI ... Withers, nicht wahr? Ich vergesse nie einen Namen“, sagte er und beugte sich ein wenig nach unten, um einen Blick auf mich im Inneren des Wagens zu werfen „Und das ist die junge Dame, die in dieser Nacht so spektakulär dazwischengegangen ist. Was machen Sie hier?“ Er setzte schnell ein ernstes Gesicht auf. „Gibt es etwas Neues von meiner Nichte?“

„Ich fürchte nicht“, sagte Withers. „Wir sind hier nur vorbeigekommen und ich dachte, wir schauen kurz rein und besprechen ein paar Dinge, um sicherzugehen, dass wir nichts übersehen.“

Laitys Lächeln wurde noch falscher. Es war unmöglich ‚nur so‘ an Boscastle vorbeizukommen, also wusste er, dass Withers Besuch nicht so unbeabsichtigt war, wie der DCI ihn glauben machen wollte. Er wechselte die Hand an der Tasche. Withers sah sie an.

„Oh, tut mir leid, Sie wollten gerade gehen", sagte er.

„Nein", sagte Laity. „Nur einen Freund besuchen."

„Ich werde Sie nicht lange aufhalten. Also, nur Sie und Ihre Frau leben hier? Und Ihr Sohn? Sind sie zu Hause?"

„Nein", sagte Roger. „Meine Frau ist für ein paar Tage zu ihrer Mutter nach Helston gefahren. Ihr geht's zu ihren besten Zeiten schon nicht gut und die ganze Sache hier, das hat sie ziemlich aufgeregt."

„Das tut mir leid zu hören", sagte Withers. „Und Ihr Sohn ...?"

„Craig?", sagte Laity. „Nein, der ist vor ein paar Monaten ausgezogen. Er ist heute Morgen gefahren. Muss morgen arbeiten."

„Ich verstehe. Und wo lebt er?"

„Oxfordshire", sagte Laity. „Ich glaube, er hat gestern seine Aussage gemacht, nicht dass er irgendwas gesehen hätte."

„Das geht in Ordnung." Withers hatte eine beruhigende Stimme. „Nun, wir sind natürlich um Cheryls Aufenthaltsort besorgt, aber worüber ich wirklich mit Ihnen reden möchte, ist der Mord. Wie gut kannten Sie das Opfer?"

Laity sah kurz überrascht aus, aber er war kein erfolgreicher Geschäftsmann geworden (mit einem verdammt großen Haus), indem er sich von seinen Gefühlen hinreißen ließ. Sein Ausdruck wurde nachdenklich. „Hm, lassen Sie mich nachdenken ... Wissen Sie, ich glaube, wir haben uns nie zuvor gesehen."

„Sie hat zu keinem Zeitpunkt für Sie gearbeitet oder irgendwas Geschäftliches mit Ihnen zu tun gehabt? Wo wir dabei sind, was machen Sie noch mal beruflich?"

Laity schien es jetzt definitiv ein wenig unwohl zu sein. „Mir gehören ein paar Campingplätze entlang der Küste. Sehr erfolgreiche Campingplätze. Ich habe einige Angestellte, die meisten saisonbedingt natürlich, aber ich kann mich nicht erinnern, sie jemals eingestellt zu haben."

„Oh. Das ist seltsam …" Withers schüttelte den Kopf. „Na ja, egal."

Laity war alarmiert. „Was ist seltsam?"

Ich hüpfte vor Frustration im Auto herum. *Lass mich mit ihm reden!* Aber ich musste zugeben, dass Withers das sehr gut machte, wenn man bedachte, dass wir nicht wirklich wussten, was wir Roger Laity vorwarfen, wenn überhaupt etwas.

Withers sah amüsiert aus. „Nun, ich glaube, es bedeutet nichts, wirklich. Aber das Opfer hat scheinbar Anschuldigungen gegen Ihre Geschäfte mit dem Stadtrat erhoben. Haben Sie irgendeine Idee, worum es dabei gegangen sein könnte?"

Laity sah nun weniger alarmiert als genervt aus.

„Was ich mit dem Stadtrat zu tun habe, ist meine Sache", sagte er.

„Das hängt davon ab, was die Sache ist", sagte Withers. „Aber machen Sie sich keine Gedanken, ich werde morgen mit denen sprechen und sehen, was der Ursprung dieser Anschuldigungen ist. Danke für Ihre Zeit, Mr Laity." Und damit drehte er sich um und ließ Roger Laity in zornigem Erstaunen stehen. *Oh, das war gut,* dachte ich. Der hatte definitiv Dreck am Stecken, und es sah so aus, als hätte Mel vielleicht doch *einen* Feind gehabt.

Withers griff nach der Autotür und zwinkerte mir zu, drehte sich dann zu Laity, worüber ich froh war, denn meine dummen Wangen wurden dummerweise ganz heiß und rot und dumm.

„Oh, Sie waren doch heute im Hotel und haben nach Cheryls Sachen gefragt? Sie sind natürlich Teil des Tatorts, also müssen wir sie für den Augenblick noch behalten, aber wenn es etwas Bestimmtes gibt, das Sie gerne hätten ...?"

Laity schüttelte den Kopf. „Nein. Ich wollte sie nur nahe bei mir haben. Ich klammere mich immer noch an die Hoffnung, dass sie noch am Leben ist und vernünftig war und diesen ... Idioten Tony verlassen hat, und dann hätte ich sie gerne für sie, falls sie zurückkommt."

„Ich verstehe. Nun, wir brauchen sie noch eine Weile, aber ich lasse Sie es wissen, wenn wir sie freigeben. Danke noch mal."

Er stieg in den Wagen, aber startete den Motor nicht. Ich öffnete meinen Mund.

„Noch nicht", sagte er.

Roger Laity sah uns komisch an, offensichtlich wartete er darauf, dass wir fuhren. Withers nahm sein Telefon in die Hand und legte es an sein Ohr, als würde er ein Telefonat annehmen. „Schaut er hin?", fragte er. Ich sah unauffällig zu Laity.

„Ja", sagte ich. „Er sieht wirklich gestresst aus."

„Gut", sagte Withers, legte das Telefon mit einem Grinsen weg und zündete den Motor.

Wir fuhren weg vom Haus. Im Rückspiegel sah ich, wie Laity sein Telefon zückte und zurück ins Haus ging.

Ich fing Withers' Blick im Spiegel auf; er hatte es auch gesehen.

„Also der wirkt ja mal gar nicht schuldig, oder?", sagte ich und er lachte.

„Ein feiner, aufrichtiger Bürger, wenn ich je einen gesehen habe."

KAPITEL 17

Wir fuhren den Rest des Weges in einer, nicht mehr ganz so unangenehmen Stille, nach Penstowan zurück. Ein paar Mal versuchte ich mich mit ihm zu unterhalten, aber Withers schien so tief in Gedanken versunken, und obwohl er freundlich antwortete, ging er nicht weiter darauf ein. Ich starb fast vor Neugier ihn zu fragen, welche Schlüsse (wenn überhaupt) er aus unserem Besuch bei Roger Laity zog, aber ich belehrte mich eines Besseren; er hatte einen großen und unerwarteten Schritt gewagt, indem er mich mitgenommen hatte, und wenn ich weiterhin zu seinen Vertrauten zählen wollte, war es sicher besser zu warten, bis er entschied, Dinge mit mir zu teilen, als ihm keine Ruhe zu lassen.

Wir bogen in meine Straße ein und er hielt vor meinem Haus.

„Also …", sagte ich, unsicher, was ich sonst sagen sollte. „Was passiert jetzt?"

„Was jetzt passiert, ist, dass Sie mich meinen Job machen lassen."

Ich sah ihn überrascht an. „Aber ich dachte – Was sollte das Ganze dann hier? Dass Sie mich mit zu Laity genommen haben?"

„Da ging es darum, Ihnen zu zeigen, dass ich *allen* Spuren in der Ermittlung nachgehe, egal, was Sie von mir denken."

Withers sah belustigt zu mir. „Was dachten Sie, wir wären jetzt Partner, oder so was?"

„Natürlich nicht", stammelte ich nervös, obwohl, so lächerlich es klang, ich irgendwie tatsächlich davon ausgegangen war. Aber natürlich waren wir keine Partner. Ich war Köchin, keine Polizistin.

„Aber was werden Sie jetzt wegen Roger Laity unternehmen?"

„Was wollen Sie denn, das ich tue?"

„Also, der ist doch superverdächtig."

Withers seufzte und schaute mir in die Augen.

„Jodie. Hören Sie auf. Ja, er wirkte schuldig, aber schuldig weswegen? Nicht des Mordes."

„Das können Sie nicht sicher wissen", sagte ich stur, aber ich wusste, er hatte recht.

„Doch das kann ich. Sie haben ihn gesehen, als ich Mel erwähnt habe; er war total überrascht. Ich bin sicher, dass er wegen irgendetwas schuldig ist – Leute, wie der sind das immer –, aber man konnte erkennen, dass es das erste Mal war, dass er von Mels Vorwürfen gehört hatte."

„Aber können wir – ich meine, *Sie* – nicht zumindest herausfinden, was er so treibt?"

„Nein, nicht wirklich." Withers wurde langsam wütend. „Nicht solange seine krummen Geschäfte mit dem Stadtrat nicht in direkter Verbindung zu Mels Tod stehen, und ich kann mir nicht vorstellen, wie sie das sollten. Der Mann leitet Campingplätze, um Himmels willen."

Ich starrte aus dem Fenster. Ich hasste es zuzugeben, dass er recht hatte. Was Tony nicht half. Er muss geahnt haben, was ich dachte, denn sein Ton wurde sanfter.

„Ich weiß ja, dass Sie nur Ihrem Freund helfen wollen, aber ich bin der Spur nachgegangen, auf die Sie mich gebracht haben und das war eine Sackgasse. Roger Laity hatte kein Motiv, Mel umzubringen, und es gibt nichts, was darauf hinweist, dass er etwas mit Cheryls Verschwinden zu tun hat. Wir haben ihre Sachen durchsucht und, soweit ich das beurteilen kann, nichts gefunden, was ihm peinlich sein oder ihm Ärger bereiten könnte ... Er ist nur ein besorgter Onkel.“

„Ich weiß ...“, sagte ich. Aber da musste es doch etwas geben.

„Tony ist immer noch unser Hauptverdächtiger, so wie ich das sehe“, sagte Withers ruhig. „Es tut mir leid, aber da sind noch so viele Punkte, die eher für ihn sprechen als für jemanden anderen. Und die Informationen über den Hund, die Sie uns gegeben haben, nun, die machen es nur wahrscheinlicher, dass Mel Freitagnacht getötet wurde, um die Zeit, als die Zeugen ihn nach draußen gehen sahen.“

„Ich weiß, dass er es nicht getan hat“, sagte ich bestimmt. Er seufzte und schüttelte den Kopf.

„Wenn er es nicht war, muss er sich doch keine Sorgen machen, oder? Ich versuche nicht ihm das anzuhängen; ich versuche die Wahrheit herauszufinden. Die Beweise, die ihn entweder freisprechen oder verurteilen, sind da und ich werde sie in jedem Fall finden.

Aber Sie müssen mich und meine Polizisten damit allein fertig werden lassen. Sie sind kein Bulle mehr, Jodie. Gewöhnen Sie sich daran.“

***

Gewöhnen Sie sich daran. Das war leichter gesagt als getan, während Tony in Untersuchungshaft saß. Ich sah zu, wie Withers wegfuhr und ging dann nach drinnen.

„Wo bist du gewesen?“ Daisy klebte in der Sekunde an mir, als ich die Türschwelle überquerte und ich fühlte mich sofort elend.

„Sorry, mein Schatz, ist Oma nicht da?“

„Doch, das ist sie“, sagte Mum, die zum Eingang geeilt kam. „Aber ich sollte wahrscheinlich nach Hause gehen …“

„Bleib wenigstens zum Abendessen“, sagte ich. „Es wird schon spät.“

„Okay“, sagte sie und Daisy und ich tauschten Blicke aus; wir beide hatten das Gefühl, dass es Mum eigentlich gefiel, wieder Gesellschaft zu haben.

Ich ging in die Küche und sah den Kühlschrank durch.

„Tut mir leid, dass es so lange gedauert hat“, sagte ich, während ich Hühnerbrust, die nur noch einen Tag hatte, bevor sie über dem Mindesthaltbarkeitsdatum war, und ein bisschen Blumenkohl und anderes Gemüse herausnahm, das aufgebraucht werden musste. „DCI Withers wollte mit mir reden.“

Mum sah schelmisch aus. „Ich hab dir doch gesagt, dass er ihr Typ ist“, sagte sie zu Daisy.

„Ähm, ich bin hier, okay?", sagte ich, während ich ein Schneidebrett hervorholte und begann das Gemüse zu schneiden. „Es war kein Gespräch in dem Sinne; es ging um den Fall. Kannst du mir ein bisschen Knoblauch und Olivenöl holen?"

Ich gab ihnen Aufgaben und bald zerdrückten wir drei Knoblauch, warfen Gemüse ins Olivenöl und schoben das Ganze in den Ofen, um es zu rösten. Ich nahm ein weiteres Schneidebrett, schnitt die Hühnerbrust in Stücke und streute Kreuzkümmel und Koriander darüber, dann schob Daisy sie zusammen mit Pilzen und roter Zwiebel auf Bratenspieße. Ich lächelte, denn der Stress der letzten Tage fiel von mir ab; Kochen hatte immer diesen Effekt für mich. Es machte mich glücklich.

Ich habe schon immer gern gekocht – wenn man, wie ich, gerne aß, lohnte es sich auch zu wissen, wie man kochte –, aber es war nach den Jahren in der Einheit wirklich wichtig für mich geworden. Ich begann mehr Verantwortung zu übernehmen und damit kam der Stress. Ich fand, dass der simple Akt des Vorbereitens einer Mahlzeit – eine richtige Mahlzeit, nicht nur das Einstechen der Folie einer Mikrowellen-Lasagne – Wunder für meine mentale Gesundheit tat. Ein bisschen Musik, durch die Küche zu tanzen und einem Rezept zu folgen, auch wenn man es schon auswendig kannte und es gar nicht mehr lesen musste, half mir, einen klaren Kopf zu bekommen.

Wir setzten uns vierzig Minuten später, um unser köstliches Mahl aus marokkanischen Hähnchenspießen, geröstetem Gemüse, zu dem ich einen Löffel scharfer Harissa Paste gemischt hatte, und dem israelischen Couscous, den ich nicht für die Hochzeit verwendet hatte, zu verspeisen. Mum versuchte zuerst noch mich über DCI Withers auszufragen, aber gab irgendwann auf und genoss ihr Essen. Ich öffnete sogar eine Flasche Wein, die ich von meinem Makler zum Einzug bekommen hatte, und die war nicht mal schlecht.

Es war genau das, was ich gebraucht hatte – ein gutes Essen mit den Menschen, die ich am meisten in der Welt liebte, in unserem neuen Zuhause.

Germaine saß unter dem Tisch und jammerte gelegentlich nach ein paar Resten, und obwohl wir alle geschworen hatten, dass wir ihrer emotionalen Erpressung nicht nachgeben würde, war sie am Ende doch gut gefüttert.

Wir setzten uns danach und sahen fern eine Komödie auf Netflix, die wir alle sehr gut fanden, obwohl ich am nächsten Tag nicht hätte sagen können, wie sie hieß oder wer mitgespielt hatte. Ich machte uns heiße Schokolade und Daisy kuschelte sich neben mir aufs Sofa, was schon lange nicht mehr vorgekommen war. Ich wusste, dass, wenn sie älter wurde, auch das Kuscheln weniger häufig vorkommen würde, also ging ich sicher, dass ich dieses hier genoss.

Mum hatte nicht wieder erwähnt, dass sie nach Hause gehen würde. Ich war absolut einverstanden damit, dass sie wieder über Nacht blieb, aber machte mir im Kopf eine Notiz, dass ich sie morgen nach Hause fahren sollte, wenn auch nur, damit sie sich ein paar frische Klamotten holen konnte, wenn sie länger bleiben wollte.

Sie nahm einen Schluck von ihrer heißen Schokolade und schnitt das Thema an, das ich den ganzen Abend über vermieden hatte.

„Also, warum ist es dir so wichtig, zu beweisen, dass Tony unschuldig ist?“, sagte sie.

„Weil er es nicht getan hat, natürlich!“, sagte ich und dachte, *lass uns jetzt nicht darüber reden …*

„Aber warum musst ausgerechnet du das machen?“, sagte Daisy. „Wir sind doch hierhergezogen, damit du von all dem Polizeikram wegkommst.“

Ich griff nach ihrer Hand. „So ist es nicht, Liebling. Ich werde nichts Gefährliches oder Risikoreiches machen. Das habe ich dir versprochen, oder nicht? Ich helfe nur einem alten Freund. Es fühlt sich richtig an, es zu tun.“

Mum schüttelte den Kopf. „Das verstehen wir, aber trotzdem … Warum überlässt du das nicht dem gut aussehenden Polizisten?“

„Er sieht vielleicht gut aus, aber er ist überzeugt davon, dass Tony schuldig ist“, sagte ich.

„Aber wenn er unschuldig ist, werden sie ihn doch nicht verhaften können, oder? Ich kenne diese Sachen alle aus dem Fernsehen, da verhaften sie den falschen Mann und dann, wenn er rauskommt, nimmt er Rache und es gibt ein Blutbad“ – ich versuchte mir vorzustellen, was meine Mutter sich da wohl angesehen hatte – „aber du hast mir selbst gesagt, auch bei der Londoner Polizei passiert so was nicht. Es ist wahrscheinlicher, dass der Schuldige davonkommt, als dass ein Unschuldiger verhaftet wird.“

Das stimmte, aber es war kein Trost, wenn es einer deiner Freunde war, der vielleicht zur Ausnahme dieser Regel wurde. Nicht in meiner Stadt …

Vielleicht war es das. Wem machte ich was vor? Das war es *definitiv*. Aber es war nicht meine Stadt; es war die meines Dads.

Ich seufzte. „Mir ist das vorher nie aufgefallen, aber es gibt hier so vieles in der Stadt, was mich an Dad erinnert." Mum sagte nichts, aber sie nickte. „Ich meine, auf der Wache sind immer noch welche von seinen Rekruten. Ich dachte, die wären alle schon in Rente. Sogar Withers hat von ihm gehört. Wenn Dad noch hier wäre, würde *er* Tony helfen, *er* wüsste, dass Tony unschuldig ist. Es fühlt sich an, als müsste ich sichergehen, dass an seiner Stelle kein Fehlurteil gefällt wird."

Mum schüttelte den Kopf. „Du musst deinem Dad nichts beweisen, mein Schatz."

„Irgendwie schon", sagte ich. „Ich wollte immer wie er sein, aber das war ich nicht, oder? Ich hab den Job verlassen. Ich bin nicht so weit gekommen wie er. Der einzige Grund, warum ich nach London gegangen bin, war, um ihn stolz zu machen, aber ich war siebzehn Jahre bei der Met und bin nie über den Titel eines Sergeants rausgekommen."

„Ich hatte den Eindruck, das wolltest du gar nicht", sagte Mum und ich war kurz irritiert, weil das stimmte, ich aber einen Moment des Mitleids haben wollte. „Du hast mir gesagt, du magst es viel lieber, auf Streife zu sein. Ich erinnere mich daran, dass du immer darüber gejammert hast, selbst als Sergeant mehr Papierkram als Ausgang zu haben. Genau wie dein Vater. Er liebte seinen Job, aber er war frustriert darüber, hinter dem Schreibtisch festzustecken."

„Ja, aber –"

„Opa war sehr wohl stolz auf dich", sagte Daisy. Ich sah sie überrascht an.

„Das war er?"

„Ja. Wir waren doch hier, an Weihnachten, bevor er gestorben ist, weißt du noch? Er hat mir eine Gutenachtgeschichte vorgelesen und ich weiß nicht, wie wir darauf gekommen sind, aber ich habe ihm erzählt, dass du ein paar böse Leute ins Gefängnis gebracht hast, und er sagte, das wisse er und dass er sehr stolz auf dich wäre. Ich war noch klein, aber ich erinnere mich immer daran, weil ich deshalb auch stolz auf dich war." Sie sah mich besorgt an. „Du heulst jetzt aber nicht, oder?"

„Nein", log ich und schniefte fürchterlich. Ich umarmte sie ganz fest, und dann kam Mum, setzte sich neben mich und schloss sich uns an, und dann entschied auch noch der Hund, dass er nicht ausgelassen werden wollte, hüpfte rauf und quetschte sich dazu und ich dankte meiner guten Fee, dass Tony mir ein Sofa geliefert hatte, das groß genug für Familienumarmungen war.

KAPITEL 18

Ich wachte am nächsten Morgen auf und fühlte mich ... Nun, ich war mir nicht ganz sicher, wie ich mich fühlte. Ein Teil von mir fühlte sich ein bisschen glücklicher wegen DCI Withers; er *hatte* meine Spur wegen Roger Laity ernst genug genommen, dass er hingefahren war und ihn gefragt hatte, obwohl ich zugeben musste, dass es unwahrscheinlich war, dass Laity Mel getötet hatte, die er, soweit alle wussten, nie vorher getroffen hatte. Seine Überraschung darüber, dass Mel Vorwürfe gegen seine Geschäfte erhoben hatte, schien mehr und mehr realistisch, je mehr ich darüber nachdachte. Und doch ...

Roger Laity verheimlichte definitiv *etwas*. Aber wenn man nicht gegen ihn ermittelte, würden wir nie erfahren, ob er nicht doch zu Mels Tod und Cheryls Verschwinden beigetragen *hatte*? Er hatte während unseres gesamten Aufenthalts gestresst gewirkt, und diese Sporttasche ... Ich wusste nicht, ob ich mir das einbildete, weil ich (genau wie Withers) versuchte Beweise zu finden, die zu meiner Theorie passten, aber er hatte die Tasche unbewusst die ganze Zeit in seinen Händen hin- und hergeschoben, während sie gesprochen hatten. Ich wusste aus Erfahrung im Einsatz, dass, wenn jemand etwas bei sich hatte, über das du nichts wissen solltest, oder wenn sie Drogen oder illegale Waren in ihrem

Haus versteckt hatten, sie sich mit fünfundsiebzigprozentiger Wahrscheinlichkeit unfreiwillig verraten würden, weil sie kurz hinsehen oder sich genau davorstellen würden oder so Ähnliches. Der Trick war, das zu bemerken. Was war in der Tasche gewesen? Und wo hatte er hingewollt?

Natürlich interpretierte ich da vermutlich viel zu viel rein. Seine Frau war unterwegs und er war wahrscheinlich wirklich auf dem Weg zu einem Freund gewesen, oder vielleicht sogar einer Freundin; vielleicht war die Tasche voll mit heißer Unterwäsche gewesen! Ich schüttelte mich bei dem Gedanken an Roger Laity in knapper Unterwäsche. Vielleicht hätte der Typ, dem ich meinen Van abgekauft hatte, seinen Fetischladen in Boscastle eröffnen sollen.

Du bist kein Bulle mehr; gewöhn dich daran, sagte ich mir. Ich sollte Withers einfach machen lassen. Er wusste, was er tat. Er wollte Tony keins auswischen; er nutzte nur seine eigenen Erfahrungen, den wahrscheinlichsten Verdächtigen als Ersten zu untersuchen. Und wenn sie nicht genug Beweise finden würden, um ihn anzuklagen (weil er es nicht getan hat), würden sie Tony gehen lassen. Ich betete zu Gott, dass sie nicht genug Beweise hatten, denn obwohl ich meiner Mum in der Vergangenheit gesagt hatte, dass die Unschuldigen nicht verhaftet wurden, war es schon vorgekommen. Nicht oft – obwohl die Gefängnisse angeblich voll von ‚unschuldigen‘ Leuten waren und vielleicht waren es wirklich mehr, als wir realisierten –, aber es passierte.

Aber angenommen sie ließen Tony gehen, würden sie jemals den wahren Mörder finden? Je länger die Ermittlungen dauerten, desto unwahrscheinlicher wurde es, dass der Fall am Ende gelöst werden würde. Es gab eine ‚goldene Stunde‘ in jeder Ermittlung, während derer die Beweise noch frisch waren, der Tatort sauber und die potenziellen Zeugen und Verdächtigen noch keine Chance gehabt hatten, Dinge zu vergessen, Alibis zu fabrizieren oder sich irgendwelche Sachen auszudenken.

Die Polizei war schnell gewesen, nachdem Mels Leiche gefunden worden war; sie hatten den Tatort gesichert, die Spurensicherung war durch, DNA-Proben genommen, Aussagen von allen im Hotel aufgenommen und es war jemand in Gewahrsam. Aber es waren jetzt achtundvierzig Stunden, seit sie entdeckt, noch länger, seit sie ermordet worden war, und während Withers immer noch davon überzeugt war, dass Tony der Mörder war, suchten sie in meinen Augen an der falschen Stelle. Und wenn sie dann mal an der richtigen Stelle suchen würden, wäre die Spur schon kalt. Und dann würde es keine Gerechtigkeit für Mel geben, oder für Cheryl, falls sie tatsächlich tot war, von dessen Tatsache ich stündlich anderer Meinung war. Ich konnte mir nicht vorstellen, wie sie noch am Leben sein konnte ohne Tony, ihren Onkel oder ihre Tante zu kontaktieren, um sie wissen zu lassen, dass es ihr gut geht. Aber wenn sie doch tot war, wer hatte sie umgebracht und wo war die Leiche? Und wenn man den Killer nie schnappte, würde immer ein Schatten über Tony hängen. Da war dieses alte Sprichwort „Wo Rauch ist, ist auch Feuer“, was absoluter Unsinn war – man hätte nur einen der Versuche meines betrügerischen Ex-Mannes, etwas zu kochen, ansehen müssen, um das zu begreifen –, aber die Leute glaubten das immer noch.

Ich sollte die Polizei ermitteln lassen. Das war nicht mehr mein Job. Aber es gab noch diese kleine Stimme in meinem Kopf – die, die *oooooooooh* gemacht hatte, als Withers mir zugezwinkert oder seine Muskeln angespannt hatte, und der man daher nicht trauen konnte –, die sagte, *ja, ja, wir beide wissen, dass du die Sache nicht ruhen lassen kannst.* Und dieses Mal hatte sie recht.

***

Ich setzte meine Mum vor ihrem Haus ab. Sie war seit drei Tagen nicht mehr zu Hause gewesen und ihr ging die frische Unterwäsche aus. Sie musste außerdem ein paar Dinge erledigen, also ließen Daisy und ich sie mit der Anweisung zurück, dass sie uns rufen konnte, wenn sie Gesellschaft haben wollte.

Ich nahm Daisy und Germaine mit nach Penstowan. Die Urlaubssaison hatte gerade begonnen, was es schwierig machte einen Parkplatz zu finden, und ich wusste, dass die Einheimischen bald über die ‚Touris‘ stöhnen würden, die aus dem ganzen Land in unsere Stadt gepilgert waren, im Weg standen, ihre Autos an blöden Stellen parkten, ihren Müll abluden ... Sie würden im Stillen jammern, denn die Hälfte der Einwohner kam ursprünglich auch aus anderen Orten als Cornwall (es war in den letzten zwanzig Jahren massiv gewachsen, weil die Leute die hohen Hauspreise in den anderen Teilen des Südens satthatten) und natürlich hatten die Touristen eine Menge Geld und gaben es fröhlich für aufblasbare Tierchen, Eiscreme, Fisch und Chips an sonnigen Tagen, und dem kleinen Stadtkino und der Bowlinghalle an regnerischen aus. Für viele der städtischen Läden und Geschäfte bedeutete eine gute Sommersaison, dass sie sich im Winter entspannen konnten. Ein schlechter Sommer hieß, das Angebot des städtischen Tafelladens zu durchforsten und sich von weißen Bohnen in Tomatensoße von Lidl zu ernähren. Ich kannte eine Menge Leute, die das schon hinter sich hatten.

Wir liefen an der Fore Street entlang, Germaine stoppte immer wieder einmal, um zu schnüffeln. Ich konnte es ihr nicht verübeln. Die Straße außerhalb von Rowe's Bäckerei roch wundervoll; sie machten die besten Pasteten der Gegend, der Welt und ich würde gegen jeden kämpfen, der etwas anderes behauptete. Wir sahen uns Safran Brötchen und verschiedene andere Arten von Kuchen und Pasteten im Schaufenster an und überlegten, ob es noch zu früh für ein Mittagessen war. Es war ein bisschen früh, aber wir konnten immer noch auf dem Rückweg hier vorbeikommen ...

Wir gingen an Penhaligon's vorbei. Der Laden war, wie immer, geöffnet, als wäre nichts passiert. Als ob am Samstag alles nach Plan gelaufen wäre, und sie die neuen Mr und Mrs Penhaligon sowieso nicht bei der Arbeit erwartet hätten; sie wären ja ohnehin in ihren Flitterwochen. Ich fühlte beschützerische Gefühle über mich kommen beim Gedanken an Tony auf der Polizeistation. Withers würde ihn ohne Unterlass befragen, versuchen ein Geständnis aus ihm herauszupressen, wenn möglich (immer der einfachste Weg, eine Anklage ins Rollen zu bringen). Ich sah auf meine Uhr;

Tony war gestern Mittag gegen ein Uhr verhaftet worden und die Polizei konnte ihn nur vierundzwanzig Stunden festhalten, bevor sie entweder anklagte oder laufen ließ. Withers hatte also noch drei Stunden, um etwas zu finden, das seinen Verdacht bewies. Unglücklicherweise traute ich ihm das zu. Und natürlich gab es nichts, was sie darin hindern könnte, diese vierundzwanzig Stunden auszuweiten oder ihn sogar zu einem späteren Zeitpunkt wieder zu verhaften, wenn neue Beweise ans Licht kamen ...

Ich verbannte diesen Gedanken aus meinem Kopf und lachte, als Germaine sich und Daisy in der Leine verhedderte. Daisy bückte sich und hob ihre Pfoten an (die des Hundes, nicht die meiner Tochter) über das wirre Netz der Nylonleine, und ich musste an den Anfang eines Gedichts von Sir Walter Scott denken, *oh, welch verworrenes Netz haben wir gewoben, als wir zunächst hatten gelogen ...* Dieser Fall war wahrlich ein verworrenes Netz.

Es war vielleicht zu früh für eine Pastete, aber es war nie zu früh für Eiscreme, also kaufte ich uns beiden zwei Kugeln von einem örtlichen Eiscreme-Hersteller (Waldfrüchte mit cornischer Sahne für mich, und Schoko-Karamell-Brownie für Daisy) und wir setzten uns auf eine Bank, weg von der geschäftigen Straße, sondern mit Blick auf die See. Ich sah meine wunderschöne Tochter an, während wir beide, wenig grazil, an unserem Eis leckten und mein Herz tat einen fröhlichen Hüpfer bei dem Anblick der puren, kindlichen Freude, die ihr ins Gesicht geschrieben war. Ich wusste, dass es eine große Veränderung gewesen war, London zu verlassen; sie hatte Freunde und einen platzverschwendenden Vater, die dort lebten. Aber wir hatten in einer vollgestopften, lächerlich teuren Zweizimmerwohnung im zweiten Stock eines Hauses gewohnt, das lediglich einen winzigen Streifen Gras seinen Garten nannte und sie war immer ein Outdoor-Typ gewesen. Wir hatten Tagesausflüge aufs Land gemacht, oder an die Küste, und schon als Kleinkind hatte sie es geliebt durch die Wälder zu streifen und Eichhörnchen zu jagen (zu der Zeit wollte sie gerne ein Hund sein). Es war nicht so, dass sie Penstowan nicht kannte, wir hatten ihre Großeltern so oft wie möglich besucht, wann immer ich von der Arbeit wegkonnte. Aber auch wenn ich überzeugt davon gewesen war, dass dies hier eine bessere Umgebung für sie zum Aufwachsen war, hatte ich mir doch Sorgen gemacht. Neunzig Prozent des Elternseins verbringt man damit, sich Sorgen darüber zu machen, wie sehr man seine Kinder verkorkste, aber heute, als ich ihr Gesicht sah, zusah, wie sie lachte, als der Hund Eis von ihrem Bein schleckte, das heruntergetropft war, dachte ich, vielleicht war ich gar nicht so schlecht in meinen Job.

Daisy winkte ein paar Kindern, die auf uns zukamen – ein blondes Mädchen, etwa in ihrem Alter, und ein Junge, vielleicht sieben oder acht Jahre alt, der wie ein typischer kleiner Bruder aussah, der einfach mitlief und gerade so toleriert wurde.

„Kennst du sie?", fragte ich. Sie kamen mir ein bisschen bekannt vor.

„Sie wohnen in unserer Straße", sagte Daisy. „Ich hab gestern mit ihnen gesprochen, als ich mit Germaine spazieren war. Sie scheinen ganz nett zu sein."

Die Kinder erreichten uns.

„Hallo!" Das Mädchen hatte ein freundliches, offenes Gesicht und lächelte so lieb, dass ich zurücklächeln wollte. Sie bückte sich zu Germaine hinunter und streichelte sie. „Oh, sie ist so süß! Wir gehen an den Strand. Möchtest du mitkommen?"

Daisy sah mich unsicher an. Wir hatten uns ganz gut amüsiert, nur wir beide, aber sie brauchte ein paar Freunde in ihrem Alter und, wenn wir Glück hatten, fing das Mädchen im September an derselben Schule an.

„Ist okay für mich", sagte ich und sie lächelte. Nachdem ich ihr das Versprechen abgenommen hatte, dass sie mich anrief, wenn sie irgendetwas brauchen sollte, und ihr eine Zehn-Pfund-Note zugeschoben hatte, damit sie sich und ihren Freunden zum Mittag eine Pastete oder ein paar Fritten kaufen konnte, sah ich zu, wie die drei runter zum Strand gingen, der kleine Junge voraus und die beiden Mädchen hinterher, während sie sich unterhielten. Germaine jaulte und zog an der Leine. Ich lehnte mich zu ihr runter, um sie zu streicheln, doch kollidierte beinahe mit ihrem Kopf, weil sie sich gerade auf ihre Hinterbeine stellte und schließlich mein Gesicht ableckte.

„Sorry, altes Mädchen", sagte ich. „Hunde sind am Strand nicht erlaubt. Du wirst bei mir bleiben müssen."

Aber was würde ich jetzt machen, so ganz allein gelassen? Diese kleine Stimme in meinem Kopf meldete sich wieder und fragte, *sind die Büros des Stadtrates nicht nur zwei Straßen entfernt ...?*

***

Das Gebäude der Penstowan Gemeindeverwaltung war eines der besten Beispiele für die städtische Architektur der Siebzigerjahre. Sie hatte alle Lehren, die es aus den krassen Gebäuden der Sechzigerjahre hätte ziehen können, völlig ignoriert und war bei den erfolgreich erprobten kastigen Betonbauten geblieben, mit unendlichen Fensterreihen, die es unangenehm machten, darin zu arbeiten, bei egal welchem Wetter – wie ein Treibhaus im Sommer und ein Gefrierfach voll zugiger Öffnungen im Winter. Mit sechs Stockwerken war es eines der höchsten Gebäude von Penstowan. Davor stand eine seltsame Bronzestatue, die ein Rettungsboot darstellen sollte, eine Art Henry-Moore-Nachahmung vom Kupferoxid grün geworden und bedeckt mit weißen Rückständen von Möwenhinterlassenschaften war. Es stand in der Mitte eines Betonbeckens auf einem kleinen Podest. Eigentlich hätte Wasser darin sein sollen, aber ich konnte mich nur daran erinnern, es einmal gefüllt gesehen zu haben, zum fünfzigsten Jubiläum der Queen 2002, kurz bevor ich nach London zog. Es hatte eine riesige Feier in der Stadt gegeben und am Ende der Nacht hatten, ich glaube die Hälfte der Partygänger (die sich an dem billigen „Goldenen Jubiläums"-Fusel, den eine Brauerei hier zu Ehren Ihrer Majestät produziert hatte, gütlich getan hatten) reingepinkelt. Es war am folgenden Tag abgepumpt worden und seither leer gewesen, abgesehen von ein paar Zigarettenstummeln, Chipstüten und Bierdosen, die sich dort unweigerlich einfanden und regelmäßig von den Straßenfegern entfernt wurden.

Ich ignorierte das ‚Keine Hunde erlaubt'-Schild (ich fühlte mich immer noch, als würde ich nur vorübergehend für Mel auf Germaine aufpassen, und würde nicht riskieren, dass ihr etwas zustößt; das würde mir Mel nie verzeihen) und ging hinein.

Der Eingangsbereich hatte eine hohe Decke und meine Schritte hallten auf dem gefliesten Boden wider, als ich auf den Tresen zuging. Die Frau hinter dem Tisch schien schwer konzentriert, während sie etwas auf ihrem Computer ansah, und sah nicht auf, bis ich sie erreicht hatte. Ich räusperte mich. „Hallo", begann ich, dann hielt ich inne, denn mir wurde klar, dass ich keinen Namen einer Person hatte, nach welcher ich fragen konnte. Die Frau hinter dem Tisch schaute auf, runzelte die Stirn, aber ihr Gesicht klarte auf, als sie mich sah.

„Nosey Parker!", sagte sie lächelnd. „Ich habe gehört, dass du wieder da bist."

„Das bin ich", sagte ich und versuchte mir nicht anmerken zu lassen, dass ich keine Ahnung hatte, wer sie war. „Schön dich zu sehen."

Sie lachte. „Du hast keine Ahnung, wer ich bin, oder? Nina –"

„Nina Falconer! Oh mein Gott!" Ich war erleichtert, als mir ihr Name plötzlich einfiel. Sie war in meiner Klasse gewesen, und Hauptangreiferin im Netzball-Team (ich war Außenverteidigerin und hatte es gehasst).

„Jetzt Nina Matthews", sagte sie, immer noch lächelnd.

„Nein! Nicht du und Liam?" Liam Matthews war einer der Bad Boys zwei Klassen über uns gewesen, als wir jung und dumm waren, wurde ständig suspendiert, weil er rauchte und sich prügelte.

Sie nickte. „Jap. Ich hab ihn gezähmt", verkündete sie stolz. „Ich hab gehört, dass du zurück bist, ich bin Louise Gifford begegnet –"

„Woher weiß *sie* das? Ich habe Louise seit fast zehn Jahren nicht mehr gesehen."

„Sie sagte, ihre Mum hat es von deiner gehört."

„Natürlich. Der Senioren-Kaffeeklatsch kann viele Fragen beantworten ..." Germaine zog an der Leine und ich schubste sie ein bisschen mit meinem Fuß, hoffte, sie würde dann still sein. Natürlich war sie das nicht. Nina hob ihre Augenbrauen und stand auf, sah zum Teppich hinunter, auf welchem Germaine ihr Bestes tat, süß und doch unauffällig auszusehen.

„Ist das der Hund der armen Mel?", fragte Nina.

Ich nickte. „Ja, es gab niemanden, der sie sonst nehmen konnte. Schlimme Sache, oder?"

„Ja, schlimme Sache. Glaubst du, Tony war's?"

„Tony? Ha! Wir sprechen hier von dem Jungen, der ohnmächtig wurde, als wir den Frosch in Bio sezieren mussten. Ich glaube nicht, du?"

Nina sah nicht überzeugt aus. „Ich weiß nicht. Ich hab gehört, die Polizei hat ihn verhaftet ..."

„Er macht nur seine Aussage; ihm wird nichts zur Last gelegt", sagte ich bestimmt. „Wie auch immer, das ist auch irgendwie der Grund, warum ich hier bin ..."

***

Mels Cousine Trish arbeitete im Bereich Planung. Sie hatten nicht erwartet, dass sie heute zur Arbeit kommen würde, nicht nach einem so tragischen Vorfall in der Familie, aber sie bestand darauf und wie sie es Nina am Morgen erklärt hatte, waren die Machiavelli-artigen Manöver und verdrehte Logik des Stadtrats, der irgendwelche Verordnungen plante, das Einzige auf der ganzen Welt, das sie ablenken konnte.

Trish kam herunter in den Eingangsbereich und nahm mich mit in ein nahe gelegenes Büro. Sie war blass und hatte dunkle Ringe unter den Augen, aber ihr Gesicht hellte sich bei dem Anblick von Germaine auf, die einen kleinen Kläffer von sich gab und an ihr auf und ab sprang. Ich fühlte einen Stich; Trish hatte mehr Anrecht auf Mels Hund als ich, und wenn sie beschloss, dass sie sie behalten wollte, konnte ich mich wohl schlecht weigern.

„Hallo, Germaine! Wer ist ein gutes Mädchen?" Trish machte ein großes Aufhebens um den Spitz, strich über ihr fluffiges weißes Fell und blickte ihr in die Augen.

„Ihr seid offensichtlich alte Freunde", sagte ich und sie nickte.

„Sie ist ein wundervoller Hund", sagte sie. „Danke dir, dass du sie aufgenommen hast. Bist du deswegen hier? Ich würde sie ja gerne für die arme Mel aufnehmen", ihre Stimme stockte ein wenig, und ich fühlte, wie mein eigener Hals austrocknete, bei dem Gedanken daran, Daisy sagen zu müssen, dass ich den Hund weggegeben hatte, „aber ich habe selber schon zwei und habe einfach keinen Platz mehr."

Gott sei Dank, preist den Herrn, dachte ich und entspannte. „Nein, nein, wir kümmern uns gerne um sie!

Sie und meine Tochter sind schon beste Freunde. Nein, ich wollte gerne mit dir über Mel sprechen."

Sie sah mich skeptisch an. „Du bist nicht bei der Polizei, oder? Das ist nichts Offizielles?"

„Nein", sagte ich. „Ich bin private Ermittlerin. So was in der Art. Ich bin Caterer. Ich war früher auch bei der Polizei und ich war da und ich glaube nicht eine Sekunde, dass Tony es getan hat."

Sie lächelte traurig. „Ich weiß nicht, was ich glauben soll. Aber nein, Tony war nicht die erste Person, die mir in den Sinn kam, als es um einen ... einen Mörder ging. Selbst nach dem, was sie ihm angetan hatte – was sie wirklich bereute, nebenbei gemerkt."

„Ich weiß, sie hat es mir gesagt. Sie hat mir tatsächlich ein paar Sachen gesagt, kurz bevor sie ermordet wurde. Und deshalb möchte ich mit dir reden."

KAPITEL 19

Ich verließ das Stadtratsgebäude etwas verwirrter, als ich es betreten hatte. Trish hatte mir viel zum Nachdenken geliefert. Ob es irgendetwas mit dem Mord an Mel zu tun hatte, wer weiß, aber es hätte auf jeden Fall Druck auf Cheryl ausgeübt. Roger Laity hatte klargemacht, dass er nicht begeistert davon war, dass sie ‚den Idioten‘ Tony heiraten wollte (ich empörte mich darüber an Tonys Stelle), aber vielleicht hatte er einen Weg gefunden, diese unerwünschte Verbindung zu seinem Vorteil zu nutzen.

Wie auch immer, aus dem was Trish mir erzählt hatte, erfuhr ich, dass Roger Laitys Geschäfte mit dem Stadtrat nicht gerade illegal gewesen waren, aber nah genug an der Grenze zum Erlaubten, dass sie Aufmerksamkeit erregten und eine Art Vertuschung vermutet wurde. Wenn nicht mehr, war er zumindest des unethischen Handelns schuldig, aber mir schien, dass das auf viele erfolgreiche Geschäftsleute zutreffen würde.

Mein Telefon meldete sich mit einer Nachricht von Daisy. Sie hatte sich gut mit ihren neuen Freunden verstanden und würde mich zu Hause treffen. Ich lächelte und wollte das Telefon gerade zurück in die Tasche packen, als es klingelte.

„Oh, *das* hat ja nicht lange gedauert, was?", sagte ich zu Germaine, die mich ansah, als wollte sie sagen, *du weißt schon, dass ich deine Sprache nicht spreche?* Ich lachte und ging ans Telefon, überrascht, dass es nicht Daisy war. Es war eine lokale Nummer, die ich nicht erkannte.

„Hallo?"

„Jodie, hier ist Brenda."

Ich sah auf meine Uhr. Fast ein Uhr. Sie würden Tony bald entlassen, dachte ich.

„Hast du schon von der Polizei gehört?", fragte ich sie. „Ich bin bloß die Straße runter, möchtest du, dass ich ihn abhole?"

Brenda klang aufgeregt. „Nein, Tonys Verteidiger hat mich gerade angerufen. Sie halten ihn noch weitere vierundzwanzig Stunden fest …"

***

Ich lief die Fore Street entlang und bog in die Orchard Lane ein, in der leider keine der namensgebenden Obstgärten waren, sondern die Polizeistation von Penstowan. Hinter mir erklang ein erschöpftes Bellen und ich verlangsamte schuldbewusst meine Schritte; Germaine war mit einem Sprint einverstanden gewesen, aber sie hatte kürzere (und sehr viel haarigere) Beine als ich und es fiel ihr schwer mitzuhalten.

„Tut mir leid, Süße", sagte ich, hielt aber nicht an. Mein Blut kochte.

Ich wollte gerade die Rampe zur Tür der Polizeiwache stürmen, als DCI Withers herauskam. Er hob beide Hände, um sich selbst davon abzuhalten, mich umzuwerfen, und stoppte meine Wucht abrupt durch seinen (muskulösen) Körper. Ich konnte nicht anders, als zu bemerken, dass er ziemlich große Hände hatte und einen, auf beruhigende Art, festen Griff, bevor ich mich wieder fasste und ihn anfunkelte.

„Was zur Hölle treiben Sie da für ein Spiel?", rief ich.

Er lächelte arrogant. „Ich will gerade Mittagessen gehen. Möchten Sie mitkommen?"

„Nein, ich will verdammt noch mal nicht mitkommen! Warum lassen Sie Tony nicht gehen? Wenn Sie nicht genug Beweise haben, um ihn anzuklagen, müssen Sie ihn gehen lassen." Ich bemerkte, dass er mich immer noch hielt und schüttelte ihn ab.

Er holte wieder sein irritierendes schmallippiges Lächeln hervor. Mittlerweile wollte ich ihn dafür schlagen.

„Es sind neue Beweise aufgetaucht", sagte er knapp.

„Welche neuen Beweise?"

„Sie wissen, dass ich nicht verpflichtet bin, Ihnen das zu sagen?" Er sah mich an und einen Moment lang hatte ich das Gefühl, dass er sich über mich lustig machte, aber es nicht viel brauchen würde, das Ganze in Wut umschwenken zu lassen. War mir das wichtig?

„Sie wissen, dass ich Sie nicht in Ruhe lassen werde, bis Sie es tun?", sagte ich und er seufzte. Er sah auf seine Uhr.

„Ich habe wirklich nicht viel Zeit und brauche was zu essen. Kommen Sie mit und essen mit mir zu Mittag."

Und so kam es, dass ich in der einen Minute Withers vor der Polizeiwache anstarrte und in der nächsten ihm gegenüber vor dem Kings Arms mit einem Glas Wein und einem einfachen Mittagessen saß, während er ein Shrimpsbaguette und eine Limonade verspeiste. Germaine saß mit einer Schüssel Wasser unter dem

Tisch, sah ab und zu hinauf, in der Hoffnung ein paar Krümel würden für sie abfallen. Sie hatte schon eine eingelegte Zwiebel probiert, die meinen Versuchen, sie aufzuspießen, entwischt und vom Teller geschossen war, und ihr Gesicht dabei hatte sowohl mich als auch meine Begleitung zum Lachen gebracht.

„Kommen Sie schon", sagte ich, etwas verwundert über die Wende, die dieses Treffen genommen hatte. Er war (so sagte ich es mir selbst) die letzte Person, mit der ich Mittagessen wollte. Ich fragte mich, wie oft ich mir das wohl sagen musste, bevor ich es glaubte.

„Spucken Sie's aus."

Withers kaute und schluckte einen Bissen Baguette. „Alles zu seiner Zeit. Ich habe viel über Ihren Vater auf der Station gehört, seit Sie zurück sind. Warum sind Sie weggezogen?"

„Viele Menschen, die in Orten wie diesen aufwachsen, können es nicht erwarten zu gehen", sagte ich ausweichend. „Es ist so ruhig."

„Sie wollten dahin, wo was los ist?" Er nahm einen Schluck von seinem Getränk und sah mich über den Rand des Glases an. Ich zappelte unangenehm berührt.

„So was in der Art ..."

„Haben Sie sich nicht mit Ihrem Dad verstanden?"

„Oh, war ihr Spitzname in der Schule auch neugierige ,Nosey'?", fragte ich sarkastisch.

Er lachte. „Es interessiert mich nur." Er biss wieder in sein Baguette, beobachtete mich weiter.

Ich seufzte. „Okay, wenn Sie es unbedingt wissen müssen, es ist ganz schön schwer, wenn alle denken, dein Vater ist ein Held. Ich meine, das war er – für mich wie auch für alle anderen. Er hat einen Unterschied in den Leben vieler Menschen hier gemacht. Alles, was ich angefangen habe, war dazu verurteilt, mit ihm verglichen zu werden." Ich spielte mit meinem Essen, als ich mich an den Streit erinnerte, den wir hatten, als ich ihm sagte, dass ich zur Londoner Polizei gehen würde. „Ich sagte ihm, dass er ein großer Fisch in einem kleinen Teich sei und ich ein großer in einem noch größeren Teich werden wollte."

„Oh …"

„Ja, ‚oh'. Und als ich in London ankam, verstand ich, dass kleine Fische den größeren Unterschied machen." Er hob die Augenbrauen. „Die großen Fische verbringen ihre Zeit damit, die Haie zurückzuhalten. Die kleinen schwimmen unbekannt und ungehindert herum, machen ihre Arbeit. Ich mochte es, ungehindert meiner Arbeit nachzugehen. Und da hab ich verstanden, warum mein Dad Penstowan nie verlassen hat. Sie hatten ihm angeboten aufzusteigen, aber das hätte bedeutet, dass er an einen Schreibtisch in Exeter oder irgendwo gefesselt wäre, und er wollte hierbleiben und nach dem Rechten sehen."

„Aber Sie konnten natürlich nicht zurückkommen und dasselbe tun, weil Sie dann hätten zugeben müssen, dass er recht hatte." Ich war überrascht, dass ich Mitgefühl in Withers Gesicht sah und fühlte, wie mir die Tränen kamen. Ich hatte meinen Dad (und meine Mum, natürlich) vermisst, als ich in London war, aber jetzt, da ich zurück war – richtig zurück, nicht nur zu Besuch – und die Straßen entlangging, auf denen er auch gelaufen war, und in dem Pub saß, in den wir auch ab und zu zum Mittagessen am Sonntag gegangen waren, und die Straße entlangfuhr, wo … na, ja, ich wurde jedenfalls lächerlich emotional und musste mich wirklich zusammenreißen. Er war seit sieben Jahren tot, um Himmels willen. Warum zur Hölle erzählte ich DCI Withers das alles? Diesem Mann mit den boshaften Augenbrauen, den stählernen Bauchmuskeln, den schönen Haaren –

„Egal, das ist alles Schnee von gestern. Sie sagten, dass neue Beweise gefunden wurden?", sagte ich bestimmt. Das Gespräch über mich und meinen Dad war vorbei. Endgültig.

Withers nickte und schluckte einen Bissen Shrimps runter. „Wir konnten die genaue Todeszeit feststellen."

„Ich dachte, der Doc hätte damit Schwierigkeiten gehabt?"

„Das hatte sie. Aber Mel trug eine von diesen da." Er neigte seinen Kopf in Richtung des Fitnesstrackers an meinem Handgelenk. „Es hat ihren Herzschlag festgehalten."

Ich sah auf meinen Tracker. Mein Herz schlug etwas schneller, als es sollte. Ich gab meinem Sprint zur Polizeiwache vorhin die Schuld, nicht der unmittelbaren Nähe von Withers.

„Es ermittelt den Herzschlag und schickt ihn an eine App auf dem Handy", sagte ich.

Er nickte. „Die Information wird also in der Cloud gespeichert", sagte er. „Natürlich haben alle diese Firmen, welche die Tracker herstellen, lauter Datenschutzbedingungen, damit man sichergehen kann, dass sie ihre Informationen nicht an eine dritte Partei verkaufen, was es verflucht schwer gemacht hat, aber letztendlich konnten wir uns Mels Daten ansehen und ermitteln, wann der Tracker aufgehört hat, ihren Herzschlag aufzuzeichnen."

Ich war beeindruckt, dass er daran gedacht hatte, wollte ihn das aber nicht wissen lassen. „Alles schön und gut, aber wie verstärkt das den Fall gegen Tony?"

„Mels Herzschlag kam zu einem Hoch um 22:27 Uhr, weshalb wir annehmen, dass sie um diese Zeit angegriffen wurde, dann verlangsamte er sich und kam um 22:42 Uhr zum Halten, als sie …" Seine Stimme wurde leiser; er musste den Satz nicht beenden.

„Aber Tony sagte, sie haben sich nur eine halbe Stunde unterhalten, was ihn um 22 Uhr wieder zur Party zurückbrachte."

Withers schüttelte den Kopf. „Nur, dass das nicht stimmt. Wir haben Zeugen, die ihn um halb zehn gehen sahen, aber er kam erst um Viertel vor elf wieder zurück. Und als er wieder da war, trug er andere Hosen."

Das warf mich aus dem Konzept. Aber ich war immer noch von seiner Unschuld überzeugt. „Na und, dann hat er vielleicht seine Hosen gewechselt und nicht Mel ermordet. Aber Sie gehen natürlich davon aus, dass er sie gewechselt hat, weil sie voll von Mels Blut waren oder so was."

Withers sah mich ruhig an. „Wir haben Mels DNA auf Tonys Hemd gefunden, aber dem Labor kam das komisch vor, weil es nichts davon auf seiner Hose gab. Malcolm Penhaligon hatte am frühen Abend ein paar Fotos gemacht und als wir die gesehen haben, haben wir bemerkt, dass das nicht die Hose war, die Tony uns zur Untersuchung gegeben hatte. Wir sind zurück in sein Haus gegangen und fanden *sie* in einem Wäschekorb. Es gab keine Anzeichen von Blut darauf, warum hatte er sie also gewechselt?"

Es sah nicht gut aus, das musste ich zugeben.

„Was sagt Tony dazu?"

„Er hat noch gar nichts gesagt. Er spricht mit seinem Verteidiger." Withers biss noch einmal in sein Baguette. „Wir haben auch Cheryls Telefonaufzeichnungen von dem Abend bekommen. Sie hat ihm eine Nachricht geschickt, dass sie um 21.37 Uhr mit ihm reden möchte, was etwa zu der Zeit war, als er die Party verließ."

„Und kurz nachdem ich mit ihr gesprochen hatte", sagte ich. „Oh …"

„Oh, was?"

„Ich sagte ihr, dass Tony ein guter Typ ist, und dass, wenn sie irgendwelche Zweifel hätte …"

„Und dann hat sie ihn gleich zu sich gebeten. Das klingt, als ob sie *wirklich* Zweifel *hatte.* Niemand hat ihn tatsächlich im Garten mit Mel gesehen. Er muss hoch zu Cheryls Zimmer gegangen sein und sich angehört haben, dass sie ihn verlässt, und dann direkt runter in den Garten zu Mel und hat sie getötet, weil sie Staub aufgewirbelt hatte."

Er lächelte boshaft. „Obwohl, so wie es sich anhört, haben Sie den Staub aufgewirbelt …"

Daran wollte ich gar nicht denken. „Tony hat mir gesagt, dass sie ihm geschrieben hatte, er es aber erst später bemerkt hatte, und da hatte sie ihm schon eine weitere Nachricht geschickt, in der sie schrieb, er solle sich keine Sorgen machen und dass sie sich hinlegt."

Withers nickte. „Ja, aber das war erst um 23:20 Uhr. Vielleicht war sie da schon längst weg und wollte nicht, dass er herausfand, dass sie ihn verlassen hatte. Oder vielleicht hat er sich die Nachricht selbst geschickt, nachdem er sie aus dem Weg geschafft hat, um weniger schuldig auszusehen."

Ich seufzte matt. „Sie tun es schon wieder. Es gibt keine Leiche; das ist keine Doppelmord-Ermittlung ..."

„Nein, noch nicht", sagte er. „Kommen Sie, Jodie, was sonst sollte ihr wohl passiert sein? Wo ist sie? Sie hat alles zurückgelassen, ihr Geld, ihren Pass, alles, außer ihrem Telefon. Selbst wenn sie Tony verlassen hat, warum hat sie sich nicht bei ihrem Onkel oder ihrer Tante gemeldet, um ihnen zu sagen, dass es ihr gut geht?"

Ich dachte daran, ihm alles zu sagen, was ich von Trish erfahren hatte, entschied mich aber dagegen. Ich wusste selbst noch nicht, was es bedeutete und wenn er herausfand, dass ich gegen Roger Laity ermittelte, würde er an die Decke gehen.

„Warum erzählen Sie mir das alles?", fragte ich ihn, in der Absicht ihn von dem Thema Laity Familie abzulenken. „Ich meine, ich weiß, dass ich gesagt habe, ich würde Sie bis zum Äußersten nerven, aber ..."

Er lachte sanft. „Sie kennen doch das Sprichwort, wähle deine Schlachten weise? Nun, Sie sind eine Schlacht, die ich lieber nicht schlagen würde. Ich kann Sie aus dem Fall ausschließen und lasse mich dann von Ihnen jagen und Antworten verlangen, oder ich kann Ihnen sagen, was los ist und" – er warf mir ein freches Grinsen zu, welches Hitze durch meinen ganzen Körper schießen ließ; ich hatte keine Ahnung, ob es möglich war, dass Zehen erröteten, aber meine taten es in diesem Moment – „und lasse mich dann aus ganz anderen Gründen von Ihnen jagen ..." Ich zog eine Grimasse und warf die, halb vom Hund angeknabberte Zwiebel auf ihn. Er wich ihr geschickt aus und ich wollte im Boden versinken, als sie in jemandes Bier zwei Tische weiter landete.

Germaine seufzte und rumorte unter dem Tisch, legte ihren Kopf schließlich auf meine Füße. Ich wusste, dass meine Schuhe binnen Sekunden voller Hundehaare sein würden.

Withers lächelte. „Hat da der Hund geseufzt oder Sie?"

„Der Hund", sagte ich. „Ich weiß aber genau, wie sie sich fühlt."

Withers bückte sich und streichelte Germaine, dann setzte er sich wieder auf. Der Flirt war vorbei und wir waren wieder beim Geschäft. „Wie auch immer, deshalb behalten wir Tony im Moment noch in Gewahrsam. Ich klage ihn noch nicht an, aber ich denke, wir haben genug."

„Aber *warum* klagen Sie ihn dann noch nicht an?"

„Weil ich diesen Fall noch nicht an die höheren Stellen schicken will, bevor er nicht wasserdicht ist."

Ich sah ihn erstaunt an. „Sie haben Zweifel, oder?"

Er sah mich ernst an. „Nein, habe ich nicht. Aber, ob Sie's glauben oder nicht, ich möchte nicht die falsche Person anklagen. Ich will sicher sein."

„Und Sie sind sich nicht sicher."

„Versuchen Sie sich daran zu erinnern, dass ich hier nicht Ihr Feind bin, Jodie. Ich bin nicht so verzweifelt, irgendjemanden dranzukriegen, dass der erstbeste, passende Kandidat dafür herhalten muss. Ich bin ein guter Polizist. Ich möchte wissen, was passiert ist. In einer idealen Welt hätte ich gerne ein Geständnis."

„Sie werden keins bekommen“, sagte ich.

Er gab ein genervtes Stöhnen von sich. „Ich weiß. Sind alle Menschen aus Cornwall so verdammt stur?“

Ich dachte darüber nach. „Ja, seit ich das letzte Mal nachgesehen habe …“

Kapitel 20

Es war gerade kurz nach zwei, als ich mein Mittagessen beendete. Withers hatte den Rest seines Baguettes verschlungen und war zwanzig Minuten früher gegangen, während er sich dafür entschuldigte mich mit meinem Essen alleine lassen zu müssen. Ich wusste wirklich nicht, was ich von ihm halten sollte. Er war ein richtig eingebildeter Blödian, aber das musste in diesem Terrain wohl so sein; man durfte keine Unsicherheit oder Unentschlossenheit zeigen, wenn man Polizist war, weil Kriminelle (oder besser gesagt deren Anwälte) das zehn Meilen gegen den Wind rochen und zu ihrem Vorteil nutzen würden.

Aber er schien auch absolut ehrlich, was seine Gründe betraf, weshalb er Tony noch immer festhielt, anstatt ihn sofort anzuklagen. Ich hatte Beamte gekannt, die unter so einem Druck standen, ein Abzeichen zu bekommen, dass sie wirklich Beweise gefälscht hätten, damit sie zu ihrem Verdacht gepasst hätten, genau wie ich es Withers ursprünglich vorgeworfen hatte. Die obere Etage war manchmal etwas zu fokussiert auf die Verbrechensstatistiken und Zahlen, dass es sich manchmal so anfühlte, als wären sie nur daran interessiert, die Anzahl der Verhaftungen hochzutreiben und jemanden, *egal wen*, einzusperren, ob er schuldig war oder nicht. Die meisten Menschen, so schien es mir, maßen eine Polizeieinheit daran, wie viele Fälle sie gelöst hatte, was sich als gefährlich erweisen konnte; aber andererseits, woran wollte man sie sonst messen? An Dingen, wie sicher sich die Menschen in der Nachbarschaft fühlten? An Kindern, die sich von Verbrechen fernhielten, weil sie von der Polizei davon abgehalten wurden? Die *richtigen* Leute hinter Gitter zu bringen, auch wenn das bedeutete, weniger Verhaftungen vorzunehmen? Mir (und meinem Dad) waren diese Dinge wichtig. Wie viele Verbrechen hatten wir verhindert, entweder durch eine Warnung, dass man sich und sein Eigentum schützen musste, dadurch dass wir Präsenz zeigten oder dass wir Initiativen ins Leben riefen, die gelangweilte Kinder herausforderten, produktiv zu werden, anstatt herumzulungern und Ärger zu verursachen? Das war genauso wichtig, auch wenn es unmöglich war, das zu messen.

Ich lächelte. Ich hatte meinen Senf dazugegeben. Withers war ein guter Kerl, wenn auch ein bisschen arrogant. Aber er war immer noch mehr oder weniger davon überzeugt, dass Tony schuldig war. Mehr oder weniger. Ich musste mit diesem ‚mehr oder weniger‘ arbeiten und ihm paar weitere Zweifel einflößen.

Ich wollte gerade den Pub verlassen, als mein Telefon klingelte. Mum.

„Hallo, Liebes“, sagte sie. „Ich hab all meine Sachen erledigt und langweile mich ein bisschen. Was machst du so?“

Ich überlegte einen Moment. Ich *sollte* das Ermitteln Withers überlassen. Aber wir wissen alle, dass es einen Unterschied zwischen *sollen* und *würde* gab, oder nicht?

„Würdest du gern mit mir nach Boscastle fahren?“, sagte ich.

Es waren nur vierzig Minuten von Penstowan nach Boscastle, aber wenn man kein Auto hatte, konnte man genauso gut auf einem anderen Planeten sein. Es gab keine Züge in diesem Teil von Cornwall – die nächste Station war Exeter, etwa eine Stunde mit dem Auto entfernt. Ich hatte einmal den Fehler gemacht, mit dem Zug herunterzufahren, um meine Eltern zu besuchen, und hatte meinen Bus verpasst, der Exeter-St.-Davids alle zwei Stunden verließ und beinahe genauso lang brauchte, um Penstowan zu erreichen. Ich hatte stattdessen ein Taxi nehmen müssen, das mich horrende fünfundachtzig Pfund gekostet hatte und jeden Penny wert war. Es gab Busse, aber die Busse hier waren wie ehrliche Politiker (sie sind irgendwo da draußen, aber es gibt nur wenige und zwischen ihnen herrscht gähnende Leere) und die kürzeste Fahrzeit nach Boscastle mit öffentlichen Verkehrsmitteln betrug etwa zweieinhalb Stunden.

Mum fuhr kein Auto und daraus folgte, dass sie, seit mein Vater vor sieben Jahren gestorben war, nicht mehr in Boscastle gewesen war. Sie sah aus dem Fenster, genoss die Landschaft und deutete immer wieder auf hübsche Cottages und Gärten, an denen wir vorbeikamen, und mit einem Stich im Herzen begriff ich, wie klein ihre Welt geworden war. Sie hatte viele Freunde – hatte sie schon immer gehabt –, aber seit sie allein war, hatte sie sich mehr Vereinen und Gemeindegruppen angeschlossen und nun hatte sie eine bessere soziale Anbindung als ich. Aber das spielte sich alles in Penstowan ab. Würde mir das auch passieren, jetzt, da ich zurück war? Es war eine meiner Ängste gewesen, die mich früher von zu Hause vertrieben hatte.

„Also", sagte sie, als wir uns der Stadt näherten. „Warum dieses plötzliche Verlangen, Boscastle zu besuchen?"

„Ich dachte nur, es wäre nett –", begann ich, aber sie unterbrach mich.

„Unsinn", sagte sie. „Ja, es *wäre* nett, wenn wir, alle drei hierherkommen und einen Tee trinken würden, aber ein spontaner Ausflug um drei Uhr nachmittags? Hm. Dieser Roger Laity wohnt hier in der Nähe, oder?"

„Ach wirklich?", sagte ich unschuldig. Ich hatte ihr nicht erzählt, dass Withers mich gestern hierhergebracht hatte. Sie war ohnehin schon zu begeistert davon, mich mit ‚dem netten jungen Polizisten‘ zu verkuppeln (oder irgendwem anderem, der gutes Haar, noch all seine eigenen Zähne hatte und in der Nähe wohnte, und wahrscheinlich auch nicht plante wegzuziehen) und ich wollte nicht, dass sie da irgendetwas reininterpretierte.

„Das habe ich dir doch erzählt", sagte sie, drehte sich in ihrem Sitz zu mir. „Hast du was herausgefunden?"

Ich dachte daran, es zu leugnen, aber sie war meine Mutter und hatte schon immer gemerkt, wenn ich log. Ich bin nicht sicher, wie sie das schaffte, aber ich hatte auch einen ziemlich guten inneren Lügendetektor, wenn es um Daisy ging, und bei meiner Mum und mir war es wohl dasselbe. Wir kamen an eine Parkbucht, die gerade vor der Abzweigung war, die uns entweder in die Stadt herunter oder zum Laity-Anwesen führen würde. Ich fuhr in die Bucht und brachte das Auto zum Stehen.

„Okay. Ich habe heute Morgen ein bisschen was über Roger Laitys Vereinbarungen mit dem Stadtrat herausgefunden. Der Kram, von dem ich annehme, dass Mel ihn gemeint hat." Ich trommelte mit meinen Fingern auf dem Lenkrad herum, dachte laut nach. „Ich glaube nicht, dass es ein Motiv ist, Mel zu ermorden, aber ich nehme an, dass es Cheryl unter Druck gesetzt hatte, mit Tony zusammen zu bleiben, also hätte ihre Familie nicht gewollt, dass er von ihrer Affäre erfährt."

„Uh, das klingt ja richtig skandalös", sagte Mum, holte eine Tüte Weingummis aus ihrer Tasche und bot mir eines an. „Weiter."

„Anscheinend ist einer der Stadträte gebeten worden zurückzutreten, weil es Beschwerden gab, dass seine Beziehung zu Roger Laity etwas zu ... eng war."

„Uh, du meinst, dass sie den horizontalen Foxtrott getanzt haben?" Mums Augen wurden größer. Ich schnaubte.

„Nein, sie haben nicht ... Was ist mit dir los, du Irre? Ich meine, der alte Roger hat ihn zu teuren Essen ausgeführt, ihm Theaterkarten gekauft, ihn verwöhnt. Nicht unbedingt fette Umschläge voller Bargeld, obwohl ein paar der Stadträte ihm das auch vorgeworfen hatten, aber es gab keine Beweise."

„Oh", sagte Mum und sah ein wenig enttäuscht aus. Sie suchte sich vorsichtig ein rotes Weingummi heraus und lutschte daran. „Ein bisschen schade drum. Dieser Roger Laity war ein echter Hingucker zu seiner Zeit."

Ich schüttelte mich, während ich ihn mir wieder mit der Tasche voller heißer Unterwäsche vorstellte, und startete den Wagen.

„Wie auch immer, ich weiß nicht, wie wichtig das alles ist, aber wenn die Polizei ihn nicht dazu befragt, finde ich, sollte ich das tun ...“

***

Wir fuhren die schmale Straße zum Laity-Familienanwesen entlang. Ich war mir noch nicht sicher, was genau ich ihm sagen würde, aber ich war schon immer gut in Improvisation gewesen. Gerade als wir die Auffahrt zum Haus erreichten, fuhr der Range Rover, den ich gestern vorm Haus parken gesehen hatte, auf die Straße, mit Roger Laity am Steuer. Ich fuhr schnell vorbei – er war auf dem Weg in die andere Richtung, nach Boscastle – und ein Stückchen weiter, wobei ich hoffte, dass er mich nicht bemerkt hatte.

„War er das nicht?“, sagte Mum. Ich nickte. „Was machen wir jetzt?“

Ich fuhr die Auffahrt eines weiteren riesigen Hauses hinauf und drehte um.

„Ich werde ein bisschen rumschnüffeln.“

Ich fuhr zur Kreuzung zurück und zögerte. Wenn ich hierherfuhr und parkte und er zurückkam, würde er mein Auto sofort bemerken und ich hätte keine Chance, mich davon zu schleichen. Andererseits, wenn er mich um sein Haus herumschleichen finden würde, ohne irgendwo ein Auto zu sehen, würde ich wie ein Spion oder so was, wirken. Am besten sah man ganz unschuldig und offen aus. Ich lenkte den Wagen auf die

Auffahrt, Mum uuuhte und aaahte beim Anblick des schönen Gartens und ich parkte neben der Garage.

Ich stieg aus und parkte neben der Garage.

„Nach was suchen wir?", fragte sie und ich musste zugeben, dass ich keine Ahnung hatte.

„Verdächtige Sachen."

„Wie was? Plastikflamingos? Seltsame Gartenzwerge?"

„Bleib einfach beim Auto und lass mich wissen, wenn er zurückkommt." Ich schlenderte rüber zum Haus und klopfte. Ich erwartete nicht, dass jemand antworten würde; er hatte gestern erst gesagt, dass seine Frau unterwegs und sein Stiefsohn nach Hause gefahren war, aber mit einem Haus dieser Größe war die Wahrscheinlichkeit groß, dass er eine Haushälterin oder Reinigungspersonal hatte und ich wollte nicht, dass sie aus dem Fenster sahen und eine fremde Frau durchs Gebüsch schleichen sahen.

Niemand antwortete. Gut. Ich machte einen Schritt zurück und sah an der Fassade hoch. Ich war mir nicht sicher, was ich erwartete, aber ... nichts. Ich sah runter auf meine Füße, der Kies knackte, während ich weiter zurück auf die Auffahrt ging.

Da war ein dunkler Fleck auf dem Kies, an der Stelle, an welcher der Range Rover geparkt gewesen war. Es sah aus wie ein Ölfleck oder so was, und er sah relativ frisch aus. Hm. Wo hatte ich erst kürzlich einen ähnlichen Fleck gesehen?

„Seltsamer und seltsamer", sagte ich zu mir selbst. Ich lief zur Garage zurück und versuchte durch das milchige Glas der Tür zu sehen. Ich wischte mit meiner

Hand über das dreckige Glas, aber das Einzige, was ich erkennen konnte, war die vage Silhouette eines Autos.

Ich sah mich um, dann studierte ich den Türknauf. Es war eine alte hölzerne Stalltür. Unter der relativ frischen weißen Farbe konnte ich sehen, dass das Holz alt und gesplittert war. Es war, dachte ich, wie die Familie, die hier lebte; alles sah von außen nett und respektabel aus, aber darunter war es verfault. Ich wurde auf meine alten Tage noch richtig poetisch und philosophisch.

Ich legte meine Hand auf den Türknauf, erwartete, dass die Tür verschlossen war, doch sie bewegte sich leicht. Ich sah zurück zu Mum, die immer noch fröhlich Weingummis verdrückte, als ob sie etwas Spannendes im Kino ansah, hob ihr einen aufrechten Daumen entgegen und ging nach drinnen.

In der Garage war es dunkel, aber sauber und aufgeräumt. Es gab eine Werkbank auf der einen Seite, mit einer Menge verdächtig sauberen und glänzenden Werkzeugen, die in Reih und Glied und der Größe nach präsentiert waren: Garten-, Ast- und Baumscheren, Kettensägen ... Entweder waren diese Gerätschaften noch nie verwendet worden, der Gärtner hatte eine Zwangsstörung oder Roger Laity war ein Serienmörder, der sehr gut darin war, die Beweise zu säubern, nachdem er eines seiner Opfer zersägt hatte. Ich zitterte und dieses Mal hatte es nichts mit dem Gedanken an ihn und Unterwäsche zu tun. Cheryl *war* wie vom Erdboden verschluckt. Was zur Hölle war gestern in der Sporttasche gewesen?

Ich schüttelte den Kopf, verbannte solch lächerliche Fantasien. Der alte Roger gab sich gerne als skrupelloser und erfolgreicher Geschäftsmann, aber das war

Boscastle, nicht *American Psycho*. Ich wandte meine Aufmerksamkeit dem Auto zu, welches von einer Plane verdeckt war. Wie alles andere auch, waren weder Staub noch Spinnen noch irgendein anderer Schutt, den man normalerweise in einer Garage findet, auf der Plane vorhanden. Also entweder war das Auto noch nicht lange hier oder der Gärtner mit der Zwangsstörung war wieder am Werk gewesen.

Ich hob die Plane an, erwartete einen Wagen vorzufinden, der aussah, als wäre er es würdig von Roger so vorsichtig gebettet zu werden – ein Mercedes, oder vielleicht ein rotes Midlife-Crisis-Cabrio, die Art von Auto, die sein Ein und Alles wäre. Aber es war eine alte Rostlaube, ein zerbeulter Peugeot 205, der vermutlich um die zwanzig Jahre alt war. Ich konnte mir nicht vorstellen, dass Roger so einen Wagen fuhr, oder seine Frau damit fahren lassen würde; das passte nicht zum Image.

Ich schob die Plane weiter nach oben. Auf dem Boden vor dem Beifahrersitz lag ein Handy.

„Seltsamer und Seltsamer", sagte ich wieder. Ich versuchte die Autotür zu öffnen. Sie war verschlossen, aber auf der Werkbank lagen ein paar Schlüssel mit einem Peugeot-Anhänger.

Ich öffnete das Auto und nahm das Telefon auf (vorsichtig mit dem Saum meines T-Shirts über meiner Hand, damit ich keine Fingerabdrücke hinterließ) und der Bildschirm leuchtete auf; es hatte immer noch ein bisschen Akku, also konnte es noch nicht lange hier sein.

Die Polizei hatte Cheryls Handy noch nicht gefunden ...

Zitternd vor – Panik? Aufregung? Ich weiß nicht genau was – holte ich mein eigenes Telefon hervor. Ich hatte Cheryls Nummer, weil sie mich einige Male in der Woche vor der Hochzeit angerufen hatte, meistens, um sich über das Menü zu beschweren, bis Tony sie zurechtwies. Ich wählte ihre Nummer und sah erwartungsvoll auf das Telefon in meiner anderen Hand.

Es klingelte nicht. Es war nicht Cheryls. Verdammt.

„Kra-kra-kra!" Mum machte draußen ein albernes Vogelgeräusch. Es klang dringend. Entweder wurde sie von Möwen angegriffen (die aus Cornwall hatten den Ruf, ziemlich bösartig zu sein) oder Roger Laity war auf seinem Rückweg.

Kapitel 21

Ich warf die Schlüssel zurück auf die Werkbank, zog die Plane über das Auto und rannte aus der Garage. Ich schlug die Tür hinter mir zu und stellte mich mit einem unschuldigen Lächeln im Gesicht neben Mum, gerade als der Range Rover vor der Haustür vorfuhr. *Das war zu knapp*, dachte ich, aber ich musste zugeben, ich mochte die Aufregung des Beinahe-gefasst-Werdens.

Roger Laity stieg aus seinem Wagen und sah etwas verwirrt von unserer Anwesenheit aus. Ein schneller Blick über die Garagentür hinter uns verriet seine Panik, aber er schien sich ein wenig zu entspannen, als er sah, dass die Tür geschlossen war. Sein falsches Lächeln tauchte auf. „Einen wunderschönen Nachmittag, Ladys", sagte er. „Ich hatte nicht erwartet, Sie hier so schnell wiederzusehen." Mum wandte sich mir überrascht zu, sagte aber nichts.

„Es tut mir so leid, dass ich hier einfach so auftauche, Mr Laity, Sir", sagte ich, mit meiner besten, einschmeichelnden Stimme. Ich überlegte sogar, meine Strähne um den Finger zu wickeln, aber das verwarf ich; das wäre wohl doch zu weit gegangen.

„Ich habe mich nur gefragt, ob ich kurz mit Ihnen sprechen dürfte?"

Ein genervter Ausdruck wanderte über sein Gesicht, aber er gab mir ein angestrengtes Lächeln.

„Ich bin sehr beschäftigt ...", begann er.

„Das verstehe ich. Ich werde nicht viel von ihrer Zeit
einfordern. Ich habe mich nur gefragt, ob sie schon was
von Cheryl gehört haben? Ich weiß nicht, ob sie sich erinnern, aber sie hat mich als Caterer für die Hochzeit
engagiert.“

Er sah überrascht aus. Es war anscheinend das Letzte,
was er erwartet hatte, von mir zu hören.

„Oh, ich verstehe“, sagte er, obwohl er das offensichtlich nicht tat. „Also, was kann ich für Sie tun? Hat sie
Sie nicht bezahlt? Das müssen Sie mit Tony klären,
nicht mit mir.“

„Oh, nein, nein“, sagte ich schnell. „Nein, das ist alles
geregelt. Es ist ein bisschen delikater. Cheryl hatte erwähnt, dass Sie hoffen, ein Hotel in Penstowan zu eröffnen, und sie versprach, dass sie mit Ihnen darüber
sprechen würde, ob ich die Küche leiten könnte. Sie
meinte, die Hochzeit sei eine Art Vorstellungsge-
spräch.“

Roger kräuselte die Lippen. Er schien sich nicht sicher, wie er darauf reagieren sollte.

„Ich weiß nicht, wo Sie das gehört haben wollen –“,
begann er, aber ich unterbrach ihn.

„Ich hörte es von einer Freundin in der Stadtverwaltung, derselbe Ort, an dem Mel es erfahren hatte. Also
ist es nicht wahr, dass Sie die beiden Gebäude neben
Penhaligon's erworben haben und hofften, sie in ein
Hotel umzubauen, aber der Stadtrat hatte Ihnen die Erlaubnis verweigert?“

Roger war vorsichtig und reagierte defensiv. „Mir gehören diese Gebäude, ja. Ich vermiete sie –“

„Sie meinen den Laden dieser irren Hippie-Tante, die Kristalle verkauft?", sagte Mum beiläufig. „Ich sehe nicht, dass die den Sommer überlebt."

„Diesen und die Buchhandlung", sagte ich. „Aber er hatte einen Planungsvorschlag eingereicht, wonach die beiden hätten abgerissen und in ein Parkhaus verwandelt werden sollen. Ich hörte, das wäre für ein schickes Hotel, das im Penhaligon-Gebäude eröffnet würde, wenn Cheryl Tony in seinem Auftrag dazu überreden könnte."

„Malcolm würde dem nie zustimmen", sagte Mum schockiert.

„Erst recht nicht, wenn es von Roger kommt, nein", sagte ich. „Aber wenn es von Cheryl käme, hätte Tony es vielleicht irgendwann gemacht, und er hätte seinen Dad vielleicht sogar überzeugen können, Geschäfte mit den Laitys zu machen. Und dann würde Roger natürlich das tun, was er schon in der Vergangenheit getan hatte – einen Weg finden, seine Partner aus dem Geschäft zu drängen."

„Ich will, dass Sie sofort mein Grundstück verlassen!" Roger war so wütend, dass er mir die Worte fast entgegenspuckte. Ich hatte wohl einen Nerv getroffen.

„Da war dieser Typ bei Newquay, richtig, dessen Land Sie für einen Campingplatz nutzen durften und der dann plötzlich herausfand, dass er ihm nicht mehr gehörte. Und dann der in Truro mit den Wohnwagen –"

„Ich will, dass Sie mein Grundstück jetzt sofort verlassen, sonst rufe ich die Polizei!" Roger zückte sein Telefon.

„Cheryls Verschwinden hat Ihren Plan wirklich durcheinandergebracht, oder?", sagte ich. „Wer auch immer Mel getötet hat, war nicht schnell genug, auch Cheryl vorm Weglaufen zu stoppen. Das hat Ihren Plan zerstört. Und hat Ihnen nur zwei nutzlose Läden gebracht, die sie wahrscheinlich mehr an Hypothek und Instandhaltung kosten, als sie an Miete einbringen."

„Ich wähle die Nummer!", sagte Roger und hielt sein Handy in die Höhe. Ich bezweifelte, dass er die Polizei wirklich anrufen würde, aber ich dachte, es wäre wohl doch besser, wenn wir gehen würden, nur für den Fall.

„Machen Sie sich keine Sorgen, wir gehen", sagte ich und scheuchte Mum in den Wagen. Ich öffnete die Autotür, aber hielt inne, bevor ich mich setzte, und drehte mich zurück zu ihm. „Ich weiß, dass Sie etwas damit zu tun haben, Mr Laity. Ich weiß, dass Sie mehr verstecken, als ich heute bei der Stadtverwaltung herausfinden konnte. Die Polizei wird es rausfinden. Am besten machen Sie reinen Tisch, bevor es so weit kommt."

Ich stieg ins Auto, startete den Motor und fuhr davon, und da bemerkte ich erst, wie sehr ich zitterte. Mum sah mich an.

„Geht es dir gut, Liebes?", sagte sie und bot mir ein Weingummi an, bevor sie auf die typische Cornwall-Art untertrieben sagte: „Das war ja ein bisschen erhitzt, oder?"

***

„Du hast WAS?"
Daisy starrte mich nieder, zornig, ungläubig. Wir saßen am Küchentisch und aßen zu Abend und Mum hatte alles ausgeplaudert, was wir heute unternommen hatten. *Danke, Mum.*

214

„Mum, du bist kein Bulle mehr!", sagte Daisy. Sie schien wirklich verärgert und ich fühlte eine riesige Welle Schuldgefühl über mich kommen. „Du kannst nicht einfach rumlaufen und solche Sachen machen. Du hättest verletzt werden können!"

„Es tut mir leid, Schatz, aber ich war zu keiner Zeit in Gefahr", sagte ich und fasste über den Tisch, um ihre Hand zu halten. „Ich hatte Oma dabei. Ich würde sie oder dich niemals in Gefahr bringen."

„Er hätte erst mal mit mir fertig werden müssen, wenn er was hätte versuchen wollen", sagte Mum im Militärton. „Ich habe einen Selbstverteidigungskurs für ältere Damen im Gemeindezentrum besucht. Ich hätte ihn mit meiner Handtasche vermöbelt, ihm meinen Ellbogen in die Kronjuwelen gerammt und ihm mit meinen Schlüsseln in die Augen gestochen."

Daisy und ich sahen ihren wilden Ausdruck und mussten sofort kichern. Sie sah ein bisschen verletzt aus, aber das geschah ihr recht, dafür, dass sie mich bei meiner Tochter verpetzt hatte.

Ich stand auf, um die Teller abzuräumen und kicherte immer noch.

„Es tut mir wirklich leid, Schatz. Ich habe dir versprochen, dass ich niemals wieder etwas Gefährliches machen werde, und das meinte ich so. Aber ich kann nicht versprechen, dass ich mich nicht einmische. Ich mache mir Sorgen um Tony", sagte ich. Das brachte dem Kichern ein Ende. „Es fühlt sich an, als würde niemand an seiner Seite kämpfen. Brenda und Malcolm, die Armen, müssen sich solche Sorgen machen. Und Mels Mum ... Ich will rausfinden, was wirklich passiert ist, auch für sie."

„Aber was, wenn er es getan *hat*?", fragte Daisy, und ich wusste nicht, was ich darauf antworten sollte. Warum war ich so sicher, dass Tony unschuldig war?

Mir wurde eine Antwort erspart, als wir ein Auto vorfahren hörten.

„Wer kann das zu dieser Uhrzeit noch sein?", fragte Mum, obwohl wir offensichtlich in meinem Haus waren und es keinen Grund gab, warum sie wissen sollte, wer das sein könnte.

Ich sah aus dem Fenster und erblickte Withers, wie er aus seinem Auto ausstieg und den Pfad zum Haus heraufkam.

„Oh, Scheiße ..."

***

Ich öffnete die Haustür, als er gerade seine Hand zum Klopfen erhob.

„DCI Wi–", begann ich, kam aber nicht viel weiter.

„Was zur Hölle spielen Sie für ein Spiel?"

Withers sah mich mit zorniger Verbitterung an. „Ich habe heute meinen Job riskiert, in dem ich Ihnen gesagt habe, was bei dem Fall los ist, und so danken Sie es mir?"

„Was ist denn passiert?", fragte ich unschuldig, aber wir beide wussten, dass ich wusste, worüber er redete.

„Es gab eine Beschwerde über Sie."

Ich biss die Zähne zusammen. Naiv wie ich war, hatte ich angenommen, dass Roger Laity mich nicht anzeigen würde, weil er offensichtlich etwas zu verbergen hatte. „So ein Hu–"

„Oh, Sie dachten wirklich, Laity würde das einfach vergessen?“ Er schüttelte ungläubig den Kopf. „Sie dachten, er hätte sich gefreut, dass Sie vor seinem Haus aufgetaucht sind und ihn beschuldigt haben … Also, ich weiß, ehrlich gesagt, nicht mal, weswegen Sie ihn beschuldigt haben –“

„Guten Abend, Detective!“ Mum tauchte neben mir auf, ein großes Lächeln im Gesicht. „Hätten Sie gerne eine Tasse Tee?“

„Nein, ich möchte keine –“ Withers zwang sich zur Beruhigung und lächelte meine Mum an. „Guten Abend, Mrs Parker. Danke, aber nein; ich muss nur kurz mit Jodie sprechen.“

„Also schön.“ Aber sie bewegte sich keinen Zentimeter. Ich verdrehte die Augen. „Er meint *allein*, Mutter. Ach, was soll’s.“ Ich machte einen Schritt zurück und ließ ihn eintreten, öffnete die Tür zum Wohnzimmer.

Er folgte mir und setzte sich auf das Sofa, während ich im Ohrensessel ihm gegenüber Platz nahm.

„Was soll ich nur mit Ihnen machen, Jodie?“, sagte er und schüttelte den Kopf. Er hatte sich beruhigt, aber es brauchte kein Genie, um zu begreifen, dass er immer noch furchtbar wütend auf mich war.

„Also gut, es tut mir leid, aber ich habe heute Morgen alles Mögliche über Rogers verdächtige Geschäfte mit dem Stadtrat erfahren, und ich dachte –“

„Heute Morgen? Sie meinen, bevor Sie mit mir beim Mittagessen waren? Und Ihnen ist nicht in den Sinn gekommen, das mir gegenüber zu erwähnen, bevor Sie losziehen und ihn verärgern?“ Er funkelte mich zwischen den rhetorischen Fragen an. *So viele* rhetorische Fragen. „Gibt ihm das ein Motiv, Mel zu töten? Ich

217

meine, ein richtiges?", fragte er, als ich meinen Mund öffnete. Ich schloss ihn wieder. „Nein, das dachte ich mir."

„Ein *bisschen* schon", sagte ich. „Er hatte auf jeden Fall sehr gute Gründe, warum er wollte, dass die Hochzeit stattfindet, trotz der Tatsache, dass er von Tony ziemlich unbeeindruckt war."

„Wollen, dass eine Hochzeit stattfindet, und jemanden töten, den er, soweit wir wissen, vorher nie getroffen hat, sind zwei verschiedene Dinge", sagte Withers geduldig.

„Ich weiß, aber –" Ich schüttelte den Kopf. „Da stimmt irgendetwas nicht. Ich habe ein Auto versteckt in seiner Garage gefunden –"

„Hören Sie sich mal zu! ‚Versteckt in der Garage'? Was bewahren Sie denn normalerweise in Ihrer Garage auf?"

Ich sah ihn perplex an. „Na ja, die meisten Leute, die ich kenne, haben Kisten, Rasenmäher und Zeug in ihrer. Ich kenne nicht eine Person, die tatsächlich ihr *Auto* in der Garage abstellt. Aber, darum geht's hier nicht. Roger Laity hat dieses teure Range-Rover-Ding, das er draußen parkt. Ich gehe davon aus, dass Mrs Laity auch ein nettes Auto hat, aber natürlich ist sie zufällig" – Withers verdrehte die Augen – „sie ist im Moment zufällig in Helston, trotz der Tatsache, dass ihre Nichte, ihre Adoptivtochter, die sie aufgezogen hat, seit sie fünfzehn war, verschwunden ist. Also würde ich erwarten, dass die Laitys einen ihrer superteuren, superexklusiven Wagen in der Garage parken. Aber nein, da steht eine Schrottkarre drinnen – nicht die Art, die man restaurieren würde, kein Klassiker oder so, nur ein alter Peugeot 205. Und da war ein Telefon auf dem Boden, das offensichtlich noch nicht lange dort lag, weil es immer noch ein bisschen Saft hatte und ich weiß nicht, was mit Ihnen ist, aber ich muss mein Handy fast jeden Tag aufladen.“

Withers hob seine Hand. „Okay, warten Sie. Sie sind in seine Garage eingebrochen und haben herumgeschnüffelt? Um Himmels willen, Sie wissen, dass man das nicht mal als Polizist darf, ganz zu schweigen als Privatperson!“

„Ich bin nicht eingebrochen; sie war nicht verschlossen. Und das ist doch komisch, finden Sie nicht?“

„Nicht wirklich. Er hat ein altes Auto, na und?“

„Können Sie nicht wenigstens das Nummernschild überprüfen? Ich hab es aufgeschrieben, als ich zu Hause war. Hier.“ Ich griff in meine Hosentasche und holte einen Schnipsel Papier hervor mit einer Nummer darauf. „Ich hab ein gutes Gedächtnis, was Nummernschilder angeht, also bin ich mir sicher, dass der erste Teil stimmt, aber ich könnte die letzten beiden Ziffern falsch herum aufgeschrieben haben.“

Withers nahm das Stück Papier und sah es an, wie ein Mann, der sich nicht sicher war, wie er in dieser Situation gelandet war.

„Ich weiß nicht. Ich bin hergekommen, um Sie zusammenzustauchen, und jetzt denken Sie, ich überprüfe ein Nummernschild für Sie?“, sagte er kopfschüttelnd.

„Sie machen es aber, oder?“

Er seufzte. „Ja, das tue ich. Aber nur, um Ihnen zu beweisen, dass dahinter nichts Böses steckt.“ Er nahm sein Telefon und wählte die Nummer der Wache. „Gut,

Sie sind noch da. Können Sie ein Nummernschild für mich überprüfen?" Er gab die Nummer durch und wartete. „Nein, ein Peugeot. Versuchen Sie die letzten beiden Ziffern zu vertauschen … Sie haben's gefunden? Auf wen ist der registriert?" Er sah zu mir, während er sprach. „Craig Laity. Nein, das ist okay …"

„Sind noch andere Wagen auf Craig angemeldet?", fragte ich.

„Warten Sie. Sind noch andere Wagen auf diesen Halter zugelassen? … Keiner. Nein, das passt. Ich seh Sie morgen früh." Er beendete das Telefonat. „Das Rätsel ist gelöst. Es ist Craigs Auto." Ich schüttelte energisch den Kopf. „Das ist es ganz und gar nicht. Craig ist nach Hause gefahren nach … Wo war das noch? Oxford? Wie ist er da hingekommen, wenn sein einziges Auto in der Garage steht?"

Withers verdrehte die Augen. „Ich weiß nicht, ob Sie schon mal davon gehört haben, aber da gibt es diese Dinger, die Züge heißen. Sie müssen sich das als großes Pferd aus Eisen vorstellen, das auf Schienen –"

„Ha, ha, sie sind ja so witzig. Wo ist denn der nächste Bahnhof?"

Er zuckte mit den Schultern. „Keine Ahnung. Bude?"

Ich schnaubte. „Bude? Vergessen Sie's. Wohl eher Exeter. Hier irgendwie mit dem Zug unterwegs zu sein, ist ein Albtraum. Warum würden Sie den Zug nehmen, wenn Sie ein Auto haben? Es ist ja nicht so, als ob er später kurz vorbeischauen und es abholen könnte. Und wessen Telefon war das? Es war nicht Cheryls. Ich hab sie angerufen und es hat nicht geklingelt."

„Also schön, Sherlock, sagen *Sie* es *mir*. Wieso hat Roger Laity das Auto seines Sohnes in der Garage?"

„*Versteckt* in der Garage.“

„Es ist nicht versteckt gewesen. Sie haben es gefunden, also kann es das nicht gewesen sein.“

Ich dachte darüber nach, und dann … hatte ich einen Heureka Moment.

„Ich weiß, warum. Es ist offensichtlich, oder nicht?“ Withers sah mich an, als wäre es alles andere als offensichtlich. Ich lächelte. „Wir gehen davon aus, dass Cheryl eine Affäre hatte, richtig? Aber wir haben noch nicht versucht herauszufinden, mit wem sie sie hat.“

Withers sah mich an, dann verzog er das Gesicht. „Craig? Igitt. Er ist ihr Cousin.“

„Nicht wirklich. Er ist Rogers Stiefsohn. Sie sind nur verschwägert.“

„Und zusammen aufgewachsen, nachdem Cheryls Eltern verstorben waren. Igitt. Noch einmal.“

Ich schüttelte den Kopf. „Sie war fünfzehn. Er muss etwa im selben Alter gewesen sein. Denken Sie an all die Teenagerhormone, zusammen eingesperrt unter einem Dach. Offensichtlich war sie auf diesen Fotos erwachsen, also sind sie vielleicht erst schwach geworden, als sie älter waren. Vielleicht läuft das schon seit Jahren!“ Ich war nun etwas zu aufgeregt. „Sie sind nicht wirklich verwandt, aber weil sie in derselben Familie aufgewachsen sind, ist die Sache ein bisschen eklig. Kein Wunder, dass sie das geheim gehalten haben. Verbotene Leidenschaft! In Boscastle!“

Withers lachte. „Ja, okay, es gibt keinen Grund, das Ganze in *Fifty Shades* zu verwandeln.“ Wir sahen einander an und zu meiner Überraschung wurde er ein wenig rot. Ich merkte, wie meine Wangen es seinen gleich tun wollten. Er lachte wieder und stand auf, lief zum

Fenster, damit er mich nicht ansehen musste, was eine Erleichterung war. „Also, wenn die beiden eine Affäre hatten, dann was? Meinen Sie, die sind zusammen durchgebrannt oder so was?“

Ich nickte. „Sie haben alles zurückgelassen, sodass sie in einem anderen Teil des Landes als komplett andere Menschen neu anfangen können.“ Ich seufzte, bevor ich es verhindern konnte. „Das ist irgendwie romantisch.“

„Äh, ja, wenn Sie das sagen“, sagte Withers pragmatisch. „Weil es wirklich einfach ist, ohne irgendetwas ganz von vorne anzufangen, nicht wahr? Ein neuer Name bedeutet, sie brauchen einen gefälschten Ausweis, gefälschte Referenzen, damit sie einen Job kriegen … Es braucht eine Menge Geld, um neu anfangen zu können und keiner von ihnen hatte was, soweit ich das beurteilen kann.“

„Dann gibt es eine weniger romantische Erklärung“, sagte ich. „Craig hat Mel ermordet, weil sie drohte aus dem Nähkästchen zu plaudern und er hat Cheryl getötet, weil er … aus irgendeinem Grund eben und jetzt versteckt Roger Laity ihn irgendwo. Oder vielleicht ist er in Helston mit seiner Mutter und darum hat er das Auto in Boscastle gelassen. Roger bleibt hier und verschafft ihm einen gefälschten Ausweis oder so was, damit er das Land verlassen kann. Ich wette, das war in der Sporttasche gestern!“

Der DCI sah mich fast bewundernd an. „Oh, Ihnen ist das also auch aufgefallen? Ja, ich hab mir auch Gedanken über die Sporttasche gemacht. Ich dachte, vielleicht war er zu seiner Geliebten unterwegs und sie war voll … Spielzeug." Wir sahen einander an und schüttelten uns. „Aber es hätte auch alles sein können, dass Craig brauchen könnte, um irgendwo neu anzufangen." Ich nickte.

„Craig Laity hat Cheryl ermordet. Vielleicht hat Mel gesehen, wie er die Leiche wegschaffte, also tötete er sie auch." Ich sah Withers an. „Roger Laity versteckt einen Mörder."

***

Ich begleitete Withers zur Haustür, wo er noch mal innehielt und mich anlächelte.

„Sie sind ein richtiger Columbo, was?", sagte er.

„Ich dachte, ich wäre Magnum?", sagte ich. Er lachte.

„Ja, das tut mir leid. Ich wusste nicht genau, womit ich es zu tun habe …" Er sah mich mit einem klaren Ausdruck im Gesicht an. „Sehen Sie, ich will ehrlich mit Ihnen sein. Tony ist *immer noch* der offensichtlichste Verdächtige. Das wissen Sie. Aber ich verspreche Ihnen, dass ich Ihre Theorie ernst nehmen werde. Ich strecke meine Fühler mal nach Craig Laity aus und sehe, ob die Polizei von Oxfordshire ihn ausfindig machen kann."

„War er am Samstag im Hotel, als Mel entdeckt wurde?", fragte ich. „Seine Aussage wäre sicher interessant."

Withers schüttelte den Kopf. „Ich hab keine Ahnung", sagte er. „Da waren fast hundert Gäste plus Angestellte." Er grinste. „Und Caterer. Mein Sergeant hat sich alle Aussagen angesehen. Ich werd sie mir auch angucken."

Wir beide erschraken, als eine pelzige weiße Kanonenkugel aufgeregt an unseren Beinen hochsprang und mich fast umwarf. Withers fing mich auf und hielt mich fest, dann bückte er sich, um Germain zu streicheln, die es satthatte, mit Mum und Daisy in der Küche eingesperrt zu sein, und herausgekommen war, um herauszufinden, wer zu Besuch war. Sie sprang sofort an seinen Beinen hoch und platzierte ihre Pfoten auf ihm, bedeckte seine schwarzen Hosen mit ihrem weißen Fell.

„Tut mir leid", sagte ich, als er seine haarigen Beine abbürstete. „Ich gewöhne mich auch gerade erst daran, überall Hundehaare zu finden."

„Überall?", sagte er und hob eine Augenbraue.

„Wie frech! Nicht ganz überall ... Das erinnert mich daran, dass ich herausgefunden habe, warum Tony seine Hose gewechselt hat. Auf ihr waren Hundehaare, oder? Er hat sie gewechselt, weil Cheryl ihm geschrieben hatte, dass er sie nach der Party treffen sollte, und ich erinnere mich, dass er mir erzählt hat, dass sie allergisch auf Hunde reagiert, also hat er eine saubere angezogen. Und dann, als Sie ihn nach seiner Kleidung gefragt haben, die er an dem Abend getragen hatte, gab er Ihnen die, die er angehabt hatte, weil er ins Bett gegangen war, ohne darüber nachzudenken." Ich grinste, wegen seines ungläubigen Gesichts. „Hab ich recht?"

KAPITEL 22

Ich wachte am nächsten Morgen auf und fühlte mich rastlos. Es war erst sechs Uhr, aber die Sonne schien schon durch die Lücken des Vorhangs und ich wusste, dass es ein schöner Tag werden würde. Was das Wetter betraf, zumindest.

Ich sprang aus dem Bett (nicht wirklich) und kochte Tee. Daisy wachte normalerweise auch früh auf, aber während der Ferien blieb sie oft noch ein bisschen liegen und las im Bett. Mum war wieder im Gästezimmer, wo sie endlich die Angewohnheit, die sie aus ihrem und Dads Arbeitsleben übernommen hatte, in aller Herrgottsfrühe aufzustehen, abgelegt hatte. Ich hatte das Haus wahrscheinlich für ein paar Stunden für mich. Germaine schnüffelte an meiner Hand. Abgesehen von dem Hund natürlich.

Ich öffnete die Hintertür und ließ sie in den Garten. Sie war stubenrein und gut trainiert, aber selbst nach einem Spaziergang um den Block kurz vor dem Zubettgehen, wartete sie doch verzweifelt mit überkreuzten Pfoten an der Tür, um sich am nächsten Morgen als Allererstes zu erleichtern. Ich war vierzig Jahre alt. Ich wusste, wie sie sich fühlte.

Ich nahm meinen Tee mit nach draußen und setzte mich auf die Mauer, die unseren Garten von einem Feld dahinter trennte und dahinter die Klippen. Obwohl es etwa zehn Häuser in der Straße gab, von denen die

Hälfte an dasselbe Feld angrenzten, war es ruhig und friedlich hier draußen, selbst noch später am Tag, abgesehen vom gelegentlichen Määäh der Schafe, die auch unsere Nachbarn waren. Die Aussicht war wunderschön, aber ich saß in entgegengesetzter Richtung – zu meinem Garten – und überlegte, was ich mit meinem uninspirierenden Streifen Rasen anstellen sollte. Ich liebte Blumen, aber ich tendierte dazu, das Gießen zu vergessen und dann versuchte ich Wochen der Vernachlässigung damit wiedergutzumachen, sie zu ertränken. Überraschenderweise funktionierte das nie. Ich musste Pflanzen finden, die schwer zu killen waren ...

War Mel schwierig zu killen gewesen?

Ich hatte keine Ahnung, warum mir das in den Sinn kam, aber es war kein sehr willkommener Gedanke an so einem sonnigen Morgen. Ich trank einen Schluck Tee. Es hatte ausgesehen (nach meiner oberflächlichen Untersuchung des Tatorts jedenfalls, die mehr ein kurzes Herumschnüffeln gewesen war, während ich versuchte die Leute zurückzuhalten, bis die Polizei ankam), als ob Mel gestürzt war und sich den Hinterkopf an der Bank angeschlagen hatte, was meiner Meinung nach ausreichte, um sie auszuknocken. Also hätte es ein Unfall gewesen sein können. Aber die Wunde an ihrer Stirn behauptete etwas anderes. Hatte sie jemand zuerst geschlagen, was sie zu Fall brachte, oder hatte er ihr den Kopf eingeschlagen, als sie am Boden lag, um ihr den Rest zu geben? Ich zitterte trotz Sonnenschein; ich konnte mir nur schwer vorstellen, wie zornig man sein muss, um sich noch neben eine bewusstlose oder zumindest bewegungsunfähige Frau zu knien und ihr den Kopf zu zertrümmern mit ...ja, mit was? Es war keine Mordwaffe am Tatort gefunden worden, aber es musste offensichtlich ein schwerer, stumpfer Gegenstand gewesen sein. Vielleicht ein Stein? Es gab ein paar, die dekorativ um den Teich in der Nähe platziert waren. Der Mörder könnte sich einen von denen geschnappt haben, als einer der nächstgelegenen Gegenstände, was bedeuten würde, dass es eine spontane, ungeplante Sache gewesen war. Und hatte er den Stein vielleicht zurück ins Wasser geworfen?

Germaine hatte währenddessen ihren Spaß und kläffte eine breite gelbe Pflanze an, welche die Frechheit besaß, in einer feuchten schattigen Ecke am Zaun zu wachsen. Wie konnte sie es wagen. Germaine zog daran, aber die Pflanze schnalzte zurück und erwischte sie im Gesicht, also entschied sie sich, es bei einer Warnung zu belassen. Sie wusste nun, dass Germaine sie im Auge hatte.

Ich lachte, während ich ihr die Blüten von der Schnauze wischte.

„Lass sie zufrieden", sagte ich. „Wenn die dumm genug ist, in diesem Garten hier zu wachsen, braucht sie Hilfe und nicht, dass man sie ausgräbt."

Ich ging zurück ins Haus und belohnte Germaine mit einer Schüssel Hundefutter, dafür, dass sie unser Haus gegen bedrohlich aussehende Gewächse verteidigt hatte. Ich machte mir einen Toast und lauschte, wie sie sich durch ihr Frühstück knusperte, dann schaltete ich den Fernseher an. Aber ich konnte mich nicht konzentrieren; ich hatte metaphorische Ameisen auf mir und konnte nicht stillsitzen. Ich aß auf und hüpfte dann unter die Dusche (auch hier, nicht wortwörtlich; Sicherheit geht vor), dann, sobald ich Geräusche in Daisys Zimmer vernahm, streckte ich meinen Kopf durch die Tür und erklärte ihr, dass ich zum Hotel fahren würde. Ich hatte *immer noch nicht* das restliche Essen der Hochzeit-die-es-nie-gab abgeholt, und ich wollte nicht, dass sich dieser aufgeblasene Koch an meinen Biowürstchen vergriff, also musste ich schnell handeln.

Ich verließ Daisy, die noch im Bett lag und Germaine einen von Mums alten Agatha-Christie-Romanen vorlas (die ihn zu genießen schien) und machte mich auf den Weg nach Parkview Manor.

***

Es war niemand anderes da, als ich am Hotel ankam. Es war ein bisschen früh für die Gäste, wach und unterwegs zu sein, wenn überhaupt noch welche da waren, nach der Entdeckung von Mels Leiche, die nicht in den glänzenden Broschüren erwähnt worden war. Ich lächelte die Rezeptionistin an – dieselbe Rezeptionistin, welche schon bei meinen vorherigen Besuchen da gewesen war – und ging in die Küche. Der Koch, Serge, ein blasser, dunkelhaariger Typ in seinen Sechzigern, der einen absolut nicht zuzuordnenden Akzent hatte, der vage osteuropäisch klang, begann gerade das Frühstücksbuffet vorzubereiten.

Als ich eintrat, starrte er mich an und wedelte seinen Pfannenwender auf bedrohliche Art und Weise in meine Richtung, sagte aber nichts.

„Ich hole nur meine Würstchen“, sagte ich beschwichtigend. „Und die Desserts. Geben Sie mir zehn Minuten und Sie werden gar nicht merken, dass ich überhaupt da war."

Serge schnaubte (ich war mir nicht sicher, ob das bedeuten sollte, dass es wohl länger als zehn Minuten dauern würde, bis er mich vergessen hatte, und wahrscheinlich Therapie erfordern würde, oder dass ich so unwichtig war, dass er mich schon aus seinen Gedanken verbannt hätte, hätte er sich überhaupt die Mühe gemacht, einen Gedanken an mich zu verschwenden) und wandte sich wieder seinem sehnigen Speck zu.

Ich lud alles in die Plastikboxen, die ich erst vor vier Tagen hierhergebracht hatte, und stolperte zurück zum Pornomobil, das direkt vor den Stufen des Hotels geparkt war und dort das Niveau senkte. Ich musste zwei Mal laufen, um alles zu transportieren, und ich war nicht überzeugt, dass ich alle Desserts hatte – es schien von jeder Sorte mindestens eins zu fehlen, und ich vermutete, dass Serge es auf sich genommen hatte, die Konkurrenz abzuchecken und sie zu probieren –, aber das war's. Fertig. Ich musste nie wieder in dieses dämliche Hotel zurückkommen.

Wenn du also den Tatort noch mal ansehen willst, solltest du es jetzt tun. Da war diese kleine Stimme wieder, die mir immer Ärger einbrachte. Aber ich musste zugeben, dass sie recht hatte. Ich schloss die rückseitige Tür des Vans ab, sah mich um und ging dann los in Richtung Tatort.

Das Zelt war verschwunden, wobei das Polizeiabsperrband noch immer um die Bank gespannt war. Das war alles, was noch darauf hinwies, dass das Leben der armen Mel hier beendet worden war. Ich sah zu dem künstlichen Teich hinüber; da gab es ein paar schwere

Steine, die um den Rand des Beckens platziert waren, um ihn weniger ordentlich, sondern natürlicher aussehen zu lassen. Es war schwer zu sagen, ob einer von ihnen bewegt worden war; sie waren recht wahllos verteilt. Aber als ich näher hinsah, gab es da eine Mulde im Schlamm. Etwas Schweres *hatte* dort bis vor Kurzem gelegen. Ich kniete mich hin und starrte in den Teich; ich nahm an, dass er nicht wirklich tief war, aber mit den ganzen Wasserlilien und irgendeinem Teichunkraut, das dort wuchs, welches den Koi-Karpfen, die darin lebten, Schatten spendete und ihnen was zu knabbern gab, war er dunkel und schattig und es war unmöglich, den Boden zu erkennen. Ich war mir sicher, dass Withers auch an all das gedacht hatte; sosehr es mich auch irritierte, dass er weiterhin darauf bestand, dass Tony sein einzig möglicher Verdächtiger war (bis ich hoffentlich ein paar Zweifel in seinen Kopf gestreut hatte), musste ich zugeben, dass er, nach allem, was ich bisher gesehen hatte, ein guter Polizist war und er wusste, was er tat. Nicht gut genug, dass ich mich zurückziehen und ihn alleine arbeiten lassen würde, natürlich ...

Ich stand auf und sah hinüber zu dem unscheinbaren Weg im Gras, den mich Germaine vor ein paar Tagen entlanggezogen hatte. Die Tage voller Sonnenschein und schwerem Morgentau hatten die hohen Gräser und Riedgräser zurückspringen lassen und der Pfad war beinahe verschwunden. Der einzige Hinweis, den ich noch bemerkte, waren die beiden Metallspeere, die in den Boden gerammt worden waren und mit noch mehr Absperrband versehen waren. Ich umging sie und watete durch das hohe Gras, manches war lang und sehnig genug, meine Hände zu kitzeln, die zu meinen Seiten herunterhingen.

Der Rest des Geländes war perfekt gepflegt, Mutter Natur war toupiert, gekämmt und gestylt bis auf ihren letzten Zentimeter, aber diese Ecke des Gartens war als Wildblumenwiese zurückgelassen worden. Zwischen den langen, fluffigen weißen Büscheln der Grassamen waren tiefblaue Kornblumen gewoben, sonnengelbe Ringelblumen und die kleinsten blassrosafarbenen, fast herzförmigen Blüten des Alpenhexenkrauts. Bienen brummten im und um das Gebüsch und konkurrierten um diese Zeit noch nicht mit dem konstanten Gebrumme des Sommerferienverkehrs auf der A39, welches um die Mittagszeit selbst bis hierher drang. Es war wirklich idyllisch, wenn man die Tatsache ausblendete, dass es der Schauplatz von mindestens einem Mord war. Der Pfad, so hatte ich gedacht, war dadurch entstanden, dass eine Leiche hier entlanggezogen worden war; aber vielleicht war es durch etwas anderes verursacht worden? Vielleicht durch einen Koffer auf Rollen, der auf dem unebenen Boden entlanggezogen wurde? Cheryl hatte einen Koffer in ihrem Auto gelassen, aber vielleicht war das nur ein Ablenkungsmanöver gewesen, ein falscher Koffer, ausgewählt, um die Leute auf die falsche Fährte zu locken. Tony hatte gesagt, sie hatte Besitztümer verkauft; vielleicht hatte sie wirklich einen Fluchtfonds zusammengestellt und hatte einen zweiten Koffer – einen Fluchtkoffer – mitgebracht? Ein wirklich großer Koffer hätte diesen Pfad verursachen können. Und doch ...

Ich glaubte nicht daran. Jemand hatte hier einen Körper entlanggezogen. Ob es der Körper eines Toten oder eines Verletzten oder vielleicht eines unter Drogen Gesetzten war, ich wusste es nicht. Es fühlte sich nur alles *falsch* an. Die Morde, an denen ich zu meiner Zeit bei der Met gearbeitet hatte (nur als Wache oder Eskorte; ich war uniformiert, aber kein Detective), waren alle klar gewesen. In neun von zehn Fällen war es ein Ex-Ehemann oder Partner, der die Frau getötet hatte, die es gewagt hatte, ihn zu verlassen. Traurig, aber wahr. Manchmal hatten wir mit Gang-Morden zu tun, aber auch die waren einfach strukturiert – ein Drogendealer, der zu gierig geworden war und vom Boss eine Lektion erteilt bekam, oder jemand, der außerhalb seines Reviers wildern wollte. Aber dieser hier bereitete mir Kopfschmerzen. Und Herzschmerzen.

Ich lief bis zum Ende des Pfades und hörte dabei auf den Gesang der Vögel. Ich hatte keine Ahnung, was für Vögel das waren, aber ich hörte ihnen doch gerne zu. Ich hielt an dem hölzernen Zaun an und sah zu der Parkbucht dahinter, während ich das verrottende Holz nicht anfassen und einen weiteren Splitter riskieren wollte.

Du liebe Güte. Die asphaltierte Parkbucht war nun sauber(er), aber ich erinnerte mich plötzlich, wo ich einen Ölfleck wie den vor Roger Laitys Haus gesehen hatte ...

KAPITEL 23

Ich konnte hier nicht den ganzen Tag herumstehen und grübeln, nicht mit einem Pornomobil voller Biowürstchen, die auf mich warteten (kein Euphemismus), also lief ich gedankenverloren zurück zum Auto. Ich war so tief in meinen Gedanken versunken, dass ich den schwarzen Wagen, der in der Nähe parkte, gar nicht bemerkte.

„Oh mein Gott, Sie können es nicht lassen, oder?" Withers' Stimme riss mich aus meiner Trance. Er stand auf den Stufen zum Hotel, mit seinen Händen an seinen (wahnsinnigen) Hüften.

„Ich habe heute einen triftigen Grund hier zu sein!", protestierte ich. „Ich bin gekommen, um meine" – aus irgendeinem Grund war es mir furchtbar unangenehm vor diesem Mann das Wort *Würstchen* zu sagen, eine Situation, die noch peinlicher durch das Wort *Bio* werden könnte – „Biowürstchen abzuholen", beendete ich meinen Satz und versagte glorreich dabei, die Worte zu vermeiden. Er grinste.

„Sie und Ihre Würstchen. Gibt es die wirklich oder haben Sie die erfunden, damit Sie wieder hierher zurückkommen können, in der Hoffnung mich zu treffen?"

„Sie sind ja ganz schön von sich überzeugt", sagte ich. „Es tut mir leid, Sie zu enttäuschen, Detective Chief Inspector Withers, aber wenn Sie sich die Mühe machten, das Innere meines Vehikels zu untersuchen, fänden Sie es praktisch bis oben hin voll von Schweinefleisch.“

Er lachte laut auf. „Ich kann ehrlich behaupten, dass das die, am wenigsten verlockende Einladung ist, die ich seit Langem bekommen habe.“ Er lief die Länge des Vans entlang und studierte den Aufkleber. „Interessantes Kunstwerk für einen Caterer ...“

„Hab ich zuerst auch gedacht, aber es wächst mir langsam ans Herz. Nicht buchstäblich, natürlich“, sagte ich. „Das wäre anatomisch gesehen recht schwierig.“

„Es würde es auf jeden Fall einfacher machen, Sie zu finden, und noch schwerer, Sie zu vergessen.“ Er lehnte sich gegen die Kühlerhaube des Vans. „Nicht dass ich je die Chance haben werde, Sie zu vergessen, weil Sie jedes Mal, wenn ich mich umdrehe, an meinem Tatort sind.“

Ich seufzte und setzte mich auf die Treppe. „Ich mach das nicht mit Absicht.“ Er hob seine Augenbrauen. „Ja, okay, ich mach es mit Absicht. Aber ich kann nicht anders. Ich schätze, ich bin einfach ...“

„Neugierig?“

Ich lachte. „Das war mein Spitzname in der Schule. Die neugierige Nosey Parker. Ich war es damals eigentlich nicht, aber ich muss zugeben, heutzutage bin ich es wohl.“

Withers setzte sich neben mich. „*Darin* sind wir uns wenigstens einig. Also, Nosey Parker, wollen Sie wissen, was ich herausgefunden habe?“

„Was?“

„Ich habe gerade mit dem Mann gesprochen, der an der Bar gearbeitet hat, und er sagte, nachdem Sie den

Zickenkrieg entschärft hatten – den ich übrigens wirklich gern gesehen hätte – und die Party wieder weiterging, führten Cheryl und Craig Laity eine Unterhaltung."

„Worum ging es dabei?"

Er lächelte reumütig. „Das wäre sehr interessant zu wissen, nicht wahr? Leider konnte er nicht hören, worüber sie gesprochen haben. Er sagte, sie haben nicht direkt gestritten, aber sie wollten nicht, dass jemand es erfährt, denn als Tony zu ihnen kam, ging Craig weg. Und es gibt noch mehr."

„Okay …"

„Craig hat die Feier früh verlassen. Er hat nicht genau gesehen, wann, aber er glaubt, dass Craig und Roger beide um halb zehn schon weg waren, vielleicht Viertel vor elf, während die meisten Gäste erst kurz vor Mitternacht gingen."

„Hm."

„Was soll ‚Hm' bedeuten? Kommen Sie schon, Parker, raus damit."

„Die Parkbucht in der Nähe, wo Cheryls Ohrring gefunden wurde. Da war ein Ölfleck."

Er zuckte mit den Schultern. „Es ist eine Parkbucht. Autos bleiben stehen oder fahren dort ran, haben Lecks, Öl, Bremsflüssigkeit, alles Mögliche." Er grinste. „Auch Körperflüssigkeiten."

„Igitt, igitt, igitt. Egal; das war kein alter Was-auch-immer-Fleck, weil er am Samstag da war und jetzt nicht mehr. Er war frisch und ist jetzt getrocknet."

„Sie waren an der Parkbucht? Jetzt gerade? Sie brauchen ein Hobby."

„Ich hab ein Hobby: mich in Polizeiermittlungen ein-
zumischen. Es gab einen ähnlichen Fleck in Roger Laitys Auffahrt, genau da, wo sein Auto geparkt gewesen
war, als wir am Sonntag dort waren.“

„Und das haben Sie bei Ihrem inoffiziellen Besuch
gestern entdeckt?“

„Ja.“

„Hm.“

„Das hab ich auch gesagt.“

Withers sah mich nachdenklich an. „Ich werde mir
die Tatortfotos von der Parkbucht ansehen müssen,
nicht nur von da, wo der Ohrring gefunden würde. Ich
weiß nicht, ob es als Beweis gelten würde ...“

„Aber es gibt Ihnen zu denken.“

Er nickte.

„Bedeutet das, dass Sie endlich akzeptieren, dass Tony
es nicht getan hat?“

Withers sah mich ernst an. „Nein. Aber ich akzeptiere,
dass er nicht der Einzige mit einem möglichen Motiv
war und dass er nicht der Einzige mit einer Möglichkeit
war. Das ist das Beste, was ich Ihnen im Moment sagen
kann.“

Ich lächelte. „Dann reicht das erst mal.“

***

Ich verließ Withers, der mit der Rezeptionistin
sprach – die ich durch die Hoteltür sehen konnte, wie
sie ihn mit großen Augen anhimmelte, während sie
seine Fragen beantwortete – und fuhr nach Hause. Ich
lud alles aus und überließ es Mum und Daisy, die Logis-
tik auszutüfteln, wie man etwa hundert Vanille-Panna-

236

Cottas und Schokoladentörtchen in den Kühlschrank bringen würde (ich vermutete, ihre Lösung würde den Verzehr einiger von ihnen involvieren), um nicht die verdammten Würstchen zu vergessen, die Gefahr liefen, der Fluch meines Lebens zu werden. Dann ging ich direkt wieder. Ich hatte einen Termin.

„Also, das ist der berühmte Van?" Rob Trevarrow wischte seine Hände an einem öligen Lappen ab, seit Urzeiten die beliebte Geste aller Kleinstadt-Mechaniker – es war vermutlich Teil der Ausbildung –, und inspizierte das Pornomobil. Ich war mit Rob zur Schule gegangen, der, als er sechs war, Astronaut hatte werden wollen, als er sechzehn wurde, aber realisierte, dass er wahrscheinlich erfolgreicher im Leben wurde, wenn er einfach in der Familienwerkstatt arbeitete. Glücklicherweise war er immer schon gut mit seinen Händen gewesen (auf jeden Fall laut meiner Freundin Helen, die in der Sechsten mit ihm ausgegangen war) und er fand schnell heraus, dass es sich hier unten lohnte, zu wissen, wie man so gut wie alles reparieren konnte, da die Leute dazu tendierten, ihre alten Rostlauben (und Traktoren und Miststreuer) zu behalten, bis sie auseinanderfielen. „Ja, ich verstehe, warum du eine neue Lackierung möchtest ..."

Ich lachte. „Ich finde es gar nicht schlecht, aber ich denke, es gibt den Kunden vielleicht eine falsche Vorstellung."

Er nickte. „Er hat noch eine Weile, bis er wieder offiziell gecheckt werden muss, also denke ich, dass wir ihn einmal überprüfen und dich wissen lassen, ob was ausgetauscht werden muss, und dann lassen wir Gary ran, der alle Aufkleber abmacht und ihn lackiert. Der wird so gut wie neu sein. Willst du ihn gleich hierlassen? Ich hab ein paar Termine in der nächsten Woche, aber ich kann zwischen denen daran arbeiten. So kriegst du ihn wahrscheinlich schneller zurück, um ehrlich zu sein."

Ich beschloss das Pornomobil in Robs fähigen Händen zu lassen. Ich konnte von dort aus bequem nach Hause laufen und ich hatte immer noch mein Auto. Er zeigte mir, wo ich ihn parken sollte, damit er nicht im Weg war.

Ich lief hinüber in sein Büro, um meine Schlüssel abzugeben, aber stoppte plötzlich. Da stand ein mir bekannter Range Rover in einer Ecke geparkt. Ich fand Rob.

„Hier, bitte", sagte ich, während ich ihm die Schlüssel zum Pornomobil reichte. „Ist das Roger Laitys Range Rover?"

„Ja", sagte Rob. „Ich wusste gar nicht, dass du ihn kennst."

„Doch", sagte ich. „Ich hab vor ein paar Tagen mit ihm gesprochen." So viel stimmte. „Er sagte, er suchte nach einem Mechaniker, weil er ein Leck oder so was hat ..."

„In der Klimaanlage, ja", sagte Rob.

„Ich hab es ihm gegenüber erwähnt, weil ich gesehen hatte, dass da ein Ölfleck oder so etwas war, wo er geparkt hatte", sagte ich, und runzelte die Stirn, als versuchte ich mich an unsere Unterhaltung zu erinnern.

„Ja, vermutlich. Das Frostschutzmittel lief aus. Ich hab erwartet, dass einer der Schläuche gerissen ist. Das passiert hier öfter, bei den ganzen Schlaglöchern und nicht asphaltierten Straßen."

„Verursacht das Flecken? Ich erinnere mich daran, dass ich mal ein Ölleck hatte und der wirklich den Beton meiner Garage verschmierte."

„Nee, normalerweise trocknet das und verschwindet." *Wie der Fleck in der Parkbucht*, dachte ich. Interessant.

Ich verließ die Werkstatt und lief durch Penstowan. Es war fast Mittag und ich dachte daran, mir, Daisy und Mum ein paar Fleischpasteten zum Mittagessen zu holen, aber ich hatte, seit ich zurück war, schon recht viele davon gegessen und hatte das Gefühl, dass ich, wenn ich in dem Tempo weitermachen würde, bald wie eine aussehen würde. Und es war ja nicht so, dass ich zu Hause einen Kühlschrank voller Essen hatte, auch wenn es genauso fettig und ungesund war wie eine Fleischpastete.

Ich hatte gerade das Ende der Fore Street erreicht, als ich einen Anruf von der Person bekam, von der ich es am wenigsten erwartete: Tony.

„Tony? Geht's dir gut? Wo bist du? Haben sie dich gehen lassen?"

„Wenn du für einen Moment aufhörst, Fragen zu stellen, könnte ich es dir vielleicht sagen", sagte er. Er klang erschöpft. „Ich bin zu Hause. Hast du Zeit?"

***

Tony öffnete die Tür zu seinem Haus, starrte mich eine Sekunde lang an und zog mich dann in eine riesige Bärenumarmung. Ich war überrascht, aber zur selben Zeit gefiel es mir eigentlich.

Ich konnte mich endlich von ihm lösen und folgte ihm nach drinnen. „Wie kommt es, dass du draußen bist?“, sagte ich. „Ich dachte, dass sie dich noch bis eins festhalten?“

„Hab ich auch gedacht“, sagte er. „Aber DCI Withers sagte, sie hätten nicht genug, um mich anzuklagen und ich hätte Glück, dass ich so treue Freunde hätte.“ Er wandte sich um, sah mich an. „Ich nehme an, er meinte dich?“

Ich zuckte mit den Schultern. „Nicht nur mich. Callum und Debbie und deine Eltern …“

„Aber hauptsächlich dich.“ Er lächelte. „Ich hörte den alten Davey mit einem der anderen Kerle – den am Tresen? – reden und er sagte, dass Withers zu Beginn todsicher war, dass ich es war, aber er schien sich umentschieden zu haben. Und dass er in Gesellschaft einer Person gesehen worden war, die gerade erst zurück nach Penstowan gezogen ist …“

„Das könnte so gewesen sein …“

Tony sah ernst aus. „Wenn es etwas war, das *du* getan hast, kann ich dir gar nicht genug danken. In diesem Verhörraum hatte mich Withers so verwirrt, dass ich fast dachte, ich *hätte* es getan.“ Er setzte sich auf das Sofa und vergrub den Kopf in seinen Händen. Ich setzte mich neben ihn und legte den Arm um seine Schultern. „Mein Kopf ist so durcheinander. Ich habe keine Ahnung, wie all das passiert ist. Ich denke immer, ich wache in einer Minute auf und alles ist wieder in Ordnung.“

„Fürchte nich, Schätzchen“, sagte ich, in meinem besten Cornwall-Akzent. Ich hatte ihn über die Jahre verloren. Er lachte ein bisschen.

„Gesprochen wie ein wahrer Einheimischer." Er setzte sich auf. „Ich weiß, du mochtest Cheryl nicht ..."

Ich schüttelte den Kopf. „Das ist nicht wahr. Ich kannte sie nicht mal gut genug. Du mochtest sie und das ist das Einzige, was zählt."

„Na ja, das ist es nicht, denn wenn ich je wieder heiraten sollte, möchte ich, dass alle meine Freunde sie mögen, aber egal ... Ich habe Cheryl kennengelernt, als sie anfing im Laden zu arbeiten. Sie war sehr höflich, gut, in dem, was sie tat und all das, aber ein bisschen unnahbar. Um ehrlich zu sein, zuerst dachte ich, sie wäre eine eingebildete Kuh. Aber dann sah ich sie eines Tages, als sie dachte, keiner bemerkte es und es war, als wäre ihre Maske verrutscht. Und darunter war sie ein bisschen traurig und ein bisschen einsam." Er drehte sich zu mir. „Ich wollte nur noch, dass sie nicht mehr traurig ist und sie begreift, dass sie keine Maske braucht." Das war typisch Tony. Er sah wie der durchschnittliche Cider trinkende, Pasteten essende, Fußball schauende Mann aus Cornwall aus (obwohl, tatsächlich, sah er nicht mehr so aus; ich musste gestehen, dass er ziemlich fit und gut aussah), aber innen drinnen war er viel tiefsinniger und sensibler, als man dachte. Ein Riesen-Softie. Ich konnte mich beim besten Willen nicht mehr daran erinnern, warum wir nur zwei Wochen miteinander gegangen waren.

Dann klopfte es an der Tür. Wir sahen einander an und erinnerten uns beide an das letzte Mal, als wir hier saßen und es plötzlich geklopft hatte. Es war Withers gewesen, der ihn verhaftet hatte.

Aber nicht dieses Mal. Es war ein anderes Klopfen und ein „Huhu, Liebling, bist du da?" Es war Brenda.

Tony stand auf und öffnete die Tür. Ich lächelte, als ich gedämpfte Stimmen vernahm; da war offensichtlich eine weitere große Bärenumarmung im Gange.

Brenda und Malcolm kamen herein, mit erleichterten Gesichtern, gefolgt von Callum und Debbie. Tony sah glücklich, aber ein bisschen überfordert aus, sie alle hier zu haben.

„Tee", sagte ich bestimmt, „lasst uns Tee trinken." Ich verließ sie alle, während sie sich setzten und miteinander redeten, und ging in die Küche.

Mein Telefon bimmelte, als ich den Wasserkocher nahm. Withers.

Tonys Hosen voller Hundehaare (wie Sie gesagt haben). Kein Anzeichen von Blut, also nicht genug forensische Beweise für eine Anklage oder um ihn weiter einzusperren. Zufrieden?? NW.

Ich fühlte eine Welle des Triumphs über mich kommen. Withers hatte zugegeben, dass ich recht hatte, und ich hatte es schriftlich, und ich würde diese Nachricht niemals löschen. Und NW? *Ich frage mich, was wohl sein Vorname ist? Neil? Nigel? Bitte sei kein Nigel.*

Ich schaute auf und sah, dass Tony mich neugierig beobachtete. Ich packte mein Handy weg. „Ach nichts. Ich wollte gerade Tee kochen."

Er lächelte. „Das mache ich. Ich wollte nur allen aus dem Weg sein. Es ist ja nett, dass sie vorbeikommen, aber ..."

„Ein bisschen zu viel auf einmal."

Er nickte. „Exakt."

Er nahm mir den Wasserkocher aus der Hand und füllte ihn am Küchenwaschbecken. Er sah blass aus und schwankte einen Moment, also streckte ich meine Hand aus und hielt ihn am Arm fest.

„Du siehst ganz schön kaputt aus", sagte ich. „Wann hast du das letzte Mal was gegessen?"

„Ich weiß nicht. Sie haben mir Essen gebracht, aber ich konnte mich nicht dazu bringen, was davon anzurühren." Sein Magen grummelte.

„Wenn ich das gewusst hätte, hätte ich dir ein Würstchen mitgebracht", sagte ich. Er sah mich an und wir beide fingen an unkontrolliert zu kichern.

„Ich wette, das sagst du zu allen Jungs", sagte er und schnappte nach Luft. „Ich hab deinen Van gesehen." Das brachte mich noch mehr zum Lachen und bald klammerten wir uns aneinander, um noch stehen zu können.

„Oh, hör auf, hör auf!" Ich weinte, immer noch lachend. „Oh, mein Beckenboden …"

„Alles in Ordnung?" Brenda stand in der Tür und beobachtete uns lächelnd. Tony nickte, aber er konnte noch nicht wieder sprechen.

Wir bekamen uns endlich wieder unter Kontrolle, obwohl wir ab und zu wieder hysterisch kicherten, wenn wir den Blick des anderen auffingen. Brenda und ich brachten den Tee raus ins Wohnzimmer und Tony fand eine Packung Kekse, die er beinahe allein vernichtete.

„Also, was jetzt?", sagte er. Er hatte dunkle Schatten unter seinen Augen und brauchte eine Rasur, aber er wirkte wacher.

„Was jetzt?", sagte Brenda. „Du bleibst jetzt hier sitzen und wartest, dass die Polizei den Killer schnappt."

„Und dass Cheryl wieder auftaucht", sagte Callum.

„Du siehst aus, als könntest du eine Kippe brauchen", sagte Debbie. Tony schüttelte den Kopf.

„Mir geht's nach einer Dusche wieder gut. Ich hab das Gefühl, ich sollte irgendetwas *tun*."

Das konnte ich ihm nicht übel nehmen; ich hatte mich genauso gefühlt, als er in Polizeigewahrsam geschmachtet hatte. Aber ich war mir nicht sicher, ob ich all meine Erkenntnisse – okay, Vermutungen und wilde Theorien – mit ihm teilen sollte. Würde es ihm dann besser oder schlechter gehen?

Und als ob er meine Gedanken gelesen hatte, sagte er: „Das Schlimmste ist die Ungewissheit. Ich weiß nicht, ob Cheryl tot ist oder noch am Leben. Ich weiß nicht, ob sie mich verlassen hat oder ob sie mir jemand weggenommen hat. Ich weiß nicht, ob ich wütend sein soll oder verletzt oder traurig. Ich will nur wissen, wie ich mich fühlen soll."

Ich musste ihm alles sagen, was ich wusste, oder zumindest alles, was ich glaubte zu wissen. Aber nicht jetzt.

„Wie wäre es, wenn du erst mal duschen gehst", sagte ich, „und dann halten wir einen weiteren Kriegsrat ab."

***

Fünfzehn Minuten später saß er vor uns, glatt rasiert, roch *sehr* viel besser als noch vorhin, trug ein frisches T-Shirt und Cargoshorts und klammerte sich an eine weitere Tasse Tee. Er sah schon fast wieder wie sein altes Selbst aus. Wollte ich ihn wirklich aufregen?

Aber ich kam gar nicht dazu, denn er begann zu sprechen, bevor ich es konnte. Er holte ein paar dünne Papiere aus seiner Hosentasche und legte sie auf den Couchtisch zwischen uns.

„Die hier habe ich gerade gefunden", sagte er. „Ich habe in Cheryls Nachttischschublade gesehen, als ich mich anzog, nur für den Fall ... Ich weiß auch nicht ... Und die waren hinten versteckt."

Ich sah sie mir an. Es waren Kassenzettel, mit der Überschrift *Nancarrow Geldverleih*.

„Das ist die Pfandleihe in der Nancarrow Street", sagte Malcolm.

„Ja", Tony sah mich an. „Also hatte ich recht. Sie hat all das Zeug verkauft."

„Welches Zeug?" Brenda sah verwirrt aus. Er reichte ihr den Haufen Zettel und sie begann sie durchzusehen. Ich lehnte mich hinüber und las sie, so gut ich konnte, denn sie standen für mich auf dem Kopf.

„Das sind die Belege, damit du deine Sache auslösen kannst, oder?", fragte ich.

„Ja."

„Dann hat sie sie gar nicht verkauft", sagte ich. Ich hatte das Gefühl, das änderte die Lage. „Sie hat sie verpfändet. Sie hat die Belege aufgehoben. Warum sollte sie die behalten?"

Er zuckte mit den Schultern. „Keine Ahnung."

„Es ist alles da: der Laptop, die Figur, sogar die Küchengeräte." Ich bekam langsam einen Krampf im Nacken, während ich versuchte sie alle zu lesen. Debbie lehnte sich hinüber und griff einen Zettel aus Brendas Hand.

„Verdammt! Sie hat einen Tausender für einen Ring bekommen?"

„Ja, am Tag vor der Party, wenn man das Datum auf dem Beleg betrachtet. Ich weiß, welcher das war. Ihre Mutter hatte ihr ihren Verlobungsring hinterlassen. Sie wollte ihn bei der Hochzeit als ihr „etwas Altes" tragen. Aber erinnerst du dich, Mum, du sagtest, du würdest ihr deine Perlenkette leihen, die du an deiner Hochzeit getragen hast? Cheryl sagte, das wäre dann sogar etwas Geliehenes *und* etwas Altes." Er befingerte das dünne, flattrige, gelbe Papier. „Ich habe mir damals nichts dabei gedacht, obwohl ich überrascht war, dass sie den Ring ihrer Mutter nicht tragen würde. Aber was ist damit? Wie ändert das etwas?"

„Weil sie die Pfandbelege behalten hat. Das bedeutet, sie wollte die Sachen zurück, verstehst du nicht?" Ich lehnte mich vor und packte seine Hand. „Weißt du, was das heißt? Sie hatte geplant, noch hier zu sein, um zu der Pfandleihe zurückzugehen und wieder zu holen, was sie konnte. Bestimmt den Laptop und den Ring. Sie hatte nicht geplant, dich zu verlassen! Sie muss schnell Geld gebraucht haben."

„Aber sie hätte doch fragen können –"

„Nicht wenn sie es für was gebraucht hat, von dem du nichts wissen solltest", sagte Debbie.

Er seufzte und fuhr mit seinen Fingern durchs Haar. „Ich fange an zu glauben, dass ich sie überhaupt nicht kannte. Mit der Affäre und jetzt das. Ich verstehe das alles nicht."

„Natürlich!", rief ich, sprang auf und verschüttete meinen Tee. „Die Affäre! Diese Bilder, die du bekommen hast. Wie genau hast du sie dir angesehen?"

Die anderen sahen mich an, als wäre ich wahnsinnig oder zumindest total unsensibel.

„Ob du es glaubst oder nicht, ich wollte sie nicht zu genau studieren", sagte Tony säuerlich.

„Nein, nein, ich weiß, aber was ich meine ist, woran hast du erkannt, wann sie gemacht wurden? Sah ihre Frisur irgendwie anders aus, oder ..."

Er verdrehte die Augen. „Noch einmal, ob du es glaubst oder nicht, ihre Haare waren das Letzte, was mir aufgefallen wäre. Und außerdem, sie trägt seit Jahren dieselbe Frisur."

„Seit etwa 1987, so wie die aussieht", murmelte Debbie und Callum stupste sie heftig.

„Also hätten diese Bilder auch schon vor einer ganzen Weile aufgenommen worden sein, sogar noch, bevor ihr beiden zusammenkamt? Wann habt ihr euch kennengelernt?"

„Vor zwei Jahren." Tony wirkte nachdenklich. „Ja, sie hätten schon vorher gemacht worden sein können, nehme ich an ..."

„Dann hatte sie überhaupt keine Affäre", sagte ich. „Denk doch mal nach. Sie war dabei, den Mann ihrer Träume zu heiraten" – Tony lächelte mich traurig an – „und dann schneit plötzlich jemand aus ihrer Vergangenheit rein."

„Schlechte Wortwahl, wenn man bedenkt, was auf den Fotos war, aber ja."

„Er taucht auf, mit Beweisen, droht, ihren Hochzeitstag zu ruinieren. Tony, sie hat nicht versucht Geld zusammenzukratzen, um vor dir zu flüchten, sie wurde erpresst!"

KAPITEL 24

Tony sah mich einen Moment starr an, dann schüttelte er den Kopf.

„Nein. Nein, das versteh ich nicht. Warum sollte es mich kümmern, was sie getrieben hat, bevor wir zusammenkamen? Es ist ja nicht so, dass sie mir erzählt hätte, sie wäre Nonne gewesen oder so was. Ich wusste, dass sie eine Vergangenheit hatte, genau wie ich."

„Hat sie dir was darüber erzählt?"

Er schüttelte wieder den Kopf. „Nein. Ich hab das nie verstanden, diese ganze Sache, dass man seinem Partner alles über deine Ex-Freundinnen oder Anzahl der Leute, mit denen man geschlafen hat, sagen soll. Warum muss ich das wissen? Sie hatte einmal davon angefangen, bevor wir zusammengezogen sind, aber ich hatte ihr gesagt, dass es mir ehrlich egal war, ob sie einen Freund vor mir hatte oder hundert. Schau mich nicht so, ich meine das so."

„Nein, ich glaube dir, das ist sehr ... Tony. Ich dachte nur gerade an Richard –"

„Dick", unterbrach er mich. Er hatte meinen Ex nie gemocht.

„Er hasste, wenn man seinen Namen so abkürzte –" Ich bemerkte, wie er eine Augenbraue hob. „Oh, okay, du hast nicht seinen Namen gemeint. Jedenfalls, *Dick* hat mich ewig gelöchert, als wir miteinander ausgingen, weil er wissen wollte, mit wie vielen Männern ich geschlafen hatte, und sagte, dass es egal sei, aber als ich nachgab und es ihm sagte, wurde er ganz sauer." Ich lachte. „Gott weiß, was er getan hätte, wenn ich ihm die tatsächliche Anzahl gesagt hätte."

Debbie lachte. „Ich weiß genau, was du meinst …" Sie bemerkte, dass Callum sie panisch ansah und lächelte darauf breit und falsch. „Natürlich habe ich Callum nie angelogen, weil ich wirklich noch eine Jungfrau war, als wir uns trafen …"

Ich kicherte.

Brenda lachte auch. „Oh ja, die verstehen nicht immer, dass, was für die Gans Soße ist, auch Soße für den Gänserich ist", sagte sie. Malcolm sah sie an, etwas entsetzt, sagte aber nichts. Ich glaube, er traute sich nicht.

Tony lächelte und rührte mit dem Finger in seinem Tee; eine dünne Milchhaut hatte sich oben gebildet (und das war der Grund, weshalb ich Vollfettmilch hasste). „Wie konnte dieser Typ sie also erpressen, wenn sie wusste, dass mir das egal wäre? Sie war einunddreißig Jahre alt; natürlich hatte sie eine Vergangenheit."

Ich dachte an das versteckte Auto in Roger Laitys Garage, an das verräterische Frostschutzmittel, oder was immer es war, und an den Fleck in der Parkbucht am Tag, an dem Mel gefunden wurde, der zu dem vor Laitys Haus passte.

„Ich nehme an, es war nicht so sehr das, was sie getan hatte, sondern mit wem", sagte ich vorsichtig. Er sah mich verständnislos an.

„Was, hatte sie was mit einem verheirateten Mann oder einer Frau oder so was?", sagte Callum.

„Aber mir wäre es egal gewesen“, protestierte Tony. Ich wartete darauf, dass er so was sagte wie, *Ich hätte gerne noch ein paar mehr Bilder von ihr gesehen, wenn sie mit einer Frau zusammen gewesen wäre, hehehe*, und war in Stille dankbar, als er es nicht tat. Obwohl, aufgrund der Tatsache, dass Mel ihn für eine Fahrlehrerin verlassen hatte, war das vielleicht nicht überraschend. Trotzdem, Richard/Dick/das betrügerische Schwein hätte sich nie eine Gelegenheit entgehen lassen, sowohl grob als auch sexistisch – im Prinzip ein Idiot – zu sein. Gott, hatte ich einen schlechten Männergeschmack gehabt.

„Nein, aber mit jemand anderem wie ... ihrem Bruder?“

„Sie hatte keinen Bruder“, sagte Malcolm, aber Tony und Callum tauschten Blicke aus und ich wusste, ich hatte einen Nerv getroffen.

„Craig.“ Tony lachte bitter. „Der verdammte Craig.“

„Glaubst du, es wäre möglich? Ich meine, ich weiß, *technisch gesehen* war er nicht wirklich ihr Bruder, aber ihr Onkel und ihre Tante wären nicht begeistert gewesen, oder? Sie wachsen zusammen auf, wie Geschwister, also ist es ein bisschen ...“ Das einzige Wort, das mir einfiel, war das, welches DCI Withers verwendet hatte. „Igitt.“

„Oh ja, das klingt schon plausibel“, sagte Tony. „Er ist immer um sie herumgeschlichen. Sie waren ziemlich eng befreundet, bevor sie hierherzog, dann hatte er einen Riesenwutanfall und wir haben ihn kaum noch gesehen, was absolut in Ordnung für mich war. Als wir uns kennengelernt hatten, hat sie mich mitgenommen, um ihren Onkel und ihre Tante kennenzulernen und er war auch da, und er und Roger verbrachten den ganzen

Abend damit, mich schlechtzumachen, weil Mel mich für eine Frau verlassen hatte, wegen des Ladens, wegen allem eigentlich. Pauline, ihre Tante, war eigentlich ganz nett, wenn auch still wie eine Maus. Hat kaum was gesagt. Man merkte, dass Craig sie um den Finger gewickelt hatte. Ja, Craig ist wirklich die einzige Person auf der Welt, wegen der ich wirklich sauer gewesen wäre, wäre er mit ihr zusammen gewesen. Aber selbst dann, ich wäre vielleicht sauer gewesen, aber ich wäre darüber hinweggekommen! Hat sie das nicht gewusst?"

Ich streckte mich und griff seine Hand. Er war wirklich einer der guten und verdiente so viel mehr als das.

„Vielleicht warst nicht nur du es, vor denen sie das geheim halten wollte. Ich bin nicht die Einzige, die denkt, dass das ein bisschen eklig ist", begann ich, aber stoppte mich, als ich merkte, was ich da sagte. Er wollte wahrscheinlich nicht, dass die Affäre oder was immer es war, in der ganzen Stadt die Runde machte. Ich ruderte sofort wie wahnsinnig zurück. „Ich meine, ihr denkt doch auch, dass das falsch war, oder?"

Die anderen nickten, aber Tony wusste, dass das nicht das war, was ich gemeint hatte. „Verdammt, Jodie, wer weiß noch davon? Mit wem hast du gesprochen?"

„Nur DCI Withers", sagte ich. Ich versuchte nicht hinzusehen, als sich Debbies Augenbrauen bei der Erwähnung seines Namens erhoben. Gott, sie war schlimmer als meine Mutter. „Es tut mir leid, ich habe ihn gestern Abend getroffen und ihm gesagt, was ich vermute. Ich wusste allerdings nichts von der Erpressung; ich dachte, vielleicht sind die beiden durchgebrannt oder so ..." Ich musste nicht erzählen, dass ich mit ‚oder so‘ meinte, dass Cheryl tot war.

Tony atmete tief ein, um sich zu beruhigen. „Wie kommst du darauf, dass Craig etwas hiermit zu tun hat? Ich hasse den Kerl, aber soweit ich weiß, kennt – kannte er Mel gar nicht."

„Ich weiß, dass er am Freitag auf der Party war", sagte ich. „Ich kann mich nicht daran erinnern, dass er an der Bar war, als ich ging, aber um ehrlich zu sein, habe ich auch nicht darauf geachtet. War er am Samstag da? Ich erinnere mich nicht daran, irgendeinen der Laitys gesehen zu haben."

„Roger war da", sagte Callum. „Ich habe meine Trauzeugenpflichten erfüllt, versuchte die ersten Gäste an der Bar auf einen Willkommensdrink einzuladen. Er sagte, Craig wäre spät dran, sei aber zur Feier da."

„Aber Roger wusste, dass er nicht kommen würde, weil –"

„Weil was? Was weißt du?" Tony lehnte sich vor. „Jodie, du musst es mir sagen. Ich werde hier wahnsinnig."

„Okay, ich *weiß* nichts wirklich. Das ist nur, wovon ich ausgehe, dass es passiert ist." Ich holte tief Luft, und nahm mir einen Moment alles in meinem Kopf zu ordnen.

„Okay, du weißt, dass die Polizei Cheryls Ohrring gefunden hat?" Sie nickten alle. „Also eigentlich habe ich ihn gefunden. Da war ein Pfad im Gras, der durch das Gelände zu einer Haltebucht an der A39 führte. Der Ohrring lag nicht weit von dem Zaun entfernt. Erinnerst du dich daran, was Craig am Freitag anhatte?"

Tony sah verblüfft drein. „Keine Ahnung." Aber Malcolm griff in seine Tasche und holte sein Handy hervor.

„Ich hab ein paar Fotos gemacht", sagte er. „Ich denke, Craig und Roger standen in unserer Nähe. Hier, ich kann's nicht sehen. Ich hab meine Brille zu Hause gelassen ..."

Malcolm gab mir sein Telefon und ich sah mir die Fotos in der Galerie an. Da waren einige von jemandes Füßen (ich nehme an Malcolms) und, aus irgendeinem Grund, ein zufälliges Foto von Brendas Rücken, aber endlich fand ich eins von der Party. Eine Gruppe Männer stand an der Bar, Tony in der Mitte, der über irgendetwas lachte, das Callum (er war da gewesen, ich hatte ihn nur nicht erkannt) gerade gesagt hatte, und hinter ihnen, blickte Craig, in einem weißen Hemd mit einem dünnen blauen oder grauen Streifen darauf, finster drein. Genau wie der Fetzen Stoff, der an dem Zaun hängen geblieben war.

„Oh, Tony", sagte ich, meine Stimme begann zu zittern. „Ich glaube langsam, ich habe recht. Ich fürchte, er könnte Cheryl getötet haben."

***

Ich erzählte dem versammelten Kriegsrat von dem Pfad im Gras, der *vielleicht* von einem Koffer verursacht worden sein könnte, aber dass ich davon ausging, dass es wahrscheinlicher war, dass er das Resultat eines Körpers, der durchs Gestrüpp gezogen wurde, war. Ich erzählte ihnen von dem undefinierbaren Fleck, und dem Fleck, der vielleicht ein kompletter Zufall war, mir aber suggerierte, dass Roger Laitys Range Rover, mit seinem leckenden Schlauch, dort kürzlich geparkt hatte. Ich erzählte ihnen von Craigs Auto, das (versteckt) geparkt in einer Garage in Boscastle stand, während er angeblich zurück in Oxfordshire war (wobei hier alle zustimmten, dass kein vernünftiger Mensch mit dem Zug von hier wegfahren würde, wenn er ein eigenes Transportmittel hatte), während seine Mutter zufälligerweise in Helston, und aus dem Weg, war. Ich erzählte ihnen von Roger Laity und seiner Sporttasche, welche vielleicht nur sexy Unterwäsche enthalten hatte und das ein oder andere batteriebetriebene Spielzeug (der Gedanke daran war offenbar noch mehr igitt, als dass Craig und Cheryl es trieben), aber genauso gut mit Kleidung und Geld für Craigs Flucht hätte gefüllt sein können.

„Du glaubst, dass Craig –" Tony schluckte heftig, er konnte es nicht sagen. „Du denkst, er hat etwas Dummes getan und es dann Roger erzählt und um Hilfe gebeten hat?"

„Hätte er nicht seine Mutter angerufen anstelle von Roger?", fragte Brenda. Um ehrlich zu sein, wenn Tony in dieser Situation gewesen wäre, hätte er auf jeden Fall eher sie angerufen, als seinen Vater, der sehr lieb war, aber der Inbegriff des ruhigen Cornwall-Temperaments, zu viel, um nützlich zu sein.

„Daran hab ich gedacht", sagte ich. „Wer von den beiden würde wohl eher an die fraglichen Sachen kommen? Wer hätte die Kontakte, wer würde wissen, wie man schnell an Bargeld kommt, ohne Aufmerksamkeit auf sich zu ziehen, und wer würde wissen, wie man an einen gefälschten Reisepass oder Ausweis kommt?"

„Roger.“ Tony nickte. „Ja, du hast recht. Pauline würde alles für ihn tun, aber in Wirklichkeit könnte sie ihm nicht helfen.“

„Also, was?“, sagte Debbie. „Du glaubst, er ist abgehauen?“

Ich schüttelte den Kopf. „Ich denke, das wäre ein bisschen schnell. Ich glaube, dass es ein paar Tage dauert, bis man einen gefälschten Pass kriegt. Es sei denn, er hätte das alles schon geplant, aber ich glaube nicht, dass er geplant hatte, Mel zu töten. Warum hätte er das tun sollen? Er kannte sie gar nicht. Alles, was ich da vermuten kann, ist, dass sie ihn und Cheryl entdeckte und verhindern wollte, was auch immer passierte. Nein, ich glaube, er versteckt sich irgendwo.“

„Roger versteckt ihn.“ Debbie sah aggressiv aus.

„Ja.“

„Er hat ihn sich in einem Wohnwagen auf einem seiner Campingplätze verkriechen lassen“, sagte Callum.

„Möglich“, sagte ich. „Aber auf welchem? Er hat eine ganze Reihe davon.“

Tony sah plötzlich nach unten, dann suchte er das Zimmer ab. „Wo ist der Hund?“

„Germaine? Zu Hause, wieso?“

Er grinste mich an, ein irres Funkeln in seinen Augen. „Hättest du Lust auf einen Spaziergang?“

***

Ich war mir nicht ganz sicher, ob es eine gute Idee war, mit Tony auf Wanderschaft durch sämtliche Campingplätze, die den Laitys gehörten, zu gehen – Gott weiß, was er anstellen würde, sollten wir Craig tatsächlich finden –, aber er war rastloser, teils manischer Stimmung, in die ihn vermutlich die Zeit in der Zelle versetzt hatte, sich bewusst, dass da draußen irgendwo ein Killer rumläuft, und ich hatte das Gefühl, wenn ich nicht mit ihm ginge, würde er alleine losziehen und etwas Unüberlegtes tun. Noch unüberlegter als ich es tun würde.

Wir googelten das Laity Camping Imperium und machten eine Liste aller Plätze im Fünfzehn-Meilen-Radius von Boscastle, einfach aus dem Grund, dass wir nicht alle an einem Nachmittag absuchen konnten. Wir schlossen die aus, die ausschließlich Zeltplätze waren – wenn man in Eile ist und vor der Polizei wegläuft, wer baut da ein Zelt auf? – und konzentrierten uns auf die mit bereits verfügbaren Wohnwagen.

Übrig blieben vier Campingplätze, durch die entweder ein öffentlich zugänglicher Weg führte oder einer direkt nebendran verlief.

„Wir nehmen den bei Trebarwith", sagte Debbie. „Wir wollten mit den Kindern sowieso Tintagel besichtigen."

„Wir schauen uns den bei St Juliot an", sagte Brenda. „Wir können danach in einem netten Pub einen Nachmittagstee trinken."

„Du und ich kümmern uns um die letzten beiden", sagte Tony.

Ich hatte immer noch meine Zweifel, aber die anderen waren wild entschlossen, Craig zu finden, nun da ich mit meinen Vermutungen die Katze aus dem Sack gelassen hatte, und es gab keinen Weg mehr zurück.

„Okay", sagte ich. „Aber denkt daran, ihr könnt als Bürger niemanden verhaften; ihr schaut euch nur um.

Seid diskret und begebt euch nicht in Gefahr." Ich sah meine beiden Truppen an: zwei alte Pensionäre, ein dicker Glatzkopf und eine vorlaute Frau aus dem Norden, alle behandelten das Ganze ein bisschen zu sehr wie einen netten Zeitvertreib. Plötzlich vermisste ich meine alten Kollegen bei der Met sehr. Ich seufzte. „Seid einfach vorsichtig."

Tony fuhr uns zurück zu meinem Haus, um den Hund zu holen. Mum und Daisy wollten beide mit uns mitkommen, woran ich zunächst auch so meine Zweifel hatte. Aber der Anblick der beiden mit dem Hund schien Tony irgendwie zu beruhigen und ich dachte, ihre Präsenz könnte ihm helfen, sein Verhalten ein wenig zu kontrollieren. Ich glaubte nicht daran, dass wir Craig wirklich finden würden, um ehrlich zu sein – es gab einfach zu viele Orte, an denen er versteckt sein könnte und trotz meines Bauchgefühls, dass er sich irgendwo verkrochen hatte und noch dort war, gab es immer noch die Möglichkeit, dass Roger ihn nach meinem Besuch gestern weggeschafft hatte. Ich begriff langsam, dass es nicht immer die beste Handlungsstrategie war, einfach reinzustürmen, ohne darüber nachzudenken. Nicht dass ich das DCI Withers gegenüber je zugeben würde, selbst nicht unter Folter.

„Lass uns nach Millook Haven gehen", sagte Tony, als ob ihm das spontan eingefallen war. Mum sah ihn neugierig an, dann mich; sie war vielleicht naiv, aber nicht dumm und wusste, dass wir etwas vorhatten. Aber sie fragte nicht nach.

Es war ein wunderschöner Tag. Wir liefen den Klippenpfad entlang und zum ersten Mal, seit ich ihn an diesem Tag im Laden gesehen hatte, schien Tony sich zu entspannen. Obwohl er sich auf die Hochzeit gefreut hatte, konnte ich mir gut vorstellen, dass Cheryl deswegen gestresst gewesen war (ich verstand jetzt auch, warum, wenn sie sich Sorgen machen musste, dass Craig auftaucht und alles ruiniert) und das hatte im Gegenzug Tony gestresst. Normalerweise war er ein lockerer Typ.

Germaine rannte voraus, schnüffelte nach Kaninchen, obwohl ich vermutete, dass sie keine Ahnung hätte, was sie tun sollte, wenn sie tatsächlich einem begegnen würde. Daisy jagte sie, lachte, während Mum, deren Knie heutzutage ein wenig auf der arthritischen Seite waren, uns bis zu einem breiten, flachen Hügel, mit Blick aufs Meer, begleitete, sich fallen ließ und verkündete, sie würde dort auf uns warten.

Tony und ich liefen weiter. Ich beobachtete, wie er tiefe Züge der Seeluft einatmete und Farbe auf seine Wangen zurückkehrte. Er sah beinahe glücklich aus. Beinahe.

Er bemerkte, dass ich ihn beobachtet hatte, und lachte. „Was?"

„Nichts. Es tut nur gut, dich wieder mehr wie du selbst zu sehen."

Er grinste. „Wenn du darauf wartest, dass ich meine Nase am Ärmel abwische ..."

„Ja, nicht ganz so sehr, wie dein altes Selbst wäre wohl am besten."

Wir liefen weiter. Die See schimmerte türkisfarben in der Hitze, das Sonnenlicht glitzerte auf den Wellen. Ich beobachtete sie und kniff die Augen des Glanzes wegen zusammen.

„Siehst du, wie die Sonne die Wellen zum Blinken bringt?“, sagte ich. „Daran habe ich gedacht, als ich mit Daisy in den Wehen lag. Ich wollte keine Schmerzmittel nehmen –“

„Warum um Himmels willen nicht?“ Tony glaubte mir nicht. „Ich hätte jede Droge oder jedes Medikament gewollt. Ich wäre wahrscheinlich am liebsten bewusstlos gewesen.“

Ich lachte. „Ja, ich hab meine Meinung auch auf halbem Wege geändert und die Spritze genommen. Vergiss all den „natürliche Geburt“-Unsinn. Jedenfalls, es ging schon Stunden und die Hebamme sagte mir, ich sollte mir einen schönen Ort vorstellen, etwas visualisieren, das mich glücklich machte, und daran hab ich gedacht. Das Meer an der nördlichen Küste von Cornwall. Du und ich und die alte Gang, wie wir am Widemouth Beach schwimmen waren und Delphine gesehen haben, erinnerst du dich? Ich war schon an Orten, an denen das Meer viel wärmer war, aber es hat nicht dieselbe Farbe wie hier an einem sonnigen Tag. Dieser Ort verlässt dich nie, auch wenn du ihn verlässt.“

Tony lächelte mich an. „Natürlich erinnere ich mich daran. Heißt das, dass du für immer hierbleiben wirst?“

„Sag niemals nie und so, aber ja, das ist der Plan.“

„Deine Mutter wird darüber sehr glücklich sein. Ich übrigens auch.“

Wir hielten an und wandten uns der See zu. Hinter uns, auf dem Hügel, war der Laity-Campingplatz.

„Willst du das immer noch durchziehen?“, fragte ich ihn.

„Craig finden? Auf jeden Fall. Obwohl, wenn ich es mir überlege, hätten wir auch einfach bei Rogers Haus

Wache schieben können und ihm folgen, wenn er ausgeht.“

Ich dachte daran, wie wütend DCI Withers gewesen war, als er gestern Abend vorbeigekommen war, nachdem Laity sich über mich beschwert hatte.

„Ja, besser nicht. Ich glaube, der alte Roger ist vielleicht schon kurz davor, eine einstweilige Verfügung gegen mich zu beantragen, und wenn er bemerkt hätte, dass wir ihm folgen …“ Ich lächelte schuldig. „Okay, dann lass uns mal losgehen. Aber spring nicht einfach drauflos. Das ist mein Job.“

***

Wir liefen den Hügel hinauf und folgten dem Fußweg zum Campingplatz. Es war die erste Woche der Sommerferien; ganz Cornwall – abgesehen von der leeren und familienungeeigneten Klippe, von der wir gerade gekommen waren – war gerappelt voll und dieser Campingplatz war keine Ausnahme. Wir wanderten über den Platz, an Wohnwagen vorbei, auf den kleinen Laden und das Büro zu, immer Ausschau nach Roger Laity haltend; ich wollte wirklich nicht, dass er uns hier findet. Aber er war weit und breit nicht in Sicht.

Jeder Wohnwagen sah bewohnt aus. Da spielten Kinder, Handtücher hingen draußen, sandige Flip-Flops standen an den Türen – alles Zeichen eines typisch britischen Urlaubs an der See. Niemand sah aus, als gewähre er einem Flüchtigen Unterschlupf, andererseits, wie hätte das auch aussehen sollen?

Tony sah mich an. „Dann auf zum nächsten.“

Wir latschten den Hügel hinunter, sammelten Hund, Kind und Mutter auf dem Weg wieder ein und fuhren ein paar Meilen weiter die Küste rauf nach Bude. Wir stoppten auf dem Weg, um in einem Café Mittag zu essen, das Blick auf einen Teich und ein Tiergehege hatte, und ich vergaß beinahe, dass wir nicht nur einen netten Familienausflug machten. Aber ein Blick auf Tony – der rastlos sein Essen auf dem Teller hin und her schob, nicht fähig, mehr als nur einen Happen zu essen – war Erinnerung genug, dass wir auf der Suche nach einem Mörder waren, an einem der unwahrscheinlichsten Orte.

KAPITEL 25

Wir beendeten das Mittagessen – einen Makrelensalat, so frisch, als wäre der Fisch gerade noch geschwommen – und bestellten uns noch eine weitere Kanne Tee und einen Schokoladenmilchshake für Daisy, der so gut aussah, dass sogar Germaine – deren Atem verdächtig nach Fisch roch, obwohl wir alle vereinbart hatten, ihr nichts zu füttern – sich die Lippen leckte.

Tonys Handy machte ein Geräusch und er nahm es zur Hand.

„Nachricht von meiner Mutter", sagte er. „Sie hatten einen netten Nachmittagstee in St Juliot." Er war mir einen bedeutungsschweren Blick zu, den ich als, *nichts weiter zu berichten*, deutete.

„Der Bude-Campingplatz also als Nächstes, nehme ich an", sagte Mum. Tony und ich tauschten schuldbewusste Blicke aus und sie lachte. „Ich bin nicht ganz die dämliche alte Dame, für die ihr mich haltet, wisst ihr?" Sie sah Tonys Teller an. „Isst du das nicht mehr?"

Er schüttelte den Kopf. „Nein, ich bin nicht wirklich hungrig …" Seine Stimme verlor sich und wir sahen mit einer Mischung aus Scham, Ekel und einem Hauch Stolz zu – denn, schließlich hatten wir dafür bezahlt –, wie sie seinen Fisch in eine Serviette packte und in ihre Handtasche stopfte. Ich war nur froh, dass Daisy zu sehr mit dem Hund beschäftigt war, um es zu sehen, denn im Alter von zwölf Jahren hätte mich so was vor

Peinlichkeit umgebracht. „Der Campingplatz grenzt hinten an die Moore“, sagte ich. „Wir könnten am Fluss entlanglaufen und dann querfeldein, wenn Mum sich fit genug dafür fühlt.“

„Da ist es schön und eben“, sagte Tony. Mum rollte mit den Augen.

„Ich sagte euch doch, ich bin keine alte Schachtel. Ich kann laufen.“

„Wissen wir“, sagte ich grinsend. „Und du kannst ja immer anhalten und an deinem Fisch knabbern, wenn du müde wirst …“

***

Wir machten uns auf den Weg. Das Café war beliebt bei Wanderern, und der Flussweg, der sich am Wasser entlangschlängelte, war viel bewandert, besonders in der Nebensaison, wenn die Familien schon weg waren. Heute jedoch war er recht ruhig, die meisten Urlauber genossen wohl die sandigen Strände von Widemouth Bay und Summerleaze. Daisy hielt stolz Germaines Leine – wir hätten sie hier nicht ohne laufen lassen können, falls sie sich dazu entschied, einer Ente ins Ried zu folgen, und im Wasser landete – und plapperte fröhlich mit Tony, während ich mit Mum hinterlief, die trotz ihrer Ansage ein wenig dampfte und schnaufte.

„Wir können immer noch zurückgehen und wieder mit dem Auto herkommen“, sagte ich, aber sie schüttelte den Kopf.

„Nein, es tut mir gut, rauszukommen und mich ein bisschen zu bewegen.“ Sie lächelte und nickte in Richtung unserer schnelleren Begleitung. „Sieh sie dir an.

264

Verstehen sich prima." Sie sah mich durchtrieben an. „Siehst du? Du hättest es schlechter treffen können."

„Hör auf damit, Frau", grummelte ich, obwohl mein Herz diese kleinen Sprünge machte, als ich sah, wie gut sich die beiden verstanden. Es hatte mehr damit zu tun, dass meine wunderschöne Tochter nicht die Möglichkeit hatte, viel Zeit mit ihrem tatsächlichen Vater zu verbringen, nur zusammen sein und reden, spazieren gehen, lachen, so wie sie es mit Tony tat. Wir hatten nie einen richtigen Familienurlaub. Selbst wenn wir hierhergekommen waren, um meine Eltern zu besuchen, waren es die meiste Zeit nur wir beide gewesen. Als wir geheiratet hatten, waren die Chefs nicht so begeistert davon, dass ein Paar in derselben Einheit arbeitet, also habe ich gewechselt (denn ich war immer diejenige, die Opfer brachte), also hatte Richard immer sagen können, dass er nicht freibekam oder Schichten tauschen musste und ich hatte von allem keinen Schimmer. Erst als ich einen meiner alten Kollegen traf und das ihm gegenüber erwähnte, fand ich heraus, dass das alles Lügen waren und er tatsächlich freibekam, sich nur dazu entschied, seine freie Zeit mit seiner Geliebten zu verbringen und nicht mit seiner Tochter.

Wir liefen weiter, lächelten grüßend anderen Spaziergängern zu, die uns begegneten, die meisten gingen in Richtung Café und freuten sich auf einen Tee. Wir überquerten eine kleine, ruhige Straße und gingen über eine Brücke auf die andere Seite des Kanals. Hier wurde das Wasserbett breiter und spiegelte den Fluss, die Strat, zu unserer Rechten. Zwischen ihnen lagen die Felder, die letztendlich auf die Moore führen würden und dahinter lag die Stadt selbst.

Ich hatte angenommen, der Weg über die Klippen wäre gut für Tony gewesen, aber hier war er so entspannt, dass ich schon fürchtete, er würde in fröhliches Pfeifen übergehen. Er zeigte Daisy verschiedene Pflanzen, die sie – Gott segne sie – vermutlich überhaupt nicht interessierten, aber sie tat bemerkenswert gut so, als täten sie es. Sie hielt an, als Germaine auf einen Baumstumpf kletterte und wir holten sie ein.

„Na, habt ihr Spaß?", fragte ich und beide lächelten.

„Ja! Tony hat mir vom Vögelbeobachten erzählt", sagte Daisy. Ich sah ihn leicht überrascht an: Ich konnte ihn mir nicht vorstellen, wie er hier mit einem Fernglas rumstapfte. Er lachte.

„Sie mich nicht so an! Ich bin hier immer mit meinem Großvater hergekommen. Hier gibt es jede Menge Vogelarten, nicht nur Möwen. Schwarzmilane, Rohrspatzen, und auch manchmal Eisvögel. Ich liebte es, mit ihm hierherzukommen. Ich war seit Ewigkeiten nicht mehr da."

Wir setzten den Marsch fort, kamen an einer Gruppe Kinder vorbei, die mit dem Kajak unterwegs waren, dann verließen wir die Straße, weg von der Stadt und über den Strat, mit den Mooren zu unserer Linken. Germaine bellte fröhlich und sprang einem Vogel hinterher (ich wusste nicht, was für einer es war, Tony hätte es vielleicht gewusst), der nichts Böses auf seinem Platz auf einem alten Zaunpfahl ahnte, umgeben von Weiderich, fast verborgen von den lilafarbenen Blütenähren. Der Vogel flog natürlich mit einem verärgerten Blick vor dem fluffigen weißen Eindringling davon und der dämliche Hund schaffte es, sich mit seiner Leine an dem unförmigen Zaunpfahl zu verheddern.

„Du Trottel", sagte ich und watete durch das Gestrüpp, kämpfte mit der Leine. Es dauerte eine Weile – während der die anderen absolut keine Hilfe waren und nur dastanden und lachten, weil der Hund sich wieder verhedderte, wenn ich ihn gerade befreit hatte –, aber letztendlich kletterten wir zurück auf den Pfad, beide etwas verwuschelt und atemlos. Tony streckte seine Hand aus und pflückte etwas aus meinen Haaren, dann hielt er es mir entgegen.

„Eine Blume, Mylady", sagte er lächelnd. Ich nahm sie. „Warte, da ist noch eine; du bist übersät damit ..."

Ich ließ den Stängel fallen, den er mir gegeben hatte, schüttelte meine Haare aus und klopfte mich ab „Was? Wo?"

Er schlug meine Hand sanft aus dem Weg. „Wenn du mal stillhältst, könnte ich sie von dir entfernen." Er hielt eine der Blüten und betrachtete sie interessiert. Sie hatte einen leicht klebrigen, haarigen Stiel, an dem viele kleine gelbe Blüten und knallgrüne Blätter hinaufwuchsen. „Du hast dir übrigens eine sehr seltene Pflanze ausgesucht, in die du gefallen bist. Gelbes Kreuzlabkraut. Das hier ist der einzige Platz in Cornwall, an dem es wächst."

„Danke, David Attenborough", sagte ich, dann stockte ich. Ich streckte meine Hand aus und nahm ihm die Pflanze ab, schaute sie mir noch einmal genauer an.

„Die wächst nirgendwo anders? Nur hier?", fragte ich.

Er nickte. „Hier unten, ja. Sonst wächst sie nur oben im Norden."

Ich sah sie noch einmal an, um sicherzugehen; aber ich *war* sicher.

„Bei Rogers Range Rover steckte so eine am Kühlergrill, als DCI Withers und ich am Sonntag bei ihm waren.“

„Was? Bist du sicher?“ Ich nickte. „Dann heißt das, er war hier, im Moor.“

„Aber hier im Moor kann man sich nirgendwo verstecken“, sagte ich. „Und es gibt keinen Grund, warum man hier durchfahren müsste, um an den Campingplatz zu kommen.“

„Nein …“ Tony und ich sahen uns nachdenklich an. Ohne zu sprechen, drehten wir uns, um den Pfad anzusehen, der übers Moor zu einem Beobachtungsversteck führte, in den sich Vogelbeobachter setzen und die kanadischen Gänse beobachten konnten, die hierher wanderten. Da war ein Tor auf der anderen Seite des Geländes, zu welchem die örtlichen Wildwächter hereinkamen, um die Gegend zu überprüfen.

Ich wandte mich an Mum. „Warum bleibst du mit Daisy nicht hier, und kommt wieder zu Atem?“, sagte ich. „Tony und ich wollen uns mal das Schwemmland ansehen und da kann Germaine wegen der Vögel nicht mit rein.“

Daisy begann zu protestieren, aber Mum lehnte sich übertrieben auf ihren Arm.

„Oh ja, du bleibst bei mir und hilfst mir, einen Sitzplatz zu finden; meine Knie spielen verrückt“, sagte sie und zwinkerte mir zu. *Danke, Mum.*

Wir kletterten über den Zaunübertritt in das Gehege und liefen den Pfad entlang. Es war immer noch schön und sonnig, aber aus irgendeinem Grund fühlte ich Kälte. Keiner von uns sprach.

Wir erreichen das Versteck. Es war leer. Wir linsten durch die Holzleisten in den Wald, durch das Schilf, konnten aber nichts erkennen.

„Es ist so still", sagte ich. Das war es, richtig unheimlich. Tony griff meine Hand und wir folgten dem Pfad.

In diesem Bereich war der Öffentlichkeit der Zutritt nicht mehr erlaubt. Eine raue Auffahrt führte von der Straße zum Tor und auf der anderen Seite war ein Haufen altes Holz und Vegetation und Anbauten, die als Insekten- und Igel-Zufluchten dienen sollten. Wir sahen uns um, aber es war verlassen. Wir inspizierten das Tor und erwarteten, dass es verschlossen war; da war eine Kette, die um die Torpfosten und einen Teil des Tors selbst gewickelt war, das Schloss, das sie halten sollte, war verrostet und schloss nicht richtig. Jeder hätte es entfernen und das Tor öffnen können, um durchzufahren.

Wir kletterten drüber. Trotz der heißen Sonne war der Boden hier immer weich, und wir fanden Reifenspuren im Schlamm. Denen folgten wir. Sie hörten abrupt auf, nicht weit von einem kleinen Flecken voller Schilf und stehendem Wasser.

Ich sah zu Tony, nicht sicher, ob ich weitergehen wollte; und ich konnte sehen, dass er auch nicht wirklich wollte. Aber wir mussten. Wir gingen zum Rand des Wassers, und plötzlich wirkte alles so surreal: der Glanz der nachmittäglichen Sonne, das Brummen der Insekten in den Büschen und im Schilf, und das Zwitschern der Vögel ... und wir zwei, die wir hier standen.

Beep. Das nicht allzu laute Geräusch einer Nachricht, die Tonys Handy erreicht hatte, erschreckte uns.

„Das ist Callum“, sagte er. „Er sagt, es gibt einen Wohnwagen auf dem Trebarwith Platz, der es sein könnte. Es ist der einzige, der leer wirkt.“

„Craig könnte dort drinnen sein“, sagte ich, aber ich bezweifelte es.

„Das glaube ich nicht. Was ist das?“, sagte Tony und seine Stimme klang rau und trocken. Ich folgte seinem Zeigefinger mit den Augen.

Zwischen dem Schilf schwamm etwas. Gekrümmt, unförmig, von Nässe gebläht. Die Sonne schien so hell auf das Wasser, dass es eine Weile dauerte, bis ich das dunkle Haar und das weiße Hemd ausmachen konnte. Es war unmöglich festzustellen, ob der Streifen auf dem Hemd grau oder blau war, aber ich wusste da schon, wer es war.

Wir hatten Craig Laity gefunden.

KAPITEL 26

„Ich nehme an, es hat keinen Sinn, Sie zu fragen, was Sie hier zu suchen hatten?" Withers sah mich an, seine Augenbraue böse erhoben.

„Tony wollte mir nur seinen Stahlrohrsegler zeigen", sagte ich und lächelte unschuldig. Tony schnaubte, und versuchte ein hysterisches Lachen zu unterdrücken.

„Teichrohrsänger", sagte er und hatte sich wieder im Griff. Gerade so. „Das ist ein Vogel."

„Ja, das dachte ich mir." Withers verdrehte die Augen. „Und Sie sind bloß zufällig über die Leiche eines Verdächtigen im Mordfall Ihrer Ex-Frau gestolpert?"

„Ja", sagte Tony. „Kaum zu glauben, was?" Die zwei Männer starrten sich an. Ich wedelte mit der Handfläche vor meinem Gesicht herum, als würde ich eine lästige Fliege verscheuchen wollen.

„Puh, hier fliegt ja eine Menge Testosteron herum, oder?", sagte ich. Tony sah zum Boden, während Withers mich anvisierte.

„Also, Miss Marple", sagte er und überkreuzte die Arme. „Sagen Sie mir, warum Sie dachten, dass es eine gute Idee wäre, den Hauptverdächtigen –"

„Hauptverdächtigen?", unterbrach Tony. „Sie haben mich gehen lassen, erinnern Sie sich?"

„Warum Sie dachten, es sei eine gute Idee, den Hauptverdächtigen mitzunehmen, um den einzig weiteren Verdächtigen, den wir im Moment haben, zu finden?

Dachten Sie nicht, dass es vielleicht verdächtig wirkt, wenn Sie zwei uns zu Craigs Leiche rufen?" Er setzte seiner Stimme einen sarkastischen Unterton auf. „Oh, sehen Sie mal, da ist er, einfach ins Moor gefallen und ertrunken, Fall erledigt.' Denken Sie nicht, das würde ein bisschen zu passend wirken?"

„Um ehrlich zu sein, Detective, nein, das dachte ich nicht", sagte ich. „Denn wir haben nicht erwartet, ihn tot vorzufinden. Wir dachten, er hätte sich in einem Wohnwagen seines Dads versteckt." Ich erklärte Withers, dass uns das gelbe Labkraut aufgefallen war, als wir einen unschuldigen Spaziergang am Kanal entlang gemacht hatten; ich dachte nicht, dass er wissen müsste, dass wir vorgehabt hatten, Laitys Campingplätze abzusuchen, und schon bei dreien fehlgeschlagen waren, bevor wir hiergekommen waren. Ich erzählte ihm, dass ich dieselbe gelbe Pflanze an Rogers Auto gesehen hatte, als er mich mit zu ihm genommen hatte. Er sah nachdenklich aus.

„Ich erinnere mich, dass sein Wagen ziemlich dreckig war", sagte er. „Ich kann nicht behaupten, dass ich irgendwelche Gräser daran gesehen hätte. Wie auch immer, Sie beschlossen durchs Moor zu laufen, warum?"

„Da ist ein Campingplatz auf der anderen Seite des Feldes", sagte ich. „Ich glaube, einer von Roger Laitys." Ich sagte ihm nicht, dass ich genau wusste, dass er das war und ich zweifelte nicht einen Moment daran, dass auch er wusste, dass ich das wusste. „Wir dachten, vielleicht reicht sein Land bis auf das Moor, und dass er vielleicht einen Wohnwagen oder ein Zelt oder so was hierhergebracht hat, damit Craig sich verstecken kann. Da wir sowieso hier waren, dachten wir, wir schauen schnell nach, bevor wir Sie rufen. Ich meine, wir wollten Sie nicht unnötig hierher bestellen.“

„Und wie sind Sie hier gelandet? Der Campingplatz ist da drüben.“

„Wir haben etwas gesehen“, sagte Tony.

„Vom Fußweg aus?“

„Ja.“

„Dem Fußweg da drüben? Der, der etwa vierhundert Meter entfernt ist, durch eine Menge Schilf führt und eine Hütte zwischen sich und hier hat?“

„Eine Beobachtungsstation für Vogelbeobachter“, sagte ich.

„Was?“

„So nennt man das. Und nein, natürlich haben wir keine Leiche von da aus gesehen, aber da waren eine Menge Vögel und wir dachten, die kreisen um einen Tierkadaver oder so was, und wir dachten, wir sehen mal nach.“

„Klingt plausibel“, sagte Withers. „Absoluter Unsinn natürlich, aber plausibel. Ich schlage vor, Sie gehen nach Hause, Mr Penhaligon, damit wir wissen, wo wir Sie finden können.“ Tony und ich öffneten unsere Münder, um zu protestieren, aber Withers sprach weiter, bevor wir etwas sagen konnten. „Sie werden wissen wollen, wenn wir irgendwelche Neuigkeiten zu Miss Laity haben, oder?“ Er wandte sich mir zu. „Und Sie, Jod– Ms Parker, bitte erinnern Sie sich daran, dass Ihre alte Mutter und Ihre Teenagertochter nicht gerade Doktor Watson Ersatz sind, also, wenn Sie schon da rumstochern wollen, wo Sie es nicht sollten, lassen Sie die wenigstens zu Hause.“ Und damit drehte er sich um und ging davon, überließ es einem uniformierten

Officer – dem nervösen jungen Mann, den ich im Hotel getroffen hatte –, uns vom Moor weg zu begleiten.

Als wir uns entfernten murmelte Tony: „Dieser Withers ist ein richtiger Blödmann. Ziemlich eingebildet, oder?" Ich zuckte mit den Schultern. „Er steht auf dich. Du könntest was Besseres finden."

***

Der Rest des Tages verlief ruhig. Tony brachte uns nach Hause und ging dann zu sich, obwohl Mum ihn zum Essen einlud. Craig so zu finden, hatte uns alle ein wenig geschockt, nicht zuletzt, weil wir uns so sicher gewesen waren, dass er der Killer war und Roger ihn irgendwo versteckt hatte. Tony war auf der kurzen Fahrt nach Hause sehr still gewesen und ich verstand, dass es ihm, obwohl er Craig gehasst hatte, keine Zufriedenheit verschafft hatte, seinen toten Körper zu finden.

Wir verbrachten den übrigen Nachmittag im Garten, Mum und ich rupften Unkraut (tatsächlich rupfte nur ich, Mum zeigte mir nur die Stellen, die ich übersehen hatte), während Daisy auf der Mauer saß, ihre Beine auf die andere Seite baumeln ließ und mit den Schafen sprach. Germaine lag im Schatten hinter ihr, die Zunge herausgestreckt, erhitzt, aber nicht zu sehr, um die Seite ihres neuen jungen Frauchens zu verlassen. Es war so süß und nur ein weiterer Grund, der mich überzeugte, dass es richtig gewesen war umzuziehen. Wenn man ignorierte, dass die Anzahl der Leichen gestiegen war, seit wir hier waren, war Penstowan ein schöner Ort, um Kinder großzuziehen ...

Wir hatten ein entspanntes Abendessen bestehend aus Pasta Carbonara und Salat – ich dachte daran, Würstchen und Kartoffelbrei zu machen, aber fand, dass, wenn ich nie wieder eine Wurst in meinem Leben sehen musste, es immer noch zu früh dafür war – und setzten uns dann vor den Fernseher. Um halb zehn ging Daisy ins Bett; ich ging mit ihr nach oben und deckte sie zu, nicht, dass sie es brauchte (ich brauchte es aber noch, ich vermisste es auch, ihr eine Gutenachtgeschichte vorzulesen; warum mussten Kinder so schnell groß werden?), dann ging ich mit Germaine noch eine kurze Runde um den Block spazieren.

Es war noch immer eine schöne, warme Nacht und die Sonne ging gerade erst unter; sie ging in dieser südwestlichen Ecke des Landes immer später unter als in London. Ich wartete, während Germaine eine Straßenlaterne beschnüffelte, um sich zu entscheiden, ob dies diejenige welche war, die sie mit ihrem Urin verzieren würde, oder ob wir zur nächsten weitergehen müssten, und verlor mich in meinen Gedanken.

„Jodie.“ Seine Stimme erschreckte mich. Ich drehte mich um, um Withers zu entdecken, der mich beobachtete. „Es tut mir leid, ich wollte mich nicht anschleichen. Sind Sie beschäftigt?“

Ich zeigte auf Germaine, die ihr Bein probeweise erhoben hatte, offensichtlich um den perfekten Winkel zum Urinieren zu ermitteln und nicht zufrieden war, ihren Fuß wieder absetzte und weiterging. „Nicht wirklich. Ich warte darauf, dass *sie* geschäftig wird.“

Er lächelte und wir schlenderten zur nächsten Laterne.

„Ich dachte, Sie hätten gerne ein Update“, sagte er.

„Das hätte ich gerne, aber ...“ Ich stockte und wandte mich an ihn. „Warum sagen Sie mir alles? Sie hätten mir vor ein paar Tagen nicht mal die Uhrzeit gesagt, aber jetzt ...“

„Ja, das tut mir leid ...“ Er fuhr sich mit den Fingern durch die Haare. Es verwuschelte sie, machte ihn dadurch aber nur noch attraktiver. *Verdammt.* „Es hilft, alles mit jemandem durchzusprechen. In der Vergangenheit hätte ich das mit meinem Partner besprochen, aber da gibt es keinen. Die meiste Zeit bin ich der ranghöchste Polizist auf der Wache, es sei denn, ich fahre nach Barnstaple. Und es gibt nicht wirklich jemanden, mit dem ich reden kann.“

Dann ist er wahrscheinlich Single. Mum würde es freuen, das zu hören. Mir war das natürlich total egal.

„Dann schießen Sie mal los.“

Wir gingen weiter, ließen Germaine vorausgehen, die Leine rollte sich aus.

„Ich war bei Roger und Pauline Laity“, sagte Withers. „Hab ihnen die schlechten Neuigkeiten überbracht.“

„Pauline ist zurück? Wie hat sie es aufgenommen?“

„Sie ist natürlich am Boden zerstört. Ich glaube, sie dachte wirklich, er wäre zurück nach Oxfordshire gegangen.“

„Was ist mit Roger? Haben Sie sich eine Erlaubnis geholt, die Garage zu durchsuchen?“

„Nein, habe ich nicht. Ich wollte nicht, dass er glaubt, dass wir ihm auf der Spur sind.“ Er seufzte. „*Falls* wir ihm auf der Spur sind. Ich weiß nicht, was ich glauben soll. Ich habe ihn gefragt, was passiert ist, als Craig ging, um wie viel Uhr er ging, ob er gefahren ist, welche Strecke er genommen hat, ob er gesagt hat, dass er noch jemanden treffen will."

„Und?" Germaines Ohren hoben sich, als ein anderer Hund mit Herrchen in unsere Straße einbog; ich erkannte einen unserer Nachbarn mit seinem Haustier, ein älterer Labrador, der wie wahnsinnig kläffte, wenn man an ihrem Haus vorbeiging, aber still war und etwas peinlich berührt, wenn man stoppte und dann zum Haus weiterging, als könnte er sich nicht daran erinnern, was er dann tun sollte.

„Er sagte, Craig sei am Samstag gegangen, als sie im Hotel wegen der Hochzeit waren. Pauline hätte sich sehr aufgeregt, dass er gegangen war, ohne sich zu verabschieden; er hatte nur einen Zettel dagelassen, den sie am Samstagnachmittag gefunden hatten, als sie nach Hause kamen. Ich fragte, ob sie den Zettel noch hätten, aber Roger sagte Nein, er hätte ihn weggeworfen, bevor Pauline ihn sah, weil sie ohnehin schon erregt war." Er sah mich an. „Kommt Ihnen das normal vor?"

„Nicht ein bisschen, aber andererseits, nicht jeder versteht sich mit seinen Eltern, oder?", meinte ich. „Hatten sie gestritten?"

„Pauline sagte Nein, aber Roger gab zu, dass sie am Abend zuvor eine Unterhaltung geführt hatten."

„Worüber?"

„Dass er uneingeladen zur Hochzeit gekommen war."

Ich lachte kurz auf. „Ihm war egal, dass Craig nicht eingeladen war, als sie am Freitag zusammen bei der Party aufgetaucht sind. Tony war es richtig peinlich und Cheryl war offensichtlich auch nicht glücklich darüber. Es war sogar für mich ziemlich eindeutig, dass es den beiden unangenehm war, aber Roger schien zu denken, dass es total lustig wäre. Also hat er im Prinzip erklärt, dass Craig sie Samstagnachmittag absolut unbeschadet verlassen hatte und nach Hause gegangen war."

„Nicht ganz. Er sagte, dass Craigs Auto nicht startete und er es deshalb zurückgelassen hatte."

„*Nicht*. Wahrscheinlich."

„Ich habe ihn gefragt, wie Craig ohne es nach Oxfordshire gekommen wäre und ob er es dort nicht brauchen würde, aber er meinte nur, er hätte ihm versprochen, es reparieren zu lassen und dass Craig oft per Anhalter fuhr, also hatte er wohl vorgehabt, so nach Exeter zu kommen und den Rest mit dem Zug zurückzulegen."

„Die Andeutung hierbei also, er ist wohl zu der falschen Person in den Wagen gestiegen?"

Withers nickte. „Das glaube ich nicht für eine Sekunde. Aber ich glaube auch nicht, dass Roger ihn getötet und seine Leiche dann im Moor abgeladen hat."

„Aber er war *im* Moor. Diese gelbe Kraut-Dings-Pflanze, die Blume, beweist es."

„Aber wir haben das gelbe Kreuzlabkraut nicht. Abgesehen davon, war das Auto heute Nachmittag nicht da, damit ich es mir anschauen konnte."

„Nein, es ist bei Trevarrow's. Die Werkstatt in der Ghyll Street? Ich hab meinen Van da heute Morgen hingebracht und da war er. Anscheinend ein leckender Schlauch."

Withers lächelte. „Also hatten Sie recht mit dem Fleck? Unglücklicherweise hat die Spurensicherung kein Foto von der Parkbucht gemacht, nur von dem Zaun, an dem Craigs Shirt hängen geblieben war."

„Mist."

„Ja. Mist."

Wir liefen zum Ende der Straße. Germaine hob endlich ihr Beinchen und erledigte ihr Geschäft, während wir diskret zur Seite sahen. Withers richtete seinen Blick dann auf mich.

„Ich glaube Ihnen das mit dem Fleck in der Parkbucht, dass Rogers Wagen ihn verursacht haben könnte und auch das mit der Blume. Und wenn Sie sich daran erinnern, als wir am Sonntag bei ihm waren, hatte Roger gesagt, Craig sei an diesem Morgen gegangen. Also hatte er entweder da gelogen oder lügt jetzt. Aber nichts davon beweist, dass er irgendetwas Falsches gemacht hat. Er hat immer noch kein Motiv, Mel zu töten oder Craig. Und dann ist da noch Cheryl; wenn ihr etwas passiert ist, was ist dann hier sein Motiv? Wie Sie bereits gesagt haben, er hatte mehr zu gewinnen, wenn die Hochzeit stattfand, als wenn sie abgesagt würde, auch wenn er Tony nicht mochte. Wenn er Pläne gemacht hatte, die das Kaufhaus der Penhaligons involvierten, dann war Cheryl seine beste Hoffnung, sie beeinflussen zu können. Es gibt immer noch nur eine Person, die wirklich ein Motiv hatte und eine Gelegenheit für all das."

„Sie können nicht immer noch Tony verdächtigen?"

„Sehen Sie es von meiner Warte aus. Wir wissen, dass Cheryl ihn betrogen hatte –"

„Wir haben die Pfandbelege gefunden!“ Mir fiel ein, dass ich ihm von unserer neuesten Entdeckung noch gar nicht erzählt hatten. „Wir denken, dass sie erpresst wurde, von jemandem – wahrscheinlich Craig selbst –, der ihr damit drohte, Tony die Fotos ihrer Affäre zu zeigen und sie hat Sachen verkauft, um schnell an Geld zu kommen.“

„Wer sagt denn, dass es nicht Mel war, die sie erpresste? Cheryl bringt nicht genug Geld auf, um sie zum Schweigen zu bringen, also erzählt Mel es Tony, der wahnsinnig wird und Cheryl und Craig in einem Anflug von eifersüchtigem Zorn tötet und dann Mel töten muss, damit sie ihn nicht damit in Verbindung bringen kann. Das ergibt absolut Sinn.“

„Nicht, wenn Sie Tony kennen, dann nicht.“

„Und da sind wir wieder beim Anfang, nicht wahr? Sie kennen die Leute, die betroffen sind. Ich nicht. Ich bin objektiv, Sie nicht.“

Das ließ ich mir nicht gefallen. „Mein Dad sagte immer, in einem Ort wie Penstowan Polizist zu sein, ist ein Fluch und ein Segen, weil man die Leute, gegen die man ermittelt, immer kennt. Er meinte, es sei ein Fluch, weil man manchmal definitiv *wusste*, dass jemand schuldig ist, weil man wusste, was für eine Art Person derjenige war, aber man konnte es nicht beweisen, also sind sie davongekommen und das machte einen wahnsinnig. Und andere Male, bei anderen Leuten konnte man nicht aufhören, nach einem Weg zu suchen, sie freizusprechen, denn egal wie schlimm es aussah, man wusste, dass sie nicht fähig waren, ein Verbrechen zu begehen.

Withers hob die Augenbrauen. „Und was war dann der Segen?“

„Wenn ich das nur wüsste. Warum, denken Sie, bin ich nach London zur Polizei gegangen? Aber der Punkt ist der –“

„Der Punkt ist, dass Sie Tony nicht für fähig halten, einen Mord zu begehen, schon gar nicht zwei, vielleicht sogar drei, und um ehrlich zu sein, so klar wie es zwar aussieht, glaube ich es auch nicht.“

„Tun Sie nicht?“

„Nein. Und das ist alles Ihre verdammte Schuld. Ich hätte ihn schon längst eingebuchtet, wenn Sie nicht gewesen wären.“

„Dann ist’s ja gut, dass ich hier bin.“ Ich grinste. „Es hätte mir leidgetan, wenn Sie in einen Fall von Fehlverurteilung verwickelt gewesen wären.“ Ich schielte hinunter zu Germaine, die ganz zufrieden neben ihrer Pfütze saß, und dann wieder zu Withers. „Die Frage ist nur, was machen wir – Entschuldigung, *Sie* –, was machen Sie jetzt?“

***

Was machen wir jetzt?

Das war die Frage. Und es *waren* definitiv ‚wir‘, egal was ich zu DCI Withers gesagt hatte, denn ich würde jetzt auf keinen Fall mehr zurücktreten.

Ich lag im Bett und hörte Germaine in Daisys Zimmer nebenan schnarchen. Sie hatte sich an den Fuß ihres Bettes geschlichen, was Daisy rumoren und eine schläfrige Hand nach dem kleinen Puschel ausstrecken ließ, um sie zu tätscheln. Nun waren beide fest eingeschlafen und wenigstens eine von ihnen träumte davon, Kaninchen zu jagen, wenn man von den zappelnden Pfoten ausging.

„Was machen wir jetzt?" In meinem Kopf gab es nur einen Ort, an den wir gehen konnten: zurück zum Anfang. Zurück zu dem Samstagmorgen, bevor wir überhaupt herausgefunden hatten, dass Mel oder Craig tot waren. Zurück zu Cheryls Verschwinden. Wo war sie? Und war sie noch am Leben?

KAPITEL 27

Ich wachte am nächsten Morgen auf und stellte mir immer noch dieselbe Frage. War Cheryl am Leben? Withers war überzeugt, dass sie tot war und dass sie nun nach einer Leiche suchten, anstelle einer vermissten Person, eine Leiche, die sie vielleicht niemals finden würden. Wir waren umgeben vom Meer und Klippen und Mooren – alle Arten von abgelegenen Orten, an denen eine Leiche jahrelang unentdeckt liegen konnte, abhängig von Wetter und den Gezeiten. Ich hatte ihn danach gefragt, bevor wir uns Gute Nacht gesagt hatten.

„Glaube ich, dass sie tot ist? Sagen wir es mal so." Withers hielt eine Hand nach oben und zählte die Dinge an seinen Fingern ab, während er sprach. „Erstens, sie verschwand in einem seidenen, roten Cocktailkleid und hohen Schuhen; Tony konnte keine andere Kleidung als vermisst identifizieren, die ihrer Garderobe gefehlt hätte und es war nicht in ihrem Koffer oder ihrem Hotelzimmer, also sind wir ziemlich sicher, dass sie es trug. Kein Outfit, das besonders geeignet wäre, um, entweder zwei Leute umzubringen oder darin zu verschwinden. Zweitens, soweit wir herausgefunden haben, hat sie nichts außer ihrem Telefon bei sich. Sie hat alle Kleidung, ihre Handtasche mit all ihren Bankkarten und ihrem Reisepass darin zurückgelassen. Es gab also keine Aktivitäten auf ihren Bankkonten und sie hat kein Geld abgehoben, also wenn sie kein weiteres, komplett unabhängiges, geheimes Konto irgendwo anders hatte, hat sie auch keinen Cent bei sich. Drittens, es gibt keine Überwachungsaufnahmen aus der Nähe von ihr. Es gibt keine Sicherheitskameras im Hotel, weil es ein eingetragenes Gebäude ist und das scheinbar wichtiger ist, als die Sicherheit seiner Gäste" – wir verdrehten beide dabei die Augen – „aber es gibt Kameras in der Stadt, an Geldautomaten, an den Bahnstationen in Exeter und Barnstaple, an ein paar Bushaltestellen, und nirgendwo ein Anzeichen, dass sie dort war."

„Und sie in dem Kleid dort aufgetreten ist", sagte ich.

Er lächelte. „Ja, nicht viele Leute in Penstowan laufen in Cocktailkleidern herum. Und viertens, wir glauben, sie hatte ihr Telefon bei sich – wir haben es nicht gefunden – und nach der letzten Textnachricht an Tony um elf, nichts mehr. Es wurde ausgeschaltet, also können wir es nicht orten. Wenn sie Mel und Craig getötet hat, um ihre Affäre vor Tony geheim zu halten, warum weglaufen? Wenn sie noch am Leben wäre, hätte ich zumindest erwartet, dass sie sich wenigstens bei Tony meldet und ihm sagt, dass es ihr gut geht und das Telefon dann entsorgt."

Wen ließ uns das als Mörder übrig? Ich *wusste* tief in meinem Herzen, dass es nicht Tony war. Er war nett und witzig und hatte ein großes Herz; ich habe ihn bei Filmen weinen sehen und er war ein heimlicher Vogelbeobachter, um Himmels willen! Aber ...

Wer sonst hatte ein Motiv, alle diese drei Personen zu ermorden? Ich würde Roger Laity nicht so weit trauen, wie ich ihn werfen konnte; er hatte DCI Withers angelogen darüber, wann Craig nach Hause gegangen war, und ich war zu neunundneunzig Prozent sicher, dass er Freitagnacht in der Parkbucht und auch zu irgendeinem Zeitpunkt im Moor gewesen war. Aber Withers hatte recht: Tony war der Einzige, der ein Motiv hatte. Wenn ich Tony nicht kennen würde, würde ich dann immer noch glauben, dass er unschuldig wäre? Und da war diese Stimme in meinem Kopf, die immer zu beschäftigt damit gewesen war, Withers' Bizeps und seine Bartstoppeln zu bemerken oder über seinen Beziehungsstatus zu spekulieren, die endlich fragte: *Würde ich immer noch denken, dass Tony unschuldig wäre, wenn ich die letzten zwanzig Jahre in Penstowan und nicht in London verbracht hätte?*

***

Ich ignorierte diese Stimme, während ich mir, Mum und Daisy Frühstück machte; ich widmete ihr keine Aufmerksamkeit, während ich unter der Dusche stand, und ich schob sie in meinen Hinterkopf, während ich mich anzog. Aber ich konnte nicht vergessen, dass sie da war, und das machte mich langsam wahnsinnig.

Ich war überrascht zu erfahren, dass es erst Mittwoch war; es fühlte sich an, als wären seit der Hochzeit-die-es-nie-gab Wochen vergangen. So viel war passiert, seit ich vor drei Wochen aus London hierher zurückgezogen war. Dass ich noch gedacht hatte, ich würde mich hier langweilen, dass das Leben hier viel zu langsam verlief!

Daisy verschlang ihren Toast. Sie wollte ihre neue Freundin Jade treffen und zusammen mit ein paar weiteren Freunden einen der unregelmäßigen Busse nach Barnstaple nehmen. Sie würde die meiste Zeit des Tages unterwegs sein. Ich war zufrieden – sie hatte Freunde in ihrem Alter, und sie würde ein paar Kinder kennen, wenn sie an der neuen Schule im September anfing – aber das ließ mir nicht viel, was ich tun konnte. Ich nahm an, dass ich eigentlich mal mit der Website für ‚Partys und Pasteten‘ anfangen *könnte* oder ein paar Flyer entwerfen oder irgendetwas tun, das zu bezahlter Arbeit führen würde. Eigentlich wäre jetzt die perfekte Zeit dafür. Eigentlich.

„Du kannst mit mir zum Senioren-Kaffeeklatsch kommen“, sagte Mum. „Komm und lern die Gang kennen.“

Der Gedanke, mit lauwarmem Instantkaffee und ein paar alten Damen in einem Kirchengemeindesaal zu sitzen, ließ mich (aus irgendeinem Grund) nicht vor Erwartungsfreude zittern, aber vielleicht hatte ich in den letzten Tagen schon genug Aufregung gehabt. Vielleicht war ein ruhiger (langweiliger) Morgen, an dem ich meiner Mum und ihren Freundinnen zuhörte, wie sie über Krampfadern und wie man Arbeit vermied, redeten, genau das, was ich brauchte, um einen klaren Kopf zu bekommen und die Dinge objektiver zu sehen. Und vielleicht war ein wenig stumpfsinniges Kaffeegeklatsche genau das, was ich brauchte, um die nervige kleine Stimme auszublenden, die mich von Tonys Schuld überzeugen wollte.

Es war kein langer Weg zum Kirchengemeindesaal, aber es war ein wenig weit für Mum nach den Verausgabungen der letzten Tage, also fuhr ich uns, Germaine auf dem Rücksitz, die ihren Kopf aus dem Fenster streckte. Ich hatte es am Montag geschafft, noch bei dem Haustierladen vorbeizuschauen und eins dieser besonderen Geschirrdinger zu kaufen, die man an den Sitzgurt anschließen konnte, also könnte sie den Freuden der Entfesselungskunst nicht nachgehen, während wir fuhren. Sie musste sich damit zufriedengeben, den Wind in ihrem Fell zu spüren und das Seesalz auf ihrer Zunge schmecken, von der Sabber tropfte.

Wir parkten so nahe wie möglich am Saal. Die Straße war voller Autos; es war offensichtlich der Treffpunkt an einem Mittwochmorgen. Während ich Germaine abschnallte, fühlte ich mein Handy vibrieren. Es war eine Nachricht von Tony:

Morgen, wie geht's dir heute?

Ich antwortete nicht. Ich brauchte ein wenig Zeit, weg von ihm, von der Ermittlung und von der verräterischen kleinen Stimme in meinem Kopf.

„Hätte nicht gedacht, dass das deinem Stil entspricht!" Ich sah auf und erblickte Debbie, die mich angrinste. Hinter ihr rangelte Callum mit den beiden Kindern, die es offenbar satthatten, sich zu benehmen, und schleppte sie in Richtung ihres Autos, das in der Nähe geparkt war. Sie lehnte sich rüber, um mich zu umarmen. „Ich hab von gestern gehört. Zur Hölle, das muss ein Schock gewesen sein, Craig so zu finden! Wie fühlst du dich?"

„Mir geht's gut", sagte ich und das stimmte fast. Es war nicht die erste Leiche, die ich gesehen hatte. Es war aber die erste, die mich persönlich interessiert hatte. „Ich glaube, es hat Tony ein bisschen geschockt."

„Ja, ich wette, das hat es", sagte sie. „Armer Tony. Der hat grad echt keinen Spaß. Was hat denn dein heißer DCI Withers dazu gesagt?"

„Er ist nicht *mein* DCI –"

„Aber er ist heiß, oder?"

Ich lachte. „Nun, ja … Ich weiß nicht. Er sagt, Tony sei immer noch der offensichtlichste Verdächtige, aber er kann es nicht beweisen und weiß nicht mal mehr, ob er selbst noch daran glaubt."

Callum kam zu uns. „Alles klar, Jodie? Wir müssen los, Schatz; er wartet auf uns …"

„Ooh, das klingt spannend!" Mum hatte unserer Unterhaltung schamlos gelauscht. „Wer wartet?"

„Bitte entschuldigt sie", sagte ich. „Die hat keine Ahnung von Privatsphäre oder persönlichem Freiraum."

Debbie lachte und tauschte Blicke mit Callum aus. „Das macht nichts. Wir treffen einen Makler."

„Heißt das, ihr zieht hierher zurück?" Ich hoffte, das würden sie. Debbie als Nachbarin zu haben, wäre lustig.

„Es ist noch früh, aber … man weiß nie. Wir sehen uns ein Haus in der Nähe der Widemouth Bay an."

„Erzählt mir, wie's gelaufen ist!", schrie ich ihr hinterher, während Callum sie und die zwei Kinder zum Wagen bugsierte.

Wir gingen durch die großen Glastüren in den Gemeindesaal, zahlten unseren Eintritt – drei Pfund, die, wie alle Einnahmen, an den Kirchenfonds gingen – und machten uns auf den Weg in den Hauptsaal, wo Tische und Stühle aufgestellt waren. Ich lief Mum hinterher, wie ein Ersatzmann, während sie mit allen sprach, an denen wir vorbeikamen, Leuten am anderen Ende des Raumes winkte und den Raum im Prinzip abarbeitete wie ein Networking-Profi. Zahlreiche Leute hielten an, um Germaine zu streicheln und ein paar erwähnten Mel und die ‚schlimme Sache‘, die dazu geführt hatte, dass ich den Hund geerbt hatte.

„Huhu, Shirl, hier drüben!“ Ein älteres Ehepaar, in aufeinander abgestimmten Pullovern, winkte uns von einem Tisch in der Ecke aus, zu sich. Mum lächelte und ich dackelte ihr nach.

„Da sind sie ja, die Unruhestifter!“, sagte sie und setzte sich an ihren Tisch. Ich erinnerte mich vage an sie – Les und Janet – und wir tauschten Begrüßungen aus und Nettigkeiten: wie ich mich eingelebt hatte, wie mein neues Haus war, wie es Daisy gefiel. Aber es gab nur ein Thema bei den Unterhaltungen im Raum, von welchen ich immer wieder Fragmente um mich herum an den anderen Tischen auffing.

„Wie hältst du dich, meine Liebe?“, fragte Janet freundlich.

„Schlimme Sache, in die man da verwickelt wurde.“

„Schlimme Sache“, sagte Les und nickte und ich war gezwungen zuzustimmen, dass es tatsächlich eine schlimme Sache war.

„Ach, na ja, ihr wisst schon“, sagte ich vage und sie alle nickten, obwohl sie es natürlich nicht wissen konnten.

Eine noch ältere Dame in einer Spitzenschürze kam an unseren Tisch.

„Morgen, Joanie!", sagte Les, die Stimme erhoben. Die gute Joanie war scheinbar fast taub. „Wie geht's dir heute?"

„Ja, das ist es, nicht wahr?", sagte Joan und alle am Tisch tauschten amüsierte, aber mitfühlende Blicke aus.

Wir gaben unsere Bestellungen auf – Tee für mich und Les, Kaffee für Mum und Janet, und einen Teller Kekse für uns alle – und die alte Joanie schlurfte davon. Mehr von Mums Freunden kamen zu uns, Menschen, die ich noch nie getroffen hatte und deren Namen ich nicht wissen konnte, die in Rente und hier runtergezogen waren. Als Joanie mit unseren Getränken zurückkam – vielleicht war sie alt und sah etwas tattrig aus, aber sie hatte sehr ruhige Hände und nur ein klein wenig Tee landete auf meiner Untertasse –, waren da etwa neun Leute an unserem Tisch und die Lautstärke der Unterhaltungen im Raum war deutlich angestiegen. Es war brechend voll.

Ich entspannte und nippte an meinem Tee und knabberte an einem Vanilleplätzchen. Mums neue Freunde vom Land waren nett und sosehr ich sie als alte Leute abgetan hatte (hauptsächlich, um Mum zu ärgern) waren die meisten von ihnen gar nicht so alt. Ich war nicht gut darin, mir Mums Alter zu merken; ich wusste, dass sie dreißig gewesen war, als sie mich bekam (was zu der Zeit als sehr spät galt, aber es hatte nun mal so lange gedauert, bis sie schwanger geworden war), also machte sie das erst siebzig, und ich nehme an, die meisten der Gruppe waren im selben Alter.

Wäre mein Vater noch am Leben gewesen, wäre er zweiundsiebzig, aber er starb, in bester Hollywood-Cop-Manier, ein paar Monate vor der Rente.

Die Gruppe hatte über Leute geredet und gelacht, die ich nicht kannte, aber es machte mir nichts, nur am Rande dabei zu sein und nur zuzuhören. Aber dann wandte sich eine der Damen, deren Namen ich vergessen hatte, an Mum und sagte, „Diese arme Mrs Laity, sie muss am Boden zerstört sein! Ihren Sohn zu verlieren und ihre adoptierte Tochter, alles auf einmal."

„Ja", sagte ich. „Sie war schon aufgeregt wegen Cheryls Verschwinden; dann kommt sie zurück und findet heraus, dass Craig auch tot ist ... Arme Frau."

„Kommt zurück? Wo war sie denn? Komische Sache, dass man wegfährt, wenn eins der Kinder vermisst wird, auch wenn's nicht das eigene war", sagte Janet. „Aber sie war schon immer ein bisschen komisch, diese Pauline."

„Ich könnte verstehen, wenn Roger aufgeregt gewesen wäre, aber sie ...", sagte einer der anderen Damen.

„Warum hätte Roger aufgeregter sein sollen?", fragte ich. Sie alle tauschten Blicke aus, die sagten, schuldig-aber-ich-will-es-unbedingt-erzählen. „Was hab ich verpasst?"

„Du weißt, dass sein Bruder Hamish und Donna die Stadt in Eile verlassen haben vor all den Jahren?"

„Wer ist Donna?"

„Cheryls Mum", sagte Mum. *Donna, nicht Clare ODER Eileen ...* Ich verdrehte die Augen und machte mir in Gedanken eine Notiz, dass ich das später unbedingt Daisy erzählen musste. Sie würde sich kaputtlachen.

„Donna hatte mit beiden Laity-Brüdern angebändelt ...“

„Das hat sie“, sagte Mum, mit einer gewissen Bewunderung in der Stimme.

„Das Flittchen“, sagte Janet.

„Ja, das meinte ich.“ Mum änderte ihren Gesichtsausdruck zu einem missbilligenden und ich glaubte ihr nicht für eine Sekunde.

„Jedenfalls, die haben geheiratet und sind nach Bristol gezogen und fünf Monate später wurde Cheryl geboren“, sagte Janet.

„Was ... also denkt ihr, dass Roger ihr ...“ Ich wandte mich an Mum. „Warum hast du mir das nicht gesagt? Ich frage mich, ob DCI Withers das weiß. Das könnte die Dinge verändern.“

„Ich tratsche nicht gerne“, sagte Mum lammfromm und ich schnaubte.

„Ha! Seit wann das denn?“

„Trotzdem, nicht sehr nett von Pauline zu verschwinden, wenn ihr Mann so aufgeregt ist“, sagte Les.

„Roger sagte, ihre Nerven seien mit ihr durchgegangen, also ist sie zu ihrer Mutter gefahren und dort für ein paar Tage geblieben.“ Ich griff nach einem weiteren Keks – einer mit Marmelade gefüllt – und tunkte ihn in meinen Tee.

Janet lachte und schüttelte den Kopf. „Nerven? Die? Glaube ich nicht. Und ihre Mutter ist schon vor Jahren gestorben.“

Ich sprang auf, weckte Germaine, die auf meinem Fuß eingeschlafen war und nun von genug Kekskrümeln bedeckt war, dass man den Boden für einen Käsekuchen daraus hätte machen können.

„Sie hat keine Mutter mehr? Was ist mit ihrem Vater oder anderer Familie?“ Roger hatte definitiv gesagt, sie besuchte ihre Mutter, aber wir wussten ja schon, dass wir uns auf seine Worte nicht verlassen konnten.

Janet schüttelte den Kopf. „Ihr Vater ist in einem Seniorenheim oder war es zumindest; ich weiß nicht, ob der noch lebt. Ich glaube, sie hat eine Schwester in Reading, vielleicht ein paar Nichten und Neffen dort. Ich hab im Büro gearbeitet, als sie und ihr erster Mann Mark eine Druckerei hatten. Sie hat nie viel gesagt, aber sie war diejenige, die alle geschäftlichen Entscheidungen traf. Mark ging mit den Klienten aus und golfte mit ihnen, aber sie hatte das Sagen. Lass dich nicht von dem ruhigen Mäuschen täuschen.“

„Sie hat damals nicht gezögert, die Firma zu verkaufen und alle auf die Straße zu setzen, als Mark starb und sie sich auf Roger eingeschossen hatte“, sagte Les. „Sechzehn Jahre hatte Janet da gearbeitet und dann eines Tages hieß es, nichts mehr.“

„Also, fassen wir zusammen. Sie hat keine Familie oder irgendwen in Cornwall? Auch nicht in, sagen wir, Helston?“

Der Nebel in meinem Gehirn, der durch Erschöpfung und den Fund von Craigs Leiche gestern aufgezogen war, lichtete sich langsam.

„Helston? Nicht dass ich wüsste. Oh, ja, bitte noch einmal“, sagte sie zu Joanie, die gerade herumging und mehr Getränke anbot.

Ich lehnte eine weitere Tasse Tee ab und entschuldigte mich mit Germaine, die angeblich zum Pinkeln rausmusste. Mum sah mich an; ich wusste, dass sie meine Synapsen in meinem Hirn Feuer fangen sehen konnte, aber alles, was sie sagte war: „Wenn du gehen willst und tun, was du tun musst, mach dir keine Sorgen um mich; irgendwer hier wird mich schon nach Hause mitnehmen." Ich nickte und ging, während mein Kopf schwirrte.

KAPITEL 28

Ich führte Germaine nach draußen und ließ sie an einem Grasbüschel schnuppern, während ich durchging, was ich gerade erfahren hatte. Also war Roger – der vielleicht, aber vielleicht auch nicht, eher Cheryls Vater war und nicht ihr Onkel – nicht der einzige Lügner in der Familie. Wo auch immer Pauline gewesen war, es war nicht bei ihrer Mutter. War sie in Helston gewesen oder ganz woanders?

Ich dachte zurück an die Liste der Campingplätze, die wir am Tag zuvor gefunden hatten. Ich war mir sicher, dass es einen in der Nähe von Helston gab, ganz nah am Loe, dem größten Frischwassersee in Cornwall und bekannter Ferienort. Die Bilder von Craigs Leiche, den Kopf nach unten im stehenden Moorgewässer, kamen mir in den Sinn. Hatte Cheryl ein ähnliches Schicksal im Loe erlitten? War Pauline damit beschäftigt gewesen, ihre Leiche zu entsorgen, während Roger sich um Craigs gekümmert hatte?

Ich schüttelte meinen Kopf, um diese Idee zu verjagen; es war lächerlich. Das waren die Laitys, nicht die Mansons. Ich konnte mir vorstellen, wie Roger und Pauline jemanden um ihre Ersparnisse betrogen, aber ihre Sprösslinge gemeinsam zu ermorden, nicht so ganz.

Ich würde nach Helston gehen müssen. Ich spannte Germaine in den Rücksitzgurt ein – sie sah mich genauso an, wie Daisy damals als Kleinkind, wenn ich sie in ihren Autositz setzte, so *Oh, Mum, du verdirbst mir allen Spaß* – und sprang auf den Fahrersitz. Ich warf den Motor an, dann zögerte ich; sollte ich Withers anrufen? Ich hatte das Gefühl, ich sollte jemandem sagen, wohin ich unterwegs war, nur für den Fall, aber zur selben Zeit dachte ich, wenn ich ihm davon erzählte, würde er mich aufhalten wollen, das zu überprüfen, und ich wusste nicht, ob er jemanden dorthin schicken würde, nur um mal nachzusehen, oder es einfach als Unsinn abtun würde. Nein, ich würde einfach dort hinfahren und den Campingplatz sehr vorsichtig inspizieren, genauso wie wir es gestern getan hatten, ohne Exkurse ins Moor oder Ähnliches. Ich würde Germaine kurz um den See führen, wenn der Campingplatz sich als Niete erwies, nichts daran war gefährlich. Und wenn ich irgendetwas Unrechtes oder Verdächtiges sehen würde, würde ich es nicht selbst untersuchen, sondern Withers dann anrufen und warten, bis er auftauchte. Ich war nicht dumm; ich plante nicht, etwas Gefährliches oder Heroisches zu tun. Ich hatte Daisy versprochen, dass ich es nicht tun würde. Aber warum spürte ich dann einen kleinen Knoten der Angst, der mir schwer im Magen lag?

Vielleicht sollte ich Tony anrufen. Er könnte mit mir kommen. Ja. Ich wählte seine Nummer und wartete, dass er abnahm ... und wurde an die Mailbox weitergeleitet. *Verdammt.* Ich legte auf, wählte erneut und landete wieder bei den Nachrichten. Ich wartete auf den

Ton und erzählte dann alles, was ich gerade herausgefunden hatte und dass ich nach Helston fahren würde. Dann machte ich mich auf dem Weg.

***

Ich brauchte etwa anderthalb Stunden, um nach Helston zu kommen und während dieser Zeit entspannte ich mich ein bisschen. Nachdem ich die Kurve an der A39, die ich hasste, passiert hatte, freute ich mich sogar. Das machte Spaß! Ich liebte es, wieder zurück in Cornwall zu sein, und ich war begeistert von meinem neuen Catering-Geschäft (wenn ich jemals dazu kommen würde, tatsächlich zu kochen), aber das hier brachte das Adrenalin auf eine Art zum Kochen, wie es die Herstellung einer *Velouté*, einer Samtsoße, nicht konnte. Ich war nie ein Ermittler als solches gewesen, aber ich war schon immer neugierig. Ich schaltete Musik an und ließ das Fenster herunter, und sang nach Kräften mit. Ich fühlte mich *glücklich*. Ich war nicht *un*glücklich gewesen, schon eine Weile nicht mehr; seit ich das betrügerische Schwein endlich richtig aus meinem und Daisys Leben verbannt hatte, auf die Cateringschule gegangen war und mein Leben auf andere, gesündere Bahnen gelenkt hatte, ging es mir gut. Aber da ist etwas an Sonnenschein und Seeluft, an guter Musik, die laut über die Anlage läuft, und an Dingen, auf die man sich freuen kann (ich wusste nicht genau, auf was, aber ich vermutete, dass DCI Withers dabei eine Rolle spielte), dass Zufriedenheit auf ein anderes Level bringt.

Ich fuhr durch die Stadt in Richtung Porthleven. Ich lächelte, als ich die Abfahrt zu einem nahe gelegenen Freizeitpark sah – nicht gerade Alton Towers, aber es war nett und lustig, und ich erinnerte mich daran, dass Mum und Dad mich mal dorthin mitgenommen hatten, als ich noch kleiner war – und fuhr weiter zum Campingplatz.

Das Gelände lag abseits einer schmalen Landstraße, an der man nirgends halten konnte, also fuhr ich in den Park und hielt außerhalb des kleinen Büros und Ladens. Gott sei Dank war ich mit meinem Wagen gekommen und nicht mit dem Pornomobil; wenn Roger oder Pauline hier wären, würden sie meinen Toyota nicht erkennen, aber sie hätten auf jeden Fall den Van erkannt. *Notiz an mich selbst: Alle weiteren Detektivarbeiten mit dem Auto erledigen, nicht dem Van,* dachte ich und lächelte dann. Weitere Detektivarbeiten? Ich hatte Withers gesagt, ich sei eine private Ermittlerin, aber ich hatte es tatsächlich gar nicht gemeint; es war nur etwas, was ich gesagt hatte, weil er mich genervt hatte. Vielleicht hatte ich es tief drinnen ja *doch* so gemeint ...

Ich befreite Germaine, wollte sie gerade rauslassen, stoppte aber; da war ein ‚Hunde verboten‘-Schild an dem kleinen Bürohaus angebracht. Galt das für das ganze Gelände? Ich ließ das Fenster ein wenig runter und tätschelte ihren Kopf.

„Tut mir leid, Süße“, sagte ich. „Ich lass dich einen Moment hier drinnen. Wir machen danach einen schönen“, ich sagte das Wort beinahe, welches sie in einen Zustand der unbändigen Aufregung versetzen und der es mir unmöglich machen würde, sie dazulassen, „S.P.A.Z.I.E.R.G.A.N.G., versprochen.“

Ich schloss die Tür und dann ging ich, einem Impuls folgend, in das Büro. Da saß ein junges Mädel hinter dem Tisch, sprach am Telefon und sah gelangweilt aus, aber sie unterbrach ihre Unterhaltung und lächelte freundlich, als ich eintrat.

„Kann ich Ihnen weiterhelfen?"

„Hi", sagte ich. „Ich überlege, mir ein Ferienhaus hier unten zu kaufen, und eine Freundin hat mir diesen Platz hier empfohlen. Ich weiß nicht, ob Sie sie kennen. Cheryl?"

Das Mädchen sah mich ausdruckslos an, dann schüttelte sie den Kopf. „Nein, ich kenne sie nicht. Wollen Sie sich einen der Wohnwagen ansehen?"

„Wäre es okay, wenn ich mir den Platz ein bisschen ansehe? Ich würde mich gerne erst von der Location und den Gegebenheiten überzeugen."

„Aber sicher." Sie gab mir eine Broschüre mit einer Karte. „Die fest stehenden Wohnwagen sind alle hier unten ..." Sie deutete sehr hilfreich auf ein Gebiet, das an den Wald angrenzte, der seinerseits zum See führte. „Dieser hier – und diese beiden nebeneinander – stehen gerade sogar zum Verkauf. Ich kann Sie ohne die Besitzer nicht reinlassen, aber wenn Ihnen der Platz gefällt, dann können Sie gerne wiederkommen und ich kann Ihnen den Vorführwagen zeigen und Sie machen sich ein Bild davon."

„Vielen Dank", sagte ich. „Das war sehr hilfreich." Und das war sie gewesen, denn hoffentlich waren die Wohnwagen, die zum Verkauf standen, nicht von Urlaubern besetzt, denn das wäre der perfekte Ort, um eine Leiche zu verstecken, bis Gras über die Sache gewachsen war ...

Ich verließ das Büro und folgte der Karte, ignorierte dabei das weinerliche Jaulen, das von Germaine aus dem Auto kam. Ich fühlte mich schlecht, aber ich würde nur fünf Minuten brauchen; das Gelände war nicht groß und es waren insgesamt vielleicht dreißig Wohnwagen. Ich würde die zu verkaufenden ordentlich auskundschaften, schon die Ausrede parat, falls jemand mich herausforderte, und würde bei den anderen etwas diskreter reinspicken.

Ich fühlte, wie mein Handy in der Hosentasche vibrierte und nahm es heraus, um nachzusehen. Ich war überrascht zu sehen, dass ich drei verpasste Anrufe von Tony hatte, aber in diesem Teil des Landes war der Empfang für Mobiltelefone sehr rar gesät, besonders wenn man in die ländlicheren Gegenden kam. Ich hatte immer noch ein paar Balken, was vermutlich genug war, um durchzukommen. Ich würde ihn anrufen, wenn ich zurück im Auto war.

Ich wanderte den asphaltierten Pfad hinunter, an einer Reihe von Zelten vorbei. Die meisten von ihnen waren verschlossen, die Bewohner wohl unterwegs, um die Freuden Porthlevens zu genießen (es gab da eine Bäckerei, an die ich mich aus meiner Kindheit erinnerte, die fast so gut war, wie die von Penstowan … *fast*) oder an einem der sandigen Strände ihren Spaß zu haben. Am Rande des Platzes war eine Reihe Bäume und ein Toilettenhaus. Ich ging links an den Müllcontainern vorbei und da standen die Wohnwagen vor mir.

Es war sehr ruhig und diese Ecke des Geländes fühlte sich kühl und schattig an. Ich hatte Freunde gehabt, die in Wohnwagen wie diesen die meiste Zeit des Jahres gelebt hatten – nicht jeder in Cornwall hatte das Glück, sich ein nettes, altmodisches steinernes Cottage mit Blick aufs Meer leisten zu können – und ich wusste, dass diese Orte im Sommer brütend heiß werden konnten, also war das ein guter Abstellplatz für sie. Nicht so toll im Winter natürlich, wenn es kalt und nass wurde.

Wie die Zelte, schienen die meisten Wohnwagen von Familien im Urlaub belegt zu sein. Da waren Badeanzüge und Handtücher, die zum Trocknen draußen hingen – vielleicht war gestern ein Strandtag gewesen, und heute waren sie unterwegs, um St Michael's Mount oder die Menschenmengen in St Ives zu bewältigen – aber es gab keine Anzeichen, dass jemand drinnen war.

Ich ging auf den ersten Van zu, der zu verkaufen war. Die Vorhänge waren zurückgeschoben und ein paar der Fenster waren einen Spalt geöffnet. Das Putzpersonal des Platzes wurde wahrscheinlich dafür bezahlt, in den unbewohnten Wagen zu lüften, auch wenn dort im Moment niemand untergebracht war. Bei dem Van nebendran, war es genau dasselbe – leer, aber die Vorhänge geöffnet. Es gab ein paar Stufen, die zu den französischen Türen an der Vorderseite des Wagens führten, also ging ich lässig nach oben und presste mein Gesicht gegen das Glas. Ich konnte die Küche sehen und den Wohnzimmerbereich; niemand war dort. Ich wanderte um die Seite des Vans, aber die Fenster waren dort zu hoch, als dass ich hätte hineingucken können.

Die nächsten paar Wohnwagen waren bewohnt. Ich kam zum vorletzten, der auch zu verkaufen war. Er stand ein bisschen entfernt von der Reihe, unter einem Baum, was an einem heißen Tag wie heute wunderbar sein konnte, aber zum Albtraum wurde, wenn an einem dieser grauen Wintertage der Nebel vom Meer her waberte und den ganzen Januar über blieb. Es war so dunkel im Schatten des Baumes, verglichen mit dem Sonnenschein ringsum, dass ich einen Moment brauchte, zu erkennen, dass die Vorhänge geschlossen waren.

Ich stand einen Augenblick da und überlegte, was ich tun sollte. Sollte ich klopfen? Aber erwartete ich, dass da drinnen jemand Lebendiges war oder es nur der temporäre Aufenthaltsort von Cheryls Leiche war?

Der Wohnwagen hatte, wie viele andere, Stufen, die zu den Türen an der Vorderseite hinaufführten. Ich erklomm sie nervös und presste mein Gesicht an das Fenster. Es musste da drinnen wirklich dunkel sein …

War da Licht? Durch das Gewebe des Vorhangmaterials, meinte ich, einen schwachen Schein ausmachen zu können, aber es war zu schwierig, es mit Bestimmtheit zu sagen, dadurch, wie die Äste des Baumes das Licht streuten und gelegentlich ein Sonnenstrahl auf der Scheibe reflektierte. Oder vielleicht stand die Tür vom Schlafbereich offen und das Licht schien von dem Fenster dort hindurch? Ich trat zurück, frustriert; ich wusste es einfach nicht. Aber es war verdächtig (oder zumindest, dachte ich, das wäre es), dass die Vorhänge in diesem Wohnwagen zugezogen waren.

Wenn Cheryls Leiche da drinnen versteckt war, wäre sie ein paar Tage alt. Cheryl würde anfangen weniger nach Calvin Kleins Obsession zu riechen und mehr wie die Reste des Abendessens von vor zwei Wochen. Ich schluckte schwer, presste meine Nase gegen die Scheibe und schnüffelte behutsam.

Nichts.

Leichen rochen sehr schnell sehr stark und wenn ich richtig darüber nachdachte anstatt nur halb gar (Seitennotiz: Warum ausgerechnet gar? Sollte man anstreben, etwas ‚gar‘ oder ‚gekocht‘ zu tun oder zu denken?), hätte ich begriffen, dass das hier gar kein so gutes Versteck darstellte. Die benachbarten Urlauber würden doch sicher sofort einen schrecklichen Duft bemerken. Ich war erleichtert; um Oscar Wilde zu beklauen und zu zitieren: Zwei Leichen in einer Woche zu finden, war ein Unglücksfall; drei zu finden, sah –

Aber ich entschied nie, nach was es aussah, drei Leichen zu finden, denn die Tür vor mir wurde plötzlich einen Spalt geöffnet und eine ängstliche Stimme sagte: „Jodie?“

Kapitel 29

Als ich mich wieder gesammelt und meine Unterwäsche geradegerückt hatte, starrte ich in das blasse Gesicht vor mir. Sie war ohne Make-up und die toupierten Haare fast nicht zu erkennen, aber sie war definitiv am Leben.

„Cheryl?" Ich wusste natürlich, dass sie es war, aber ich konnte es doch kaum glauben. Withers hatte mich überzeugt, dass sie tot war.

„Komm schnell rein!" Sie zog mich hinein und schloss die Tür.

Ich sah mich im Raum um. Es war nett dekoriert, aber es war so dunkel, dass es sich kalt und ungemütlich anfühlte. Ein Stapel Zeitschriften lag auf dem Boden neben dem Sofa, und der Fernseher lief, die Lautstärke sehr leise eingestellt. Cheryl lief hinüber in die Küche und stellte sich hinter die Insel, eine Barriere zwischen uns.

Sie sah nicht gut aus. Die makellos gepflegte, selbstbewusst-bis-zum-geht-nicht-mehr junge Frau, die jede meiner Menüvorschläge infrage gestellt hatte, meiner Garderobenwahl bei der Willkommensfeier einen Seitenblick zugeworfen hatte und das Herz meines ältesten Freundes erobert hatte, war verschwunden, ersetzt durch einen nervösen, zappeligen Geist ihres ehemaligen Wesens. Ihre manikürten Fingernägel, die ich einst bewundert hatte, wegen ihres kräftigen Griffs an Mels

Hals, waren abgekaut und abgeblättert. Das Achtziger-jahre-Power-Outfit war verschwunden und anstelle eines roten seidenen Cocktailkleides, das laut nach Glamour und Stil geschrien hatte, trug sie jetzt einen alten schwarzen Velours-Jogginganzug, der eher leise murmelte ‚Supermarkt Eigenmarke‘.

Da war noch ein Hauch alte Cheryl da, denn sie bemerkte meine nicht sehr subtile Musterung und sammelte sich genug, um zu fragen: „Tee?“

Ich starrte sie einen Moment lang an, den Mund im Unglauben geöffnet. Sie hatte Tonys Leben zerstört und alles, was sie tun konnte, war, dazustehen und mir eine Tasse Tee anzubieten? Sie hielt meinen Blick ein paar Sekunden trotzig, aber dann begann ihre Unterlippe zu zittern und ihre Augen füllten sich mit Tränen. *Jetzt geht's los*, dachte ich und es kam. Ihr starres Gesicht fiel in sich zusammen, woraufhin sie es in ihre beiden Hände legte und heulte, ziemlich heftig. Trotz meines anfänglichen Zorns und der Empörung über sie tat sie mir leid. Sie schien verloren und verwirrt, nicht die Cheryl, die ich kurz gekannt hatte und vor all dem hier nicht gemocht hatte. Ich lief zu ihr rüber und zog sie in eine Umarmung. Ich hatte erwartet, dass sie sich wehren und sich entziehen würde, aber sie vergrub ihren Kopf an meiner Schulter und weinte noch schlimmer.

Ich führte sie zum Sofa und setzte sie hin, suchte in meinen Taschen nach einem Taschentuch. Dann setzte ich mich neben sie, legte meinen Arm um sie und wartete, bis die Tränen versiegten.

Sie beruhigte sich langsam, die Tränen trockneten, auch wenn ihr Atem noch abgehackt und zitternd ging.

„Also", sagte ich. „Was zur Hölle ist hier los?" Sie sah aus, als würde gleich wieder weinen. „Ich will dich nicht fertigmachen", sagte ich schnell, „aber ich muss wissen, was passiert ist, damit ich helfen kann."

Sie atmete tief ein und wischte über ihre Augen, schnäuzte ihre Nase und wollte mir das Taschentuch zurückgeben. Ich winkte ab.

„Nein, das kannst du behalten ... Sag mir, was Freitagnacht passiert ist."

„Ich weiß nicht, wo ich anfangen soll ..."

„Okay, dann lass mich dir sagen, was wir bisher herausgefunden haben."

„Wir?"

„Die Polizei. Und ich und Tony." Ihre Augen füllten sich bei seinem Namen wieder mit Tränen, und ich fühlte ein kleines Ziehen in meinem Magen. Vielleicht liebte sie ihn wirklich. „Ihm geht's übrigens gut. Er macht sich natürlich Sorgen um dich." *Und sorgt sich darum, ob er wegen dreier Morde, die er nicht begangen hat, ins Gefängnis muss*, dachte ich, aber ich sagte nichts. Ich wollte nicht, dass sie wieder heulte.

„Wir haben die Pfandbelege gefunden", sagte ich. „Du brauchtest schnell Geld. Jemand hat dich erpresst, oder?" Sie sah mich an, erstaunt und dann nickte sie. „Du hattest eine Affäre –"

„Nein!" Sie schüttelte vehement ihren Kopf. „Das hatte ich nicht. Es war nicht so ..."

„Craig?"

Sie sah mich beschämt an, und nickte dann. „Wir ... wir hatten eine Beziehung. Es lief noch, als ich Tony kennenlernte, aber sobald ich merkte, dass es mit ihm ernster wurde, beendete ich es. Es fühlte sich nie *richtig* an. Ich weiß, wir waren nicht wirklich Bruder und Schwester, aber wir sind zusammen aufgewachsen, als wären wir es. Als ich bei meinem Onkel und meiner Tante einzog, war ich fünfzehn und Craig siebzehn, und in der Sekunde, in der ich ihn sah, wollte ich ihn und er fühlte dasselbe. Wir widerstanden dem Ganzen, aber an meinem achtzehnten Geburtstag ...“

„So lange ging das?“ Ich war schockiert. Das waren *Jahre.*

„Nein, nein. Nach dieser Nacht vermieden wir es, miteinander allein zu sein, und für eine Weile war es so, als hätten wir es abgehakt. Er ging wegen der Arbeit weg und alles war vergessen. Aber dann kam er zurück. Und es war, als wären wir wieder Teenager.“ Sie betrachtete ihre Nägel. „Das Dumme ist, dass ich ihn da schon gar nicht mehr mochte. Er hatte schon immer diese fiese Art von Humor, aber es war schlimmer geworden, als er fort war. Er war zynisch und verbittert. Aber er hatte diese Macht über mich. Ich weiß nicht, warum ...“

„Was ist passiert, als du das mit ihm beendet hast?“

„Ihm schien es anfangs egal zu sein; er hat nur gegrinst und gesagt, ich würde zurückkommen. Aber als er Tony kennenlernte, war er fuchsteufelswild. Er sagte, er könne nicht glauben, dass ich ihn für jemanden wie Tony verlassen hätte.“

„Du meinst, für jemanden netten, witzigen und anständigen?“ Ich fühlte eine Welle empörte Wut in Tonys Namen. Sie nickte.

„Genau. Er belästigte mich ewig, aber ich dachte irgendwann, er hätte es akzeptiert. Dann, als wir uns entschieden zu heiraten, drohte er mir, dass er es Tony erzählen würde, und ich bekam Angst. Ich bot ihm Geld an, damit er uns allein ließ und damit hatte es sich."

„Also, Freitagnacht. Du hattest offensichtlich nicht damit gerechnet, ihn zu sehen?"

Sie schüttelte den Kopf. „Nein. Ich hatte ihm an dem Tag etwas Geld gegeben, im Gegenzug versprach er wegzubleiben. Aber dann tauchte er wieder auf ..." Sie sah mich an, einen flehenden Ausdruck auf ihrem Gesicht. „Es war als ... als wäre er gekommen, um mich zu holen; ich wäre niemals von ihm weggekommen und vielleicht sollte ich einfach nachgeben und mit ihm gehen. Verstehst du?"

Das tat ich. Ich hatte an genug Missbrauchsfällen in meinem alten Leben gearbeitet, um eine toxische Beziehung zu erkennen, wenn ich sie sah. „Er kontrollierte dich. Er gab dir das Gefühl, dass du ihn brauchst."

Sie sah mich fast erleichtert an. „Ja. Und dann das mit Mel und was sie sagte – zuerst dachte ich, dass sie von ihm wusste und dass sie es Tony sagen würde – und dann tauchte Craig auf, es schien alles unmöglich. Auch als ich begriff, dass Mel es nicht wusste, es fühlte sich an, als würde das Schicksal mich warnen, dass es nur eine Frage der Zeit war."

„Als ich zu dir raufkam und nach dir fragte, hattest du da geplant wegzulaufen?"

Sie seufzte und stand auf, lief hinüber zur Spüle und holte sich ein Glas Wasser. Sie kühlte ihre Stirn an dem kalten Glas, bevor sie sprach.

„Ich wusste nicht, was ich tun sollte. Ich entschied mich, es Tony nach der Party zu sagen und zu sehen, ob er mich noch wollte. Und dann dachte ich, ich schreibe ihm einen Brief, für den Fall, dass ich mich nicht dazu durchringen konnte, es zu sagen."

„Aber du bist nie weiter gekommen als ‚Lieber Tony'", sagte ich und sie schüttelte den Kopf.

„Ich hatte nicht die Chance." Sie schluckte ihr Getränk herunter. „Craig rief mich an und sagte, ich solle ihn im Garten treffen, sonst würde er sofort zurück in die Bar gehen und Tony ein Foto zeigen. Und er schickte mir das Foto. Es war ..."

„Ich glaube, ich kann es mir vorstellen", sagte ich. „Er hat ein paar DIN-A4-Kopien an euer Haus geschickt und Tony hat sie am nächsten Tag bekommen."

„Oh Gott ..." Sie sah weg, aber ich konnte sehen, dass sie weinte.

„Tony war es egal", sagte ich. „Okay, er war natürlich wütend, aber es wäre ihm egal gewesen, wenn du es ihm gesagt hättest."

„Ich weiß." Sie riss sich wieder zusammen. „Ich war so dumm. Ich hätte einfach gleich runter in die Bar gehen sollen und Tony finden, aber stattdessen bin ich in den Garten gegangen, um Craig anzuflehen, mich in Ruhe zu lassen. Mel brachte gerade ihren Hund ins Auto, also schlich ich mich an ihr vorbei." Sie zitterte, also ging ich rüber und hielt ihre Hand. Ich hatte sie vielleicht nicht gemocht, aber es war unmöglich, nicht mit ihr zu fühlen. „Als ich Craig sagte, dass ich nicht mit ihm gehe, ist er ausgerastet. Er hat mir ins Gesicht gespuckt und gesagt, er würde mich niemand anderem lassen. Ich dachte, er bringt mich um."

„Was hat er getan?"

Sie sprach nicht, zog aber den Kragen ihres Pullovers herunter, der bis ganz oben hin verschlossen gewesen war. Da waren lauter blaue Flecken um ihren Hals, eindeutig genug, dass ich sogar die Form von Craigs Fingern ausmachen konnte. Sie sah mich an, zitterte am ganzen Körper, aber ihr Blick war stet.

„Ich versuchte wegzukommen, aber ich konnte nicht. Als ich fast bewusstlos wurde, ließ er plötzlich los."

„Er hat einfach so losgelassen?"

„Es war Mel. Sie musste uns gehört haben. Sie hatte diesen riesigen Stein in ihrer Hand und sie hat ihm damit auf den Kopf gehauen. Aber nicht fest genug, um ihn zu töten." Ich konnte die Panik und die Angst in ihren Augen sehen, während sie sich erinnerte, und ich drückte ihre Hand. Sie atmete tief ein, um sich zu beruhigen. „Er drehte sich um, riss ihr den Stein aus der Hand und schlug ihr damit auf den Kopf. Das nächste, an das ich mich erinnern kann, ist, dass sie auf dem Boden lag und er auf ihr, sie würgte, obwohl sie auf mich schon tot wirkte. Also nahm ich den Stein, den er fallen gelassen hatte, und schlug ihn damit so fest ich konnte. Und tötete ihn." Sie schwankte. Ich nahm ihr das Glas ab, bevor sie es fallen ließ und half ihr zurück zum Sofa.

„Dann war es Notwehr", meinte ich und sie nickte.

„Die arme Mel", sagte sie und begann zu weinen. „Sie wollte mir nur helfen ..."

„Aber, was ich nicht verstehe", begann ich vorsichtig (ich wollte nicht, dass sie wieder hysterisch wurde), „was ich nicht verstehe, ist, was danach passiert ist. Wie hast du Craigs Leiche weggeschafft? Warum hast du nicht die Polizei gerufen?"

„Ich weiß es nicht. Ich hatte einfach Panik", schrie sie. „Ich rief meinen Onkel an, aber er ging nicht ran. Ich nahm an, er sei in der Bar und hörte sein Handy nicht.

Also rief ich Tante Pauline stattdessen an. Ich wollte nur, dass mir jemand sagt, was ich tun sollte."

„Warum um alles in der Welt hätte sie dir gesagt, dass du die Leiche wegschaffen sollst? Und warum Mels liegen lassen? Das verstehe ich nicht."

„Sie sagte, die Polizei glaubt Frauen nie in solchen Fällen. Sie sagte, die würden die Fotos von mir und Craig sehen, denken, dass wir Geliebte waren, und annehmen, dass ich beide getötet hätte, um sie daran zu hindern, es Tony zu erzählen."

„Das ist doch Unsinn. Wenn du sofort zur Polizei gegangen wärst und ihnen alles erzählt hättest, hätten sie dir sofort geglaubt, besonders wegen Craigs Ruf. Und was ist mit Tony? Du hast ihn einfach zurückgelassen, ohne eine Ahnung, was mit dir passiert war."

„Pauline sagte, die Polizei würde denken, dass ich sie beide ermordet habe und würden nach mir suchen. Tony würde wissen, dass er ohne mich besser dran wäre. Darum verstecke ich mich hier, bis mein Onkel und meine Tante mir helfen, das Land zu verlassen.

Ich lachte verächtlich. „Pauline hat sie nicht mehr alle. Alle denken, du wärst tot. Und die Polizei hat Tony wegen aller drei Morde verhaftet." Ich erwähnte nicht, dass sie ihn hatten gehen lassen, denn ich war mir nicht mal sicher, ob sie ihn nicht sogar wieder verhaften würden, es sei denn, ich konnte Cheryl der Polizei übergeben.

„Aber das ist ... Tony würde nie jemandem etwas antun!" Cheryl sah ehrlich schockiert aus. „Warum hat Pauline mir das nicht gesagt? Ich verstehe das nicht –"

„Du verstehst das nicht?" Wir beide erschraken und drehten uns um, um Pauline Laity in der Seitentür zu entdecken. „Sie! Was in Gottes Namen machen Sie hier? Sie sind doch bloß der Caterer! Warum scheinen Sie alles möglich zu tun, außer verdammt noch mal zu kochen? Cheryl, Liebes, ich habe keine Ahnung, was diese Frau dir erzählt hat, aber du musst sie ignorieren. Sie will sich an Tony ranmachen und will dich aus dem Weg schaffen."

„Das ist absoluter Blödsinn!", schrie ich. „Cheryl, deine Tante hier ist total irre. Wenn sie diejenige ist, die dir gesagt hat, dass du Craig wegschaffen und im Moor versenken sollst, hat sie alles hundertmal schlimmer gemacht, als es hätte sein können."

„Du hast ihn ins Moor geworfen?" Cheryl sah entsetzt aus. „Ich dachte ... Du hast gesagt, du würdest ihn begraben! Er war dein Sohn! Wie konntest du nur ...?"

„Wie konnte ich nur der Frau helfen, die ihn umgebracht hat?", schnauzte Pauline sie an und plötzlich fragte ich mich, wie jemals jemand denken konnte, diese Frau wäre ein stilles Mäuschen. Sie hatte Tony reingelegt; sie hatte sogar DCI Withers reingelegt, der auf ihre Rolle der trauernden Mutter reingefallen war. „Wie konnte ich der Frau helfen, die sein Herz gebrochen hat *und* ihn mir weggenommen hat?"

„Sie helfen ihr nicht", sagte ich, während ich endlich verstand. „Sie lassen sie schuldig aussehen."

„Sie *ist* schuldig! Sie hat ihn umgebracht!"

„Aus Notwehr", sagte ich ruhig. „Sie wissen das, warum haben Sie sich sonst die Mühe gemacht, sie zu belasten und es so aussehen zu lassen, als ob sie alles geplant hätte? Wir wissen aber, dass sie es nicht geplant hat."

„Sie wissen gar nichts“, spuckte Pauline aus, aber sie wirkte nicht mehr so sicher.

„Nein? Wir wissen, dass es Rogers Auto war, mit dem Craigs Leiche weggefahren wurde. Wir wissen, dass es an der Parkbucht geparkt war, während Sie zwei die Leiche durch das hohe Gras zogen und über den Zaun hievten. Wir wissen, dass es zum Moor fuhr. Ob Sie es fuhren oder er, weiß ich nicht. Ich glaube aber, Sie zwangen Roger dazu, während Sie sie hierherbrachten. Sie wussten, dass er alles tun würde, um ihr zu helfen.“

Cheryl sah verwirrt aus. „Wieso glaubst du das?“

Pauline funkelte mich an. „Wissen Sie, wie viele Jahre es dauerte, bis Roger Craig als seinen Sohn akzeptierte? Er war erst vier, als wir heirateten; er war nur ein kleiner Junge und er brauchte einen Daddy. Jedes Mal stellte Roger ihn als seinen ‚Stiefsohn‘ vor und es brach mir das Herz. Und dann kamst du, die kleine perfekte Lady.“

„Aber Onkel Roger hat nie –“

„Aber er ist nicht ihr Onkel, oder?“, sagte ich. Cheryl sah mich an, die Augen groß, während Pauline mich wie eine Katze ansah, die kurz davor, war eine Maus zu fangen. Böse. Sie lief langsam zur Küche hinüber, öffnete eine Schublade, nahm ein großes Messer raus und legte es auf die Kücheninsel. Ich beobachtete ihre Hände, während sie sprach.

„Männer sind so dumm. Er brauchte eine Weile, um es zu begreifen, aber ich wusste es in der Sekunde, als sie vor der Tür stand“, sagte Pauline. „Darum ist deine Mutter weggerannt, Liebes ... weil sie wusste, dass das Kind, das sie erwartete, nicht das ihres Ehemanns war, sondern seines Bruders. Ich wusste es, wusste es einfach. Und dann natürlich, als es Roger dämmerte ... Weißt du, dass er sein Testament geändert hat? Alles, was Craig bekommen hätte, würdest jetzt du kriegen. Und ich musste es einfach hinnehmen, dass du behandelt wurdest, als wärst du meine Tochter. Als ob es nicht genug wäre, mit dem Wissen zu leben, dass er mich nie so lieben würde, wie er deine Mutter geliebt hatte.“

„Wussten Sie von der Beziehung? Wussten Sie, was Craig ihr antat?“

Sie lachte wieder. „Was *er ihr* antat? Sie hat ihn benutzt, bis sie jemand anderen gefunden hatte, von dem sie dachte, er hätte mehr Geld. Sie ist genau wie ihre Mutter.“

Cheryl sprang auf und wollte zu Pauline eilen, doch ich erhob mich auch und packte sie am Arm.

„Nicht“, sagte ich leise. Pauline lachte und nahm das Messer, betrachtete die Klinge.

„Ich hatte noch nie das Bedürfnis verspürt, jemanden zu töten“, sagte Pauline. „Ich hatte nie geplant, dich zu töten, nicht mal, nachdem du meinen lieben Jungen ermordet hattest.“

„Den lieben Jungen, der ein fieser Lügner war, der sie missbrauchte? Tollen Job haben Sie da gemacht, Pauline. Da muss es irgendwo einen Mutter-des-Jahres-Preis mit Ihrem Namen drauf geben“, verspottete ich sie. Ich wollte, dass sie hinter der Kücheninsel hervorkommt. Ich schob Cheryl sanft hinter mich, in Richtung der französischen Türen. Draußen fing ein Hund an zu kläffen. Ich erkannte dieses Gebell ...

„Sie haben für sie durch Ihr Auftauchen alles schlimmer gemacht", sagte Pauline und sah immer noch auf das Messer in ihrer Hand. „Ich wollte sie hier so lange wie möglich verstecken, eingeschlossen, bis sie wahnsinnig werden würde, und sie dann der Polizei übergeben, und bis dahin sähe sie so schuldig aus, dass sie für beide Morde drankäme. Oder vielleicht hätte sie sich selbst gestellt. So weit hatte ich noch nicht geplant."

Ich trat zurück, zwang Cheryl so auch zurückzugehen. Pauline trat vor die Kücheninsel.

„Oh nein, Sie wollen doch noch nicht gehen?", sagte sie und bewegte sich auf uns zu.

Draußen wurde das Gebell lauter; Germaine hatte ihre Entfesselungsnummer aufgeführt und war vor der Tür. Ich drehte mich und schubste Cheryl durch sie hindurch, während sich Pauline mit erhobenem Messer auf mich stürzte –

Und dann passierte alles gleichzeitig. Cheryl hatte gerade die Hände nach der Doppeltür ausgestreckt, als diese aufflog und Withers offenbarte, der auf den Stufen stand und Tony direkt hinter ihm. Germaine stürzte heran und warf sich auf Pauline, die kreischte und ihr das Messer entgegenstreckte und es heruntersausen ließ ...

„Sie rühren meinen Hund nicht an!", schrie ich und schwang den Feuerlöscher, den ich vorhin neben dem Fernseher entdeckt hatte, in Richtung ihres Kopfes. Er traf sie mit einem lauten *DONG!* und ließ Pauline bewusstlos auf dem Boden des Wohnwagens zurück.

„Geht es Ihnen gut –?", begann Withers, unterbrach sich aber, als er mich über Paulines ausgestrecktem Körper stehen sah.

„Es wurde hier ein wenig hitzig“, sagte ich und
schwenkte den Feuerlöscher. „Ich hab mich darum gekümmert.“ Ich lachte schwach und sank zu Boden, wo
Germaine mich mit aufgeregten Hundeküsschen emp-
fing.

KAPITEL 30

Pauline wurde, zu meiner Erleichterung, ein paar Minuten später wieder wach. Ich hatte eigentlich auf ihren Arm gezielt, um ihr das Messer aus der Hand zu schlagen, statt sie k. o., aber als sie auf Germaine losging, hatte ich rotgesehen. Sie sah aus, als bedauere sie es, aufzuwachen, denn sie war mit Handschellen gefesselt worden und stand unter der strengen Aufsicht des alten Davey Trelawney. Ein Krankenwagen fuhr vor, und sie wurde auf die Beine gestellt und hinübergezerrt, um durchgecheckt zu werden, bevor sie zur Penstowan-Polizei-Station eskortiert werden würde.

Cheryl fiel Tony in die Arme und tränte ihn voll. Tony war sichtlich erleichtert, dass sie okay war, aber ich konnte nicht anders, als zu bemerken, dass er ein wenig unangenehm berührt und ihr gegenüber distanziert wirkte.

„Alles gut bei Ihnen?", fragte Withers. Ich saß auf dem Beifahrersitz seines Wagens. Ich war in eine Decke gehüllt – das war eine dieser Sachen, die ich schon immer automatisch gemacht hatte, wenn jemand einen Schock erlitten hatte, ohne wirklich zu wissen, warum, aber es war eigentlich sehr tröstlich, obwohl es mir ganz schön heiß wurde (oder lag das nur an der Anwesenheit von DCI Withers?). Jemand hatte mir Kaffee gebracht und Germaine lag zu meinen Füßen. Ich hatte das Gefühl, dass sie mich nie wieder aus den Augen lassen würde und Daisy würde vermutlich dasselbe tun. Wenn ich ihr hiervon erzählte.

„Mir geht's gut", sagte ich. „Aber ich bin sehr, sehr froh, Sie zu sehen. Sie kamen genau richtig."

„Das *war* ein bisschen knapp", sagte er. „Ich nehme nicht an, dass Sie das überzeugt hat, von jetzt an beim Kochen zu bleiben?"

„Natürlich hat es das, DCI Withers." Ich grinste. Er lachte.

„Oh mein Gott, Ihnen hat das tatsächlich Spaß gemacht, oder?"

Er schüttelte den Kopf. „Ich fürchte, ich werde sie in Zukunft überwachen müssen."

Ich ließ die Decke von mir gleiten, bevor ich noch Feuer fing. Ich war mir sicher, dass es nur die Sonne war, die mich erhitzte, und nicht der Gedanke daran, dass DCI Withers ein Auge auf mich haben wollte ...

„Also, wie haben Sie mich gefunden?", fragte ich. „Hat Tony Sie angerufen?"

„Gott, nein. Ich war gerade bei ihm, um ihn wieder zu verhaften, und er war gerade auf dem Weg nach draußen." Er grinste mich an und ich begriff, dass er nur Witze machte. „Er kam auf die Wache gerannt und plapperte etwas von einer Nachricht, die Sie ihm hinterlassen hatten, also dachte ich, ich komme mal besser hierher, bevor Sie wieder Ärger machen."

„Zu spät", sagte ich leichthin.

„Wie immer." Er lächelte mich schief an. „Ich hätte wissen müssen, dass Sie den Fall gelöst hatten, als wir hier ankamen. Ihr irrer Hund hatte sich gerade aus dem Auto befreit, als wir vorfuhren, also folgten wir ihr und sie hat uns zu dem Wohnwagen geführt."

Wir sahen den Sanitätern zu, die Cheryl untersuchten und Withers zunickten, der seinerseits einem anderen Beamten signalisierte, dass sie mitgenommen werden konnte. Sie wurde langsam zu einem wartenden Streifenwagen geführt und weggefahren.

„Was passiert jetzt mit ihr?", fragte ich. Er zuckte mit den Schultern. „Ich weiß nicht. Es ist ziemlich eindeutig, dass sie Craig aus Notwehr erschlagen hat, und all dieser Unsinn von Pauline Laity inszeniert wurde, nicht von ihr. Sie wird eingebuchtet, denke ich, aber nicht für lange. Sie ist für niemanden eine Gefahr. Pauline, allerdings ... die ist gruselig." Ich lachte, aber er hatte recht; die war irre. „Sie und Roger werden beide einsitzen, wegen Behinderung der Justiz, Beihilfe zum Mord ... Es klingt so, als hätte Roger alles für sein kleines Mädchen getan."

„Alles, außer ihr zu sagen, dass sie seine Tochter ist."

Er stimmte zu. „Ist sicher nicht leicht, jemanden das zu sagen, oder?"

Ich sah zum Krankenwagen rüber. Der Sanitäter schloss die Türen und fuhr davon, ließ Tony da allein stehen, verloren. Withers folgte meinem Blick.

„Sie gehen besser rüber und reden mit ihm", sagte er. „Wenn er nicht zu mir gekommen wäre, hätten die Dinge anders ausgehen können. Und er bestand darauf, mitzukommen, um sie zu retten."

Ich schlenderte zu Tony, auf Beinen, die beinahe aufgehört hatten zu zittern, das Adrenalin, das mich bisher getragen hatte, verabschiedete sich.

„Na ...", sagte ich.

„Na …“, sagte er und wir beide lachten. „Ich weiß wirklich nicht, was ich sagen soll. Geht es dir gut? Was du da getan hast, war unglaublich …“

„Oh, danke.“

„Und dumm. Wirklich, wirklich dumm. Wenn dir irgendetwas passiert wäre –“

„Ist es aber nicht.“

„Nein. Gott sei Dank.“ Er nahm meine Hände und sah mir ins Gesicht. „Geht es dir wirklich gut? Es tut mir so leid, dass ich deinen Anruf verpasst habe. Ich bin zur Arbeit gegangen, weil ich versuchen wollte mich abzulenken und ich hab mein Telefon einfach nicht gehört und dann hab ich deine Nachricht gehört und mir solche Sorgen gemacht, was du schon wieder vorhast –“

„Ich weiß, ich habe von Withers schon eine Standpauke bekommen.“

Tony lächelte. „Ich bin sofort zur Wache und habe ihm gesagt, wir müssen los und dich finden. Um ehrlich zu sein, habe ich ihn nicht besonders überzeugen müssen …“

„Der steht auf mich, wie du gesagt hast“, sagte ich scherzhaft.

Er lachte. „Ja.“

„Also, du und Cheryl …“

„Ich weiß nicht. Wir werden sehen.“

Kapitel 31

Zwei Tage später lief ich nach Penstowan, um meinen Van abzuholen. Während ich ging, dachte ich darüber nach, worüber ich am Morgen beim Frühstück mit Daisy gesprochen hatte.

„Also, der ganze Ermittlungskram …“, hatte sie zögerlich begonnen. Ich hatte fühlen können, wie eine *Riesenwelle* Schuldgefühle aufkam, obwohl ich ehrlich behaupten konnte, dass ich es nicht bereute, mich eingemischt zu haben – ich war immer noch davon überzeugt, dass es wahrscheinlich gewesen wäre, dass sie Tony verhaftet und angeklagt hätten, wenn ich meine Nase nicht mit hineingesteckt hätte – und ich würde auch nicht versprechen können, dass ich es nicht wieder tun würde. Aber ich war mir nicht sicher, ob ich meiner Tochter das sagen würde.

„Liebling, es tut mir so leid“, begann ich. „Ich habe dir etwas versprochen und in der Sekunde, in der wir hierherkommen, stolpere ich hier rein. Ich hätte es nicht tun sollen, ich weiß, aber ich –“

„Nein, du hattest recht damit“, sagte sie. Sie hatte geseufzt und älter gewirkt als ihre zwölf, fast dreizehn Jahre. „Du musstest Tony helfen, und ich bin froh, dass du es getan hast.“ Sie spielte mit ihrem Löffel herum, rührte in ihrer Schüssel Granola. „Du hast es wirklich geliebt, bei der Polizei zu sein, oder? Ich hab nicht verstanden, wie sehr du das vermisst.“

Ich starrte sie an. „Ich habe mich dazu entschieden, aufzuhören.“

„Du wärst nicht gegangen, wenn ich dich nicht darum gebeten hätte, oder?“, sagte sie und dann war sie diejenige, die aussah, als würde sie von Schuldgefühlen überflutet werden. Ich schnappte sie mir und nahm sie in den Arm, küsste sie auf ihren Kopf.

„Ich bin deine Mum; mein einziger Zweck im Leben ist jetzt, nach dir zu sehen und dich glücklich zu machen.“

„Ich will, dass *du* auch glücklich bist“, sagte sie. „Und du bist nicht glücklich, bis du deine Nase in die Angelegenheiten anderer reinsteckst.“

Ich lachte. „Das ist ein bisschen hart. Aber richtig.“ Sie lehnte sich zurück und sah mich mit einem ernsten Ausdruck an. *Sie hatte ziemlich schnell erwachsen werden müssen*, dachte ich.

„Ich werde dich nicht mehr bitten, Versprechen zu machen, die du nicht halten kannst“, erklärte sie. „Versprich mir nur, dass du dich nicht in Gefahr bringst.“

„Das verspreche ich dir gerne“, sagte ich.

***

Ich brauchte dreißig Minuten zur Werkstatt, aber Rob war noch nicht mit dem Van fertig und erklärte mir, ich solle in einer Stunde wiederkommen. Ich entschloss mich, das Beste aus meiner freien, ruhigen Zeit zu machen – ohne Mum oder Daisy, Tony oder DCI Withers, nicht mal den Hund hatte ich, der um meine Aufmerksamkeit bettelte, und keine Mordermittlung, die meinen Kopf beschäftigte – und würde mich mit einem Besuch bei Rowe's mit einem Kaffee und einem Stück Kuchen verwöhnen.

„Jodie!"

Ich hielt inne und drehte mich überrascht um. Er war die letzte Person, die ich hier erwartet hätte, was dumm war, denn er wohnte sicher hier irgendwo und musste essen.

„DCI Withers", begann ich.

„Ich bin nicht im Dienst. Wenn ich Sie Jodie nenne, dann ist das Mindeste, das Sie tun können, mich Nathan zu nennen."

„Nathan ..." Also *dafür* hatte das ‚N' gestanden. Ich versuchte es. Es fühlte sich komisch an, aber ich war ein bisschen erleichtert, dass es nicht Nigel war (nichts für ungut, an alle Nigels da draußen). Er lachte.

„Was, dachten Sie, meine Eltern hätten mich ‚DCI' getauft oder so was?" Sein Akzent, den er normalerweise immer versucht hatte zu verstecken, klang ein bisschen heraus.

„Ah, ich hatte mich schon gefragt, was Sie für einen Akzent haben", sagte ich. „Ich meine, nicht dass ich viel über Sie nachdenken würde ..."

„Ja, darauf wette ich." Er hielt die Tür auf und trat zur Seite, damit ich vor ihm eintreten konnte, dann folgte er mir. „Kann ich Ihnen einen Kaffee spendieren?"

„Okay ... *Nathan*."

Wir setzten uns und sprachen kein Wort, bis die Kellnerin da gewesen war und unsere Bestellung aufgenommen hatte – einen Latte für mich, und einen Cappuccino und Apfelmuffin für ihn.

„Ich hätte Sie nicht für einen Apfelmuffin-Typen ge-halten", sagte ich.

„Nicht?" Er sah belustigt aus. „Dann sagen Sie mir, Sie sind eine Köchin – Entschuldigung, eine *Chefköchin* –, wenn Sie mir einen Kuchen backen würden, welchen würden Sie machen?"

„Ich weiß nicht", sagte ich. „Wie soll ich das nur in *Torte* fassen?"

Er stöhnte. „Das ist ein furchtbarer Witz."

„Ich weiß. Ich *zerkrümele* unter Druck …"

„Zählt das? Kuchen oder Desserts zerkrümeln doch nicht, oder?"

„Wären Sie ein wahrer *Friand*, würden Sie das nicht fragen."

Er lachte. „Ich versuche verzweifelt einen Weg zu fin-den, Schokohörnchen in das Gespräch einzubinden", sagte er.

Ich versuchte mit aller Kraft nicht rot anzulaufen. *Bitte nicht rot werden, bitte nicht rot werden …*

„Wie frech! Sie sind so ein *Schnittchen* …"

Die Kellnerin kam mit unseren Getränken. Der Muf-fin sah köstlich aus und ich wünschte, ich hätte auch einen bestellt; ich hatte es vorgehabt, aber ich wollte nicht wie ein Schwein vor With– – *Nathan* – aussehen. Oh, es würde eine Weile dauern, sich das anzugewöh-nen. Ich wollte mich auch nicht damit auseinanderset-zen, warum es mir wichtig war, wie ich vor ihm aussah.

„Wenn ich so darüber nachdenke, könnten Sie noch einen Muffin bringen?", bat er die Kellnerin und lä-chelte mich an. *Verdammter Arrogant.*

„Nein, nein, mir geht's gut", sagte ich und er tat, als wäre er überrascht.

„Der ist nicht für Sie; ich will zwei“, lachte er, während ich meine Augen verdrehte. Er gab Zucker in sein Getränk und sagte dann: „Liverpool.“

„Was?“

„Mein Akzent. Da komm ich her. Na ja, Crosby. Liverpool-by-the-sea.“

„Oh. Was brachte Sie dann hierher?“

„Meine Verlobte und ich dachten, es wäre ein netter Ort, um Kinder aufwachsen zu lassen.“ Aus irgendeinem Grund war da ein übles Gefühl in meinem Magen, aber ich sagte nichts. Er nahm einen Schluck Kaffee. „Sie war wild entschlossen, also habe ich mich hierher versetzen lassen, habe ein Haus gekauft und dann entschied sie plötzlich, dass sie doch in Crosby bleibt, also ...“

„Oh nein“, sagte ich und hoffte, dass es ehrlich klang, obwohl mein Magen sich wundersamerweise schon wieder viel besser anfühlte. Die Kellnerin brachte den anderen Muffin, platzierte ihn vor mir und ich begann fröhlich ihn zu verspeisen.

„Jedenfalls, ich wollte mich dafür entschuldigen, dass ich gedroht habe, Sie zu verhaften“, sagte er.

„Welches Mal genau?“, fragte ich.

„Wie oft habe ich es denn angedroht?“

„Mindestens dreimal, wenn ich mich recht erinnere.“

Er lachte. „Okay, ich entschuldige mich für alle Male. Aber Sie geben nicht auf, oder? Sie sind hartnäckig. Sie waren sicher eine gute Polizistin.“

Ich verschluckte mich fast. „Was ist mit den großen Fußstapfen?“, fragte ich ihn ein bisschen säuerlich. Er sah mich ehrlich überrascht an.

„Sie wissen schon, als Sie herausgefunden haben, wer mein Dad war, und Sie sagten, dass ich in „große Fußstapfen treten“ müsste, dachte ich, Sie würden meinen –“

„Ich habe gar nichts gemeint!“, protestierte er. „Gott, nein. Wenn überhaupt habe ich dabei an mich gedacht. Ihr Dad war so beliebt und geliebt, und ich werde nicht mal besonders gemocht.“

„Kann mir nicht vorstellen, warum“, murmelte ich, aber mit einem Grinsen. Er lächelte reumütig.

„Ja, ich weiß schon …“

Wir saßen einen Moment schweigend da, genossen unsere Kaffees und Muffins. Dann sah er auf und fragte, „Ich meinte es so. Sie waren sicher eine gute Polizistin. Warum haben Sie aufgehört?“

Und da war sie. Die Millionen-Dollar-Frage. Ich war überrascht, dass sie mir sonst noch niemand gestellt hatte; ich wusste, dass es hier ein paar Leute gab – die, die gedacht hatten, dass ich mir zu viel vorgenommen hatte, als ich in die große Stadt ausgezogen war, als ob Penstowan nicht gut genug für mich gewesen wäre –, ich wusste, dass die darüber spekulierten, warum ich wieder zurück war.

„Sie wissen, wie mein Dad gestorben ist?“, fragte ich. Er schüttelte den Kopf.

„Im Einsatz, das ist alles, was ich weiß“, sagte er.

Ich nickte. „Ja. So was in der Art. Er ging eigentlich nicht mehr auf Streife, seit er Chief Inspector geworden war, meistens war es Schreibtischarbeit. Er war vierundsechzig, als er starb. Er hätte schon längst in Rente sein sollen, aber sie ließen ihn noch bleiben, weil es Organisatorisches zu tun gab, also keine physische Arbeit, und sie hatten wenig erfahrene Leute. Es waren nur noch ein paar Monate bis zu seinem Geburtstag, als sie ihm eine Art Zwangsrente verordneten." Ich erinnere mich noch daran, wie ich davon hörte. Ich war damals natürlich schon von zu Hause fort und in London und es war das Letzte, was ich erwartete zu hören. „Er war auf dem Weg nach Hause an diesem Abend und sah ein paar Teenager mit einem Auto. Er kannte sie, er wusste, dass das nicht ihr Auto war, also rief er auf der Wache an und sagte, er würde ihnen folgen. Aber sie erschraken darüber und rasten davon, krachten in die Kurve auf der A39. Sie wissen schon, die … Und mein Dad krachte in ihren Wagen. So eine dumme Art zu sterben, alles wegen ein paar gelangweilten Teenagern."

„Das tut mir leid", sagte Nathan. „Aber damals haben Sie die Einheit doch noch nicht verlassen?"

„Nein", sagte ich. „Ich weiß nicht, ob Sie sich daran erinnern, aber vor knapp einem Jahr, gab es einen Angriff mit einem Van in London? Wir hatten einen Anruf erhalten, dass in einer U-Bahn-Station eine Bombe platziert worden war, und wir begannen alles zu evakuieren, als ein Wahnsinniger mit seinem Van in die eine Gruppe Menschen raste."

„Ich erinnere mich daran; das war furchtbar. Sie waren dort?"

Ich nickte. „Ja, fünf von uns evakuierten die Haltestelle, als der Van auf den Gehweg fuhr und Leute traf. Wir wussten nicht, was wir tun sollten; wir konnten die Leute ja nicht wieder runterschicken, falls die Bombe hochging, also formten wir eine Art menschlichen Schutzschild und schickten alle in ein Kaufhaus in der Nähe, während wir dauernd den Van vor uns hatten und uns fragten, ob hinter uns gleich eine Bombe hochgehen würde.“

„Verdammt, Jodie …“ Nathan wollte nach meiner Hand greifen, stoppte sich aber. Ich war ein wenig enttäuscht darüber.

„Es hätte schlimmer sein können. Der Van raste in eine Bushaltestelle, zum Glück war dort niemand mehr – und der Fahrer stieg aus, wedelte mit einem großen Messer herum und wir stürzten uns auf ihn und entwaffneten ihn. Haben ihn ein bisschen getreten, wo wir schon dabei waren, um ehrlich zu sein. Die Bombendrohung stellte sich als falsch raus, nur dazu ausgedacht, alle aus der Station zu locken.“

„Das muss furchtbar gewesen sein. Kein Wunder, dass Sie aufgehört haben.“

Ich schüttelte den Kopf. „Ich habe nicht die Nerven verloren, falls Sie das denken.“

„Das meinte ich nicht.“

„Ich wäre dabeigeblieben. Ja, es hat mich erschüttert, aber Sie wissen, wie dieser Job ist; man steckt da gemeinsam drinnen, man feuert sich gegenseitig an, oder nicht?“ Ich lächelte bei dem Gedanken an die Kameradschaft, die Witze in der Kantine. Ich hatte es geliebt.

„Ich wurde psychologisch beraten und versorgt. Meine Tochter nicht.“

„Ah …“, sagte Nathan.

„Jeder filmt heutzutage alles, stimmt’s? Verdammte Handys. Und die Nachrichtensender ermutigen die Leute noch, indem sie ihre Bilder verwenden. Sie war erst elf, also sah sie es zu dem Zeitpunkt nicht im Fernsehen, aber ein paar ihrer Schulfreunde. Sie fragten, ob sie ihre Mum als Heldin in den Nachrichten gesehen hatte, also schaute sie im Internet nach. Sie hatte wochenlang Albträume. Sie weinte jedes Mal, wenn ich das Haus verließ. Und ich erinnerte mich daran, wie sehr ich mir immer um meinen Dad Sorgen gemacht hatte, als ich klein und er noch im Einsatz war. Und ich musste mir nur wegen Einbrechern und Landstreichern Sorgen machen. Daisy hatte so viel mehr, was ihr Angst machte."

„Darum sind Sie gegangen", sagte Nathan.

„Darum. Und sosehr ich es vermisse, ich bereue es nicht einen Moment."

Wir tranken unsere Kaffees aus und verabschiedeten uns, was sich seltsam ... *seltsam* formell anfühlte. Die Ermittlung war vorbei, aber es war nicht so, als ob sich unsere Wege in Penstowan nie wieder kreuzen würden, nicht, solange wir beide hier lebten. Dann ging ich zurück zur Werkstatt, um meinen Wagen abzuholen.

Der Motor schnurrte, anstatt zu husten und Rob hatte recht behalten; er sah aus und fuhr sich wie ein neues Auto. Es sei denn, man betrachtete ihn in besonderem Licht. Selbst mit vielen Lackschichten und ohne die Aufkleber, waren bei bestimmten Lichtverhältnissen noch leicht die Linien zu erkennen.

Und da wusste ich, dass mein Van für immer das Pornomobil bleiben würde. Ich fuhr nach Hause.

***

„Jemand ist hier, um dich zu sehen", sagte Mum und öffnete mir die Tür zum Garten. Ich drehte mich um und sah Tony.

„Alles klar?", sagte ich und rutschte ein Stück auf der Gartenmauer, damit er sich neben mich setzen konnte.

„Ja. Was machst du?"

„Genieße die Aussicht."

Er setzte sich und schwang seine Beine hinüber, sodass wir in dieselbe Richtung blickten, seine Beine baumelten über einem der vielen Ginsterbüsche von Cornwall. „Oh, wow."

„Darum hab ich das Haus gekauft", sagte ich. „Aber ich hatte noch nicht viel Zeit hier zu sitzen und mir das anzusehen."

Der Großteil des Gartens lag zur Seite des Hauses, mit einem kleinen Stück hinter dem Haus, und die hügelige Landschaft ließ die Mauer auf dieser Seite niedrig genug, dass man sich darauf setzen konnte, war auf der anderen Seite aber hoch genug, dass meine wolligen Nachbarn nicht hinüberspringen konnten (hoffte ich). Hinter dem Feld war der Rand der Klippen, und dahinter das Meer. Die Sonne senkte sich gerade, und der Himmel wandelte sich von orangefarben zu rot zu lila zu einem tiefen Blau, alles auf dem Wasser gespiegelt.

„Es ist so friedlich", sagte Tony.

„Jap."

Wir saßen ruhig da, beobachteten, wie die Sonne immer tiefer sank.

„Weißt du, du hast mich nie gefragt, warum ich bei der Polizei aufgehört habe", sagte ich.

Er lächelte. „Ich glaube, ich weiß, warum. Hab dich im Fernsehen gesehen."

„Ich habe nicht die Nerven verloren –"

Er lachte. „Ich hab nicht gesagt, dass es so war. Das würde ich nicht wagen! Du hast wegen Daisy aufgehört, oder? Ich erinnere mich daran, wie sehr du dich um deinen Dad gesorgt hast, und ich hab angenommen, dass du nicht wolltest, dass es ihr genauso ergeht.“

Ich sah ihn voller Bewunderung an.

„Tony Penhaligon, du bist emotional überraschend adäquat.“

„Ich bin mir nicht sicher, was das heißen soll, aber ich nehme das mal als Kompliment.“

Ich drehte meinen Kopf, als ich Mum hinter uns im Garten schleichen bemerkte. Sie hielt zwei Tassen Tee.

„Dachte, ihr mögt vielleicht was Warmes.“

„Danke, Shirley“, sagte Tony. „Kommst du zu uns?“

„Nein, nein, ich lass euch zwei allein ...“ Sie huschte davon, einen wissenden Ausdruck in ihrem Gesicht. Ich fragte mich, ob sie immer noch so selbstgefällig wäre, wenn sie wüsste, dass ich heute Nachmittag mit dem attraktiven DCI Withers Kaffee getrunken hatte.

„Also, Cheryl ist gegen Kaution raus“, sagte Tony, den Blick immer auf dem Panorama vor uns.

„Hab ich gehört“, sagte ich. „Ich habe Nathan Withers heute getroffen.“ Ich fühlte eher, wie er sich mir in missbilligender Überraschung zuwandte, als dass ich es sah.

„Oh, Nathan also, ja?“

„Er ist nett“, sagte ich und Tony schnaubte. „Er hat am Ende doch geholfen, oder nicht?“

„Schlussendlich“, sagte Tony beleidigt. „Ich würde immer noch hinter Gittern sitzen, wenn du nicht gewesen wärst.“

„Da bin ich mir nicht so sicher.“

Wir saßen wieder still da, genossen die Aussicht und die Gesellschaft, auch wenn wir uns über den örtlichen DCI nicht einig waren.

„Sie war heute bei mir“, sagte er nach einer Weile.

„Cheryl?“

„Ja.“

„Oh.“ Da gab es viele Dinge, die ich ihn hätte fragen wollen, aber ich tat es nicht.

„Sie hat gefragt, ob wir es noch mal miteinander versuchen können“, erklärte er und studierte die Aussicht intensiv.

„Hat sie das?“ Da war der Magen wieder, grummelte. Ich war mir nicht ganz sicher, wie ich empfinden sollte, Cheryl und er, wieder zusammen. Nicht dass es mich etwas anging – ich meine, es war ja nicht so, als ob ich Tony nur für mich allein haben wollte –, aber er war mein ältester Freund und, begriff ich schockiert, mein engster. Dieser ungewohnte Rausch der Emotionen war zu viel für mich. Wahrscheinlich entwickelte ich ein Geschwür. „Sie geht vielleicht ins Gefängnis, weißt du. Ich weiß, es war Notwehr, und ich gebe ihr keine Schuld, aber trotzdem –“

„Ich habe Nein gesagt.“ Tony streckte die Hand aus und pflückte eine Blüte der rosafarbenen Strandgrasnelken, die in einer Ritze der Mauer wuchsen. „Ich habe ihr gesagt, dass ich ihr vergebe, aber dass das nicht genug sei. Ich sagte, dass sie mir, wenn sie mich wirklich geliebt hätte, doch vertraut hätte, dass ich ihr helfe von Craig loszukommen. Alles, was sie hätte tun müssen, wäre ehrlich zu mir zu sein, und das konnte sie nicht. Und dann überhaupt daran zu denken, zu verschwinden, ohne mir zu sagen, dass sie okay war. Ich weiß,

Pauline hat sie verwirrt, aber sie hat nie darüber nachgedacht, was das für Folgen für mich haben könnte. Es hätte nicht an dir sein sollen, meine Unschuld zu beweisen. Ich bin nur froh, dass du es getan hast."

Er lächelte, drehte sich zu mir und hielt mir die Blume entgegen. Ich nahm sie.

„Also, wie fühlst du dich? Wirst du es verkraften?", fragte ich. Er hatte es wirklich verdient, glücklich zu werden.

„Ja, das wird schon. Ich bedauere nur, dass ich jetzt nie in den Genuss deiner Kochkünste kommen werde."

Ich lachte. „Na, das kann man schnell beheben. Ich habe noch zweihundert Schweinswürste in meinem Kühlschrank." Ich schwang meine Beine zurück in den Garten und stand auf, hielt ihm meine Hand entgegen, während Tony es mir gleichtat. Ich zog ihn hoch.

„Komm schon", sagte ich. „Komm mit mir und ich mache dir das beste Würstchen Sandwich deines Lebens."

JODIES ERPROBTE REZEPTE #1

„Schmeiß alles in den Ofen" Cornwall/Marokko (Corokko?) Hühnchen

Das hier ist ein großartiges Rezept, wenn man irgendwelches Gemüse aufbrauchen muss, das noch herumliegt. Es geht schnell und ist lecker, und man muss nur alles in Stückchen schneiden, in den Ofen schieben und dann warten, was einem genug Zeit gibt, um über seinen neuesten Mordfall nachzudenken und sich zu überlegen, wie man beweist, dass sein ältester Freund unschuldig ist. Das ist gar nicht so einfach!

1. Den Ofen auf 200 °C vorheizen. Das ist ganz schön heiß, aber nicht so heiß, wie ein bestimmter örtlicher DCI (mein Ofen kommt da nicht ran).

2. Karotten, Süßkartoffeln und Kartoffeln und alles, was man sonst noch so rumliegen hat, in Würfel schneiden. Merke, je größer das Stück, desto länger braucht es. Das trifft auf so viele Dinge im Leben zu, nicht nur beim Kochen. Kürbis funktioniert bei diesem Rezept auch gut. Blumenkohlröschen vom Stiel schneiden. Eine rote Zwiebel vierteln und mindestens zwei Knoblauchzehen pressen (trauen Sie nie einem Rezept, das nach nur eine Knoblauchzehe verlangt. Eine Zehe

ist für nichts genug, nicht einmal für ein Rezept, das sich „Eine Knoblauchzehe" nennt). Lassen Sie den Knoblauch weg, wenn Sie planen Fu- ... Kiss, Marry, Avoid mit jemandem zu spielen, sonst werden Sie derjenige sein, der gemieden wird. Eine rote Paprika passt hier auch gut dazu; einfach in große Stücke schneiden.

3. Alles mit Olivenöl übergießen, mit Salz und Pfeffer würzen, dann in eine ofenfeste Form geben und im Ofen rösten. Ich würde sagen, so dreißig bis vierzig Minuten, je nachdem, wie groß die Stücke sind. Meine sind auf jeden Fall größer geworden, seit ich die Londoner Einheit verlassen habe. Ich sollte mir vielleicht ein Spinning-Rad zulegen. Oder ein paar Sporthosen.

4. Ein paar Hühnerbrüste (eine pro Person) nehmen. Kreuzkümmel, Koriander und Chili Flocken (wenn man's scharf mag) auf das Schneidebrett streuen, dann die Filets in den Gewürzen wälzen und sichergehen, beide Seiten ausreichend zu bedecken. Wenn man in die Cateringschule geht, kein Geld hat und versucht viel aus einem kleinen Filetstück rauszuholen, kann man es auch in Stückchen schneiden und auf Spieße stecken, abwechselnd mit Pilzen, roter Paprika und Zwiebeln. Ich hab einmal versucht das Hühnchen mit Frankfurter Würstchen eines örtlichen deutschen Supermarkts zu ersetzen – die haben nur 10 Penny pro Dose gekostet –, aber es war nicht ganz dasselbe ... Das Hühnchen in den Ofen schieben. Es wird so etwas länger dauern (circa zwanzig Minuten, je nach Dicke), während Spieße schneller fertig wären. Frankfurter

wären am schnellsten fertig, aber die würden furchtbar schmecken und im Hundenapf landen.

5. Eine Tasse israelischen Couscous in eine Pfanne geben und mit heißem Wasser bedecken. Einen Brühwürfel hinzufügen und alles für sieben Minuten zum Kochen bringen, bis es weich ist. *Hinweis an den Leser: Immer die Anweisungen auf der Packung lesen, wenn man etwas zum ersten Mal macht. Das erste Mal, als ich israelischen Couscous gemacht hatte, habe ich es wie beim normalen Couscous gemacht und gewartet, bis alles Wasser absorbiert war, zu der Zeit sah er schon aus wie Froschlaich – groß, glitschig und wahrscheinlich besser, um Tapete damit aufzuhängen, als es zu essen. Es war sogar schlimmer als die Frankfurter Spieße, die ich dazu serviert habe. Man kann normalen Couscous dazu servieren, aber diese Art schmeckt wirklich gut mit den ganzen Gewürzen und es ist auch ein bisschen mehr Mittelklasse.*

6. Den Couscous abseihen und zu dem gerösteten Gemüse hinzufügen. Einen Esslöffel Harissa Paste hinzufügen (oder mehr, wenn Sie es Detective-Chief-Inspector-scharf mögen) und alles mischen. Das Hühnchen auf einem Bett aus Couscous und geröstetem Gemüse servieren. Wenn Sie welches dahaben, passen Pita oder Fladenbrot auch sehr gut dazu und man kann damit das scharfe Harissa und das Öl aufsaugen. Alternativ kann man den Teller auch auf den Boden stellen und es den Hund aufschlecken lassen. Hinweis an den Leser: Tun Sie das nicht. Den explosiven Durchfall eines Hundes aufzuputzen ist weniger spaßig, als Sie es sich vielleicht vorstellen. Ihre Teenagertochter wird dabei

keine Hilfe sein, weil sie zu sehr Prinzessin ist, um sich um die Hinterlassenschaften eines Hundes zu kümmern, und Ihre alte Mutter wird plötzlich auf ihre Uhr schauen und entscheiden, dass es nun Zeit ist nach Hause zu gehen.

Aufessen, meine Lieben, es ist verdammt lecker!

DANKSAGUNGEN

Dieses Buch wurde zu einer besonderen Zeit geschrieben. Die globale Pandemie hat Penstowan komplett ausgelassen, weil wir es alle satthatten davon zu hören, aber hier kann ich es nicht ignorieren.

Ich habe die letzten vierzehn Jahre oder so zwischen Neuseeland und dem Vereinigten Königreich verbracht. Ich bin zum letzten Mal 2019 auf die andere Halbkugel gezogen (oder zumindest, das letzte Mal, bevor ich mir ein Farmhaus in Cornwall oder einen Venezianischen Palazzo leisten kann). Wenn ich irgendwelche Zweifel hatte, zurück nach Neuseeland zu gehen, verpufften sie ziemlich schnell um den März 2020 herum, als Covid-19 die Küsten erreichte. Am Mittwoch, dem 25. März ordneten die Premierministerin Jacinda Arden und Dr. Ashley Bloomfield, die Gesundheitsministerin, einen strengen Lockdown an, was bedeutete, dass man das Haus für wenigstens vier Wochen (außer zum Training) nicht verlassen durfte. Es ging noch eine ganze Weile länger, und es war hart, aber es funktionierte und ich schreibe diese Danksagungen im Oktober 2020 aus einem Land, in dem das Leben mittlerweile wieder mehr oder weniger normal ist.

Während des Lockdowns konnte ich nicht arbeiten – mein Tagesjob hing davon ab, dass die Läden geöffnet waren – aber die Regierung entschädigte einen finanziell. Dank dieser ‚Jacinda Mäuse‘, wie mein Sohn sie schnell benannte, musste ich mir um meine finanzielle Situation keine Sorgen machen. Und es bedeutete, dass ich mich, nach zwei Wochen Lockdown, als mir die tollen Leute von One More Chapter diesen Deal anboten, auf das Schreiben konzentrieren konnte und mir keine Sorgen darum machen musste, wie ich die Rechnungen bezahle. Danke, Jacinda und Ashley, und danke an Neuseeland (das ‚Team von fünf Millionen‘), dafür, dass ihr euch an die Regeln gehalten habt, nett seid und den Coronavirus gekickt habt.

Dieses Buch ist aber auch meiner Mutter und meinem Vater gewidmet und auch für sie geschrieben. Meine Mutter, Margaret, lebt mit meiner Schwester Sue in einer kleinen Stadt in Devon, direkt an der Grenze zu Cornwall, und diese Stadt und andere in der Nähe, waren die Inspiration für das fiktive Penstowan. Der Senioren-Kaffeeklatsch ist real und ich saß schon in diesem Gemeindesaal, trank Tee und aß Vanillekekse. Und ich habe wirklich Kochen gelernt, weil ich meiner Mutter half, und ich erinnere mich an die Dinnerpartys, die sie und mein Dad schmissen. Meine Mutter ist weniger plemplem als Shirley, aber sie ist genauso lieb und lustig.

Wie Jodies hieß mein Dad auch Eddie. Er war kein Polizist (er war Maurer, was erklärt, warum ich, anders als Jodie, es nicht so eilig hatte, in seine Fußstapfen zu treten), aber er war groß und stark. Er war auch ein totaler Softie und weinte, als er sein Enkelkind das erste Mal sah. Ich habe keine Detektivfähigkeiten von ihm geerbt, aber ihn dekorieren und einige Sachen im Haus machen zu sehen (ihn dabei furchtbar fluchen hörte),

brachte mir das Handwerkern im Do-It-Yourself-Stil
bei und wann ich zugeben musste, dass ich verloren
hatte und einen Experten rufen sollte. Er liebte Golf
(und Donuts), und seine Asche wurde am achtzehnten
Loch des Holsworthy Golf Clubs verstreut. Ich winke
ihm immer, wenn ich meine Mum besuche und am
Golfplatz vorbeifahre, und ich kann keinen Cadbury-
Frucht-und-Nuss-Riegel essen (einer seiner Lieblinge),
ohne an ihn zu denken.

Okay, der sentimentale Teil ist vorbei. Weiter mit den
Danksagungen! Ich habe so ein wahnsinniges Unter-
stützungsteam, das hinter mir steht, ich bin richtig verwöhnt. Ein Autor zu sein, kann eine recht einsame Aufgabe sein, also hilft es, weitere Autoren in deiner Ecke
zu haben. Ich bin damit gesegnet, meine Choc und Awe
(der Name ist eine lange Geschichte) Cheerleader zu haben, Carmen Radtke und Jade Bokhari, die mir immer
den Rücken stärken. Dann gibt es da meine Renegade
Schreiber (ja, das ist eine weitere lange Geschichte),
Sandy Barker, Andie Newton und Nina Kaye. Danke,
Ladys, ihr seid wunderbare Autorinnen und wahnsinnig gute Freunde, und ich liebe euch!

Ein Riesendank geht auch an das Superteam hinter
meinem Buch. Meine Agentin, Lina Langlee bei der
North Literary Agency, war eine konstante Quelle der
Ermutigung und Unterstützung, und ohne sie hätte ich
aufgegeben. Es war so schön, mit Hannah Todd, meiner
Lektorin bei One More Chapter, und der großartigen
Gang dort zusammenzuarbeiten und ohne sie gäbe es
keine Jodie.

Und wie immer, geht mein letzter Dank an meinen Ehemann Dominic und meinen Sohn Lucas, weil sie der Grund sind, warum ich morgens aufstehe.